AS AREIAS DO IMPERADOR
UMA TRILOGIA MOÇAMBICANA

Obras do autor na Companhia das Letras

A água e a águia
Antes de nascer o mundo
As Areias do Imperador 1 — Mulheres de cinzas
As Areias do Imperador 2 — Sombras da água
As Areias do Imperador 3 — O bebedor de horizontes
Cada homem é uma raça
A confissão da leoa
Contos do nascer da Terra
E se Obama fosse africano?
Estórias abensonhadas
O fio das missangas
O gato e o escuro
A menina sem palavra
Na berma de nenhuma estrada
O outro pé da sereia
Poemas escolhidos
Um rio chamado tempo, uma casa chamada terra
Terra sonâmbula
O último voo do flamingo
A varanda do frangipani
Venenos de Deus, remédios do diabo
Vozes anoitecidas

MIA COUTO

Mulheres de cinzas

Livro 1

8ª reimpressão

Copyright © 2015 by Mia Couto e Editorial Caminho SA, Lisboa

Esta obra foi, em parte, redigida no quadro de uma bolsa concedida ao autor pela Civitella Ranieri Foundation.

A editora manteve a grafia vigente em Moçambique, observando as regras do Acordo Ortográfico da Língua Portuguesa de 1990.

Capa
Alceu Chiesorin Nunes

Ilustração de capa
Marcelo Cipis

Revisão
Valquíria Della Pozza
Isabel Jorge Cury

Dados Internacionais de Catalogação na Publicação (CIP)
(Câmara Brasileira do Livro, SP, Brasil)

Couto, Mia
  Mulheres de cinzas : as areias do imperador : uma trilogia moçambicana, livro 1 / Mia Couto — 1ª ed. — São Paulo : Companhia das Letras, 2015.

  ISBN 978-85-359-2662-0

  1. Ficção moçambicana (Português) I. Título.

15-09345   CDD-869.3

Índice para catálogo sistemático:
1. Ficção : Literatura moçambicana em português   869.3

[2021]
Todos os direitos desta edição reservados à
EDITORA SCHWARCZ S.A.
Rua Bandeira Paulista, 702, cj. 32
04532-002 — São Paulo — SP
Telefone: (11) 3707-3500
www.companhiadasletras.com.br
www.blogdacompanhia.com.br
facebook.com/companhiadasletras
instagram.com/companhiadasletras
twitter.com/cialetras

"Mas parece que por nossos pecados, ou por algum inescrutável julgamento de Deus, em todas as entradas desta grande Etiópia que naveguemos, Ele colocou um anjo com uma espada flamejante de febres mortais, que nos impede de penetrar nas primaveras de seus jardins de onde procedem os rios de ouro que correm para o mar..."

João de Barros

Sumário

Nota introdutória	9
1. Desenterradas estrelas	13
2. Primeira carta do sargento	29
3. A página do chão	39
4. Segunda carta do sargento	53
5. O sargento que escutava rios	61
6. Terceira carta do sargento	75
7. Nas asas de morcegos	85
8. Quarta carta do sargento	99
9. Recados dos mortos, silêncio dos vivos	107
10. Quinta carta do sargento	123
11. O pecado das mariposas	133
12. Sexta carta do sargento	145
13. Entre juras e promessas	153
14. Sétima carta do sargento	167
15. Um rei em pó	173
16. Oitava carta do sargento	181
17. Um relâmpago vindo da terra	191
18. Nona carta do sargento	207
19. Cavalos brancos, formigas negras	213
20. Décima carta do sargento	231

21. Um irmão feito de cinza 239
22. Décima primeira carta do sargento 263
23. Um morcego sem asas 273
24. Décima segunda carta do sargento 285
25. Terras, guerras, enterros e desterros 291
26. Décima terceira carta do sargento 307
27. O voo das mãos 317
28. Última carta do sargento 331
29. A estrada de água 337

Nota introdutória

Este é o primeiro livro de uma trilogia sobre os derradeiros dias do chamado Estado de Gaza, o segundo maior império em África dirigido por um africano. Ngungunyane (ou Gungunhana como ficou conhecido pelos portugueses) foi o último dos imperadores que governou toda a metade sul do território de Moçambique. Derrotado em 1895 pelas forças portuguesas comandadas por Mouzinho de Albuquerque, o imperador Ngungunyane foi deportado para os Açores, onde veio a morrer em 1906. Os seus restos mortais terão sido trasladados para Moçambique em 1985. Existem, no entanto, versões que sugerem que não foram as ossadas do imperador que voltaram dentro da urna. Foram torrões de areia. Do grande adversário de Portugal restam areias recolhidas em solo português.

Esta narrativa é uma recreação ficcional inspirada em factos e personagens reais. Serviu de fonte de informação uma extensa documentação produzida em Moçambique e em Portugal e, mais importantes ainda, diversas entrevistas efetuadas em Maputo e Inhambane. De todos os entrevistados, é justo destacar o nome de Afonso Silva Dambila, a quem devo expressar a minha profunda gratidão.

Livro 1

MULHERES DE CINZAS

A estrada é uma espada. A sua lâmina rasga o corpo da terra. Não tarda que a nossa nação seja um emaranhado de cicatrizes, um mapa feito de tantos golpes que nos orgulharemos mais das feridas que do intacto corpo que ainda conseguirmos salvar.

1

Desenterradas estrelas

Diz a mãe: a vida faz-se como uma corda. É preciso trançá-la até não distinguirmos os fios dos dedos.

Todas as manhãs se erguiam sete sóis sobre a planície de Inharrime. Nesses tempos, o firmamento era bem maior e nele cabiam todos os astros, os vivos e os que morreram. Nua como havia dormido, a nossa mãe saía de casa com uma peneira na mão. Ia escolher o melhor dos sóis. Com a peneira recolhia as restantes seis estrelas e trazia-as para a aldeia. Enterrava-as junto à termiteira, por trás da nossa casa. Aquele era o nosso cemitério de criaturas celestiais. Um dia, caso precisássemos, iríamos lá desenterrar estrelas. Por motivo desse património, nós não éramos pobres. Assim dizia a nossa mãe, Chikazi Makwakwa. Ou simplesmente a *mame*, na nossa língua materna.

Quem nos visitasse saberia a outra razão dessa crença. Era na termiteira que se enterravam as placentas dos recém-nascidos. Sobre o morro de muchém crescera uma mafurreira. No seu tronco amarrávamos os panos brancos. Ali falávamos com os nossos defuntos. A termiteira era, contudo, o contrário de um cemitério. Guardiã das chuvas, nela morava a nossa eternidade. Certa vez, já a manhã peneirada, uma bota pisou o Sol, esse Sol que a mãe havia eleito. Era uma bota militar, igual à que os portugueses usavam. Desta vez, porém, quem a trazia calçada era um soldado *nguni*. O soldado vinha a mando do imperador Ngungunyane. Os imperadores têm fome de terra e os seus soldados são bocas devorando nações. Aquela bota quebrou o Sol em mil estilhaços. E o dia ficou escuro. Os restantes dias também. Os sete sóis morriam debaixo das botas dos militares. A nossa terra estava a ser abocanhada. Sem estrelas para alimentar os nossos sonhos, nós aprendíamos a ser pobres. E nos perdíamos da eternidade. Sabendo que a eternidade é apenas o outro nome da Vida.

Chamo-me Imani. Este nome que me deram não é um nome. Na minha língua materna *"Imani"* quer dizer *"quem é?"*. Bate-se a uma porta e, do outro lado, alguém indaga:

— *Imani?*

Pois foi essa indagação que me deram como identidade. Como se eu fosse uma sombra sem corpo, a eterna espera de uma resposta.

Diz-se em Nkokolani, a nossa terra, que o nome do recém-nascido vem de um sussurro que se escuta antes de nascer. Na barriga da mãe, não se tece apenas um outro corpo. Fabrica-se a alma, o *moya*. Ainda na penumbra do ventre, esse *moya* vai-se fazendo a partir das vozes dos que já morreram. Um desses antepassados pede ao novo ser que adote o seu nome. No meu caso, foi-me soprado o nome de Layeluane, a minha avó paterna.

Como manda a tradição, o nosso pai foi auscultar um adivinho. Queria saber se tínhamos traduzido a genuína vontade desse espírito. E aconteceu o que ele não esperava: o vidente não confirmou a legitimidade do batismo. Foi preciso consultar um segundo adivinho que, simpaticamente e contra o pagamento de uma libra esterlina, lhe garantiu que tudo estava em ordem. Contudo, como nos primeiros meses de vida eu chorasse sem parar, a família concluiu que me haviam dado o nome errado. Consultou-se a tia Rosi, a adivinha da família. Depois de lançar os ossículos mágicos, a nossa tia assegurou: "*No caso desta menina, não é o nome que está errado; a vida dela é que precisa ser acertada*".

Desistiu o pai das suas incumbências. A mãe que tratasse de mim. E foi o que ela fez, ao batizar-me de "Cinza". Ninguém entendeu a razão daquele nome que, na verdade, durou pouco tempo. Depois de as minhas irmãs falecerem, levadas pelas grandes enchentes, passei a ser chamada de "a Viva". Era assim que me referiam, como se o facto de ter sobrevivido fosse a única marca que me distinguia. Os meus pais ordenavam aos meus irmãos que fossem ver onde estava a "Viva". Não era um nome. Era um modo de não dizer que as outras filhas estavam mortas.

O resto da história é ainda mais nebuloso. A certa altura o meu velho reconsiderou e, finalmente, se impôs. Eu teria por nome um nome nenhum: *Imani*. A ordem do mundo, por fim, se tinha restabelecido. Atribuir um nome é um ato de poder, a primeira e mais definitiva ocupação de um território alheio. Meu pai, que tanto reclamava contra o império dos outros, reassumiu o estatuto de um pequeno imperador.

Não sei por que me demoro tanto nestas explicações. Porque não nasci para ser pessoa. Sou uma raça, sou uma tribo, sou um sexo, sou tudo o que me impede de ser eu mesma. Sou negra, sou dos Vatxopi, uma pequena tribo no litoral de Moçambique. A minha gente teve a ousadia de se opor à invasão dos Vanguni, esses guerreiros que vieram do sul e se instalaram como se fossem donos do universo. Diz-se em Nkokolani que o mundo é tão grande que nele não cabe dono nenhum.

A nossa terra, porém, era disputada por dois pretensos proprietários: os Vanguni e os portugueses. Era por isso que se odiavam tanto e estavam em guerra: por serem tão parecidos nas suas intenções. O exército dos Vanguni era bem mais numeroso e poderoso. E mais fortes eram os seus espíritos, que mandavam nos dois lados da fronteira que rasgou a nossa terra ao meio. De um lado, o Império de Gaza, dominado pelo chefe dos Vanguni, o imperador Ngungunyane. Do outro lado, as Terras da Coroa, onde governava um monarca que nenhum africano haveria nunca de conhecer: Dom Carlos i, o rei de Portugal.

Os outros povos, nossos vizinhos, moldaram-se à língua e aos costumes dos invasores negros, esses que chegavam do sul. Nós, os Vatxopi, somos dos poucos que habitam as Terras da Coroa e que se aliaram aos portugueses no conflito contra o Império de Gaza. Somos poucos, murados pelo orgulho e cercados pelos kokholos, essas muralhas de madeira que erguemos em redor das nossas aldeias. Por razão desses abrigos, o nosso lugar tornara-se tão pequeno que até as pedras tinham nome. Em Nkokolani bebíamos todos do mesmo poço, uma única gota de veneno bastaria para matar a aldeia inteira.

Vezes sem fim, despertámos com os gritos da nossa mãe. Dormia e gritava, rondando pela casa, em passos sonâmbulos. Nesses noturnos delírios comandava a família numa jornada sem fim, atravessava pântanos, riachos e quimeras. Regressava à nossa antiga aldeia, onde nascêramos junto ao mar.

Há, em Nkokolani, um provérbio que diz o seguinte: se quiseres conhecer um lugar fala com os ausentes; se quiseres conhecer uma pessoa escuta-lhes os sonhos. Pois esse era o único sonho de nossa mãe: voltar ao lugar onde fôramos felizes e onde vivêramos em paz. Aquela saudade era infinita. Haverá, a propósito, saudade que não seja infinita?

O devaneio que a mim me ocupa é bem diverso. Não grito nem deambulo pela casa. Mas não há noite que não sonhe ser mãe. E hoje voltei a sonhar que estava grávida. A curva do meu ventre rivalizava com a redondez da Lua. Desta vez, porém, o que aconteceu foi o reverso de um parto: o meu filho é que me expulsava a mim. Talvez seja isso o que fazem os nascituros: livram-se das mães, rasgam-se desse indistinto e único corpo. Pois o meu sonhado filho, essa criatura sem rosto e sem nome, desembaraçava-se de mim, em violentos e doloridos espasmos. Acordei transpirada e com terríveis dores nas costas e nas pernas. Depois entendi: não era um sonho. Era uma visita dos meus entes passados. Traziam um recado: alertavam-me que eu, com os meus quinze anos, já tardava em ser mãe. Todas as meninas da minha idade, em Nkokolani, já haviam engravidado. Apenas eu parecia condenada a um destino seco. Afinal, não era apenas uma mulher sem nome. Era um nome sem pessoa. Um desembrulho. Vazio como o meu ventre.

Na nossa família, sempre que nasce uma criança não se fecham as janelas. É o inverso do que faz o resto da aldeia: mesmo no pico do calor, as outras mães enrolam os bebés em panos espessos, emparedando-se no escuro do quarto. Em nossa casa, não: portas e janelas permanecem escancaradas até ao primeiro banho do recém-nascido. Essa desabrida exposição é, afinal, uma proteção: a nova criatura fica impregnada de luzes, ruídos e sombras. E é assim desde o nascer do Tempo: apenas a Vida nos defende do viver.

Naquela manhã de janeiro de 1895, as janelas que deixara abertas fizeram crer que uma criança acabara de nascer. Uma vez mais, sonhei que era mãe e um cheiro de recém-nascido impregnava toda a casa. Aos poucos, fui escutando o sincopado arrastar de uma vassoura. Não era apenas eu que despertava. Aquele doce rumor acordava a casa inteira. Era a nossa mãe que se ocupava da limpeza do pátio. Fui à porta e fiquei a vê-la, elegante e magra, num arqueado balanço como se dançasse e, assim, se fosse tornando poeira.

Os portugueses não entendem o nosso cuidado de varrer em redor das casas. Para eles, apenas faz sentido varriscar o interior dos edifícios. Não lhes passa pela cabeça vassourar a areia solta do quintal. Os europeus não compreendem: para nós, o fora ainda é dentro. A casa não é o edifício. É o lugar abençoado pelos mortos, esses habitantes que desconhecem portas e paredes. É por isso que varremos o quintal. O meu pai nunca esteve de acordo com esta explicação, a seu ver demasiado rebuscada.

— *Varremos a areia por uma outra razão, bem mais prática: nós queremos saber quem entrou e saiu durante a noite.*

Naquela manhã a única pegada era a de um *simba*, esses felinos que, na calada da noite, farejam as nossas capoeiras. A mãe foi conferir as galinhas. Nenhuma faltava. O insucesso do felino somava-se ao nosso fracasso: fosse visto o bicho, e seria prontamente caçado. A pele pintalgada das ginetas era cobiçada como sinal de prestígio. Não havia prenda melhor para agradar aos grandes chefes. Sobretudo aos comandantes do exército inimigo, que se ornamentavam até perderem a forma humana. É para isso que servem as fardas: para afastar o soldado da sua humanidade.

A vassoura corrigiu, firme, a noturna ousadia. A memória do felino se apagou em segundos. Depois a mãe afastou-se pelos atalhos para recolher água no rio. Fiquei a vê-la desvanecendo-se na floresta, elegante e hirta nos seus panos garridos. Eu e a mãe éramos as únicas mulheres que não vestiam os *sivanyula*, os tecidos de cascas de árvore. As nossas vestes, compradas na cantina do português, cobriam o nosso corpo, mas expunham-nos à inveja das mulheres e à cobiça dos homens.

Quando chegou ao rio a mãe bateu as palmas, pedindo licença para se aproximar. Os rios são moradias de espíritos. Debruçada na margem, espreitou a berma para se precaver da emboscada de um crocodilo. Todos na aldeia acreditam que os grandes lagartos têm "donos" e obedecem apenas ao seu mando. Chikazi Makwakwa recolheu a água, a boca do cântaro virada para a foz, para não contrariar a corrente. Quando se preparava para regressar a casa, um pescador ofereceu-lhe um belo peixe que ela embrulhou num pano que trazia atado à cintura.

Já perto de casa sucedeu o imprevisto. Do espesso mato irrompeu um grupo de soldados Vanguni. Chikazi recuou uns passos enquanto pensava: escapei dos crocodilos para entrar na boca de monstros ainda mais ferozes. Desde a guerra de 1889 que as tropas de Ngungunyane tinham deixado de rondar pelas nossas terras. Durante meia dúzia de anos saboreámos a Paz pensando que duraria para sempre. Mas a Paz é uma sombra em chão de miséria: basta o acontecer do Tempo para que desapareça.

Os soldados rodearam a nossa mãe e logo se aperceberam de que ela os entendia quando falavam em *shizulu*. Chikazi Makwakwa nascera em terras do sul. O seu idioma de infância era muito próximo da língua dos invasores. A mãe era uma *mabuingela*, esses que caminham à frente para limparem o orvalho do capim. Aquele era o nome que os invasores davam às gentes que usavam para abrir os caminhos na savana. Eu e os meus irmãos éramos produto dessa mistura de histórias e culturas.

Passados anos, os intrusos regressavam com a mesma ameaçadora arrogância. Reconfirmando medos antigos, aqueles homens cercavam a minha mãe com a estranha embriaguez que os adolescentes sentem apenas pelo facto de serem muitos. As costas tensas de Chikazi sustinham, com vigor e elegância, o carrego da água sobre a cabeça. Assim exibia a sua dignidade contra a ameaça dos estranhos. Os soldados entenderam a afronta e sentiram, ainda mais viva, a urgência de a humilhar. De pronto derrubaram a bilha e festejaram, aos gritos, o modo como ela se quebrou de encontro ao chão. E riram-se, vendo a água encharcar o corpo magro daquela mulher. Depois, os militares não precisaram de esforço para lhe rasgar as vestes, havia muito transparentes e coçadas.

— *Não me façam mal* — implorou. — *Estou grávida.*

— *Grávida? Com toda essa idade?*

Espreitaram a pequena proeminência sob os panos, onde ela secretamente guardava o ofertado peixe. E, de novo, a dúvida lhe foi cuspida no rosto:

— *Grávida? Você? De quantos meses?*

— *Estou grávida de 20 anos.*

Foi o que lhe apeteceu dizer: que os filhos nunca tinham saído de dentro de si. Que ela guardava no ventre todos os cinco filhos. Mas conteve-se. O que fez foi esgueirar as mãos por entre os panos em busca do embrulhado peixe. Os soldados ficaram olhando o modo como ela, por baixo da capulana, percorria os lugares secretos do seu corpo. Sem que ninguém desse conta, com a mão esquerda segurou a proeminente espinha dorsal do peixe e usou-a para rasgar o pulso da mão direita. Deixou que o sangue escorresse e, depois, entreabriu as pernas, como se estivesse parindo. Foi retirando o peixe de debaixo dos panos como se estivesse emergindo das suas entranhas. Depois, ergueu o peixe nos braços cobertos de sangue e proclamou:

— *Eis o meu filho! Já nasceu o meu menino!*

Os soldados Vanguni recuaram, apavorados. Aquela não era uma simples mulher. Era uma *noyi*, uma feiticeira. E não havia descendência mais sinistra que ela pudesse ter gerado. Um peixe era, para os ocupantes, um animal tabu. Ao interdito bicho se juntava, num único instante, a mais grave das impurezas: sangue de mulher, essa sujidade que polui o Universo. Esse óleo espesso e escuro escorreu-lhe pelas pernas até obscurecer a terra toda em volta.

O relato deste episódio perturbou as hostes dos inimigos. Diz-se que muitos soldados desertaram, receosos do poder da feiticeira que paria peixes.

E foi de vestes e de alma rasgadas que minha mãe, Chikazi Makwakwa, se apresentou em casa por volta do meio-dia. À porta relatou o sucedido, sem pranto nem emoção. O sangue pingava-lhe do pulso como se o relato fosse soletrado gota a gota. Eu e o meu pai escutávamo-la sem sabermos como reagir. No final, enquanto lavava as mãos, a mãe murmurou, com irreconhecível voz:

— *É preciso fazer qualquer coisa.*

O meu pai, Katini Nsambe, franziu o sobrolho e argumentou: ficar quieto e calado seria o melhor modo de responder. Éramos uma nação ocupada e convinha passarmos despercebidos. Nós, os Vatxopi, tínhamos perdido a terra que era nossa e dos nossos antepassados. Não tardaria que os invasores estivessem pisando o cemitério onde sepultávamos placentas e estrelas.

A mãe reagiu com firmeza: *Quem vive no escuro é a toupeira*. O meu pai sacudiu a cabeça e ripostou em surdina:

— *Eu gosto do escuro. No escuro não se notam os defeitos do mundo. Uma toupeira, foi o que sempre sonhei ser. Do como está o mundo, só podemos dar graças a Deus por sermos cegos.*

Agastada, a mãe suspirou ruidosamente enquanto se debruçava sobre a fogueira, para remexer a *ushua*. Molhou a ponta do dedo para fazer de conta que experimentava o calor da panela.

— *Um dia serei como a toupeira. Terei o chão todo por cima* — ciciou o pai, com antecipada pena do anunciado destino.

— *Isso, todos teremos* — disse a mãe.

— *Não tarda estou a partir para as minas. Vou fazer como o meu pai, vou sair daqui e fazer vida na África do Sul. É isso que vou fazer.*

Não era um prenúncio. Era uma ameaça. Retirou do bolso uma pitada de tabaco e uma mortalha velha. Com cuidados de cirurgião começou lentamente a enrolar um cigarro. Nenhum negro em toda a aldeia se podia gabar de fabricar assim o seu próprio fumo. Apenas ele. Com pose de rei aproximou-se da fogueira e retirou uma brasa para acender o cigarro. Depois, muito hirto e de queixo erguido, soprou a fumaça sobre o rosto da indiferente esposa.

— *Você, minha querida Chikazi, insulta as toupeiras sabendo que isso ofende o meu falecido pai.*

Minha mãe cantarolou uma velha canção, um *ngodo* tradicional. Era um lamento de mulher, queixando-se de já ter nascido viúva. Despeitado, meu pai retirou-se ruidosamente.

— *Vou-me embora daqui* — declarou.

Queria mostrar que estava ferido, a mulher não era a única que sangrava. Separou-se da sua própria sombra e arredou-se para junto da grande termiteira, onde, pela ausência, acreditava tornar-se mais visível.

Depois, ainda o vimos dar uma volta em redor da casa, para, enfim, se afastar em direção ao vale. A pequena incandescência do seu cigarro foi-se escoando no escuro, como se fosse o último dos pirilampos deste mundo.

Ficámos sentadas, eu e a mãe, num tricotar de silêncios de que apenas as mulheres são capazes. Os seus dedos magros esgravatavam na areia como se confirmassem intimidade com o chão. A voz dela tinha um sotaque de terra quando perguntou:

— *Trouxe vinho, lá do português?*

— *Ainda sobraram umas garrafas. Está com medo que o pai lhe bata?*

— *Já sabe como é: ele bebe, ele bate.*

Mistério sem entendimento: o modo como o pai conciliava em si tão opostas almas. Sóbrio, a sua delicadeza era a de um anjo. No toldar do álcool, convertia-se na mais maléfica das criaturas.

— *É incrível como o pai nunca desconfiou que a mãe mente.*

— *E eu minto?*

— *Claro que mente. Quando ele lhe bate e a mãe chora de dor. Não mente?*

— *Esta doença é um segredo, o seu pai não pode suspeitar. Quando me bate pensa que as minhas lágrimas são verdadeiras.*

A enfermidade era congénita: Chikazi Makwakwa não sentia dor. Mãos e braços, marcados por sucessivas queimaduras, faziam o marido estranhar. Acreditava, no entanto, que aquela insensibilidade resultasse de amuletos encomendados à cunhada Rosi. Apenas eu sabia que era uma deficiência de nascença.

— *E a outra dor, mãe?*

— *Que outra?*

— *A dor da alma.*

Ela riu-se, encolhendo os ombros. Que alma? Que alma lhe restava depois de lhe morrerem duas filhas e os dois filhos terem saído de casa?

— *A sua mãe também era espancada?*

— *A avó, a bisavó e a trisavó. É assim desde que a mulher é mulher. Prepare-se para ser espancada também você.*

Uma filha não contesta as certezas dos mais velhos. Imitei o seu gesto e na concha da mão suspendi um punhado de areia que, depois, deixei desabar em cascata. Aquela areia vermelha era, no costume da nossa gente, alimento das grávidas. Escorria-me por entre os dedos o desperdício da minha existência. Chikazi Makwakwa interrompeu-me os pensamentos:

— *Sabe como morreu a sua avó?* — E não esperou pela

resposta. — *Fulminada por um relâmpago. Foi assim que ela morreu.*
— *E por que se lembrou disso agora?*
— *Porque é assim que também quero morrer.*
Era o seu pretendido desfecho: sem corpo, sem peso, sem réstia para sepultar. Como se uma morte não sofrida apagasse o sofrimento todo de uma vida.

Sempre que desabava uma tempestade, a nossa mãe saía a correr pelos campos e ali permanecia, braços erguidos, a imitar uma árvore seca. Esperava a descarga fatal. Cinzas, poeiras e fuligem: era o que ela sonhava vir a ser. Era esse o desejado destino: tornar-se indistinta poalha, leve, tão leve que o vento a faria viajar pelo mundo. Nesse desejo da avó ganhava razão o meu anterior nome. Foi o que a mãe me quis lembrar.
— *Gosto de Cinza* — disse eu. — *Faz-me lembrar anjos, não sei porquê.*
— *Dei-lhe esse nome para a proteger. Quando se é cinza nada nos pode doer.*
Os homens bem me poderiam espancar. Ninguém haveria nunca de me magoar. Era essa a intenção daquele batismo.
As mãos dela ciscavam o chão: quatro rios de areia tombavam por entre os dedos. Permaneci calada, soterrada pela poeira que brotava das suas mãos.
— *Agora, vá buscar o seu pai. Ele sente ciúmes de nós.*
— *Ciúmes?*
— *De mim, por não lhe dar toda a atenção; de si, porque foi educada pelos padres. Você pertence a um mundo onde ele nunca poderá entrar.*

São assim os homens, explicou: têm medo das mulheres quando elas falam e mais medo ainda quando ficam caladas. Eu que entendesse: o meu pai era um homem bom. Ele apenas tinha medo de não ser do tamanho dos outros homens.

— *O seu pai saiu daqui zangado. Aprenda uma coisa, minha filha. O pior que uma mulher pode dizer a um homem é que ele deve fazer alguma coisa.*

— *Vou lá buscar o pai.*

— *Não se esqueça do vinho.*

— *Não se preocupe, mãe. Já escondi as garrafas.*

— *É o contrário, filha. Leve uma garrafa, para ele beber!*

— *Não tem medo que ele, depois, lhe bata?*

— *Esse velho teimoso não pode é dormir no mato. Traga-o de volta, sóbrio ou bêbado. O resto se verá.*

Depois a mãe reentrou na tristeza, como um bicho doméstico que regressa ao curral. Já ia no caminho e voltou a falar:

— *Peça-lhe para irmos viver para Makomani, peça-lhe que voltemos para junto do mar. A si ele escuta. Peça-lhe, Imani, por amor de Deus!*

2

Primeira carta do sargento

Lourenço Marques, 21 de novembro de 1894

Excelentíssimo senhor
Conselheiro José d'Almeida

Escreve-lhe o humilde subordinado de Vossa Excelência, sargento Germano de Melo, destacado para capitanear o posto de Nkokolani e, nessa fronteira com o inimigo Estado de Gaza, representar os interesses dos portugueses. Esta é a primeira vez que endereço um relatório a Vossa Excelência. Tratarei de o não maçar restringindo-me aos factos de que creio Vossa Excelência deve ter conhecimento.

Cheguei a Lourenço Marques na véspera do dia em que a cidade foi atacada pelos rebeldes landins. Aconteceu de madrugada: escutaram-se tiros e, na cidade, alvoroçaram-se negros, indianos e brancos. Encontrava--me instalado na pensão de uma italiana, bem no centro do povoado. Os hóspedes bateram-me à porta do quarto exigindo-me, aos berros e aos prantos, que os defendesse à entrada da estalagem. Viram-me entrar na noite anterior, fardado e armado. Eu era um anjo tombado dos céus para os proteger.

A dona da estalagem, uma italiana que dá pelo nome de Dona Bianca, tomou as rédeas da situação e juntou os assustados hóspedes num sótão e ali os fechou à chave. Depois, fez com que eu a acompanhasse para um terraço de onde se via a maior parte da cidade. Aqui e acolá elevavam-se colunas de fumo, mais junto do estuário soavam disparos e explosões. Percebia-se que a nossa oposição à invasão dos nativos era quase inexistente. Em pouco tempo, o único foco de resistência era a Fortaleza. Os assaltantes — que eram landins e não Vátuas como por aí se insiste em dizer — manobravam à vontade pelas ruas. Depois de terem vencido todas as linhas de defesa da cidade, assaltaram lojas e saquearam as tendas e só não mataram mais gente porque assim não o entenderam. Nós, na estalagem, escapámos à voragem dos cafres porque estes acreditaram que todos os portugueses se tinham refugiado na Fortaleza.

Do terraço de onde víamos chegar o nosso fim assisti a uma cena que muito me impressionou: por entre as espessas cortinas de fumos surgiram galopando dois cavalos. Montavam-nos dois portugueses, um fardado e outro à civil. Foi este último que mais me atiçou a curiosidade pois, não tendo um braço, sustinha-se na montada apenas por força das pernas. Com a mão que lhe restava segurava as rédeas e empunhava uma arma com que disparava mais ou menos ao acaso. A dona da hospedaria identificou-o como sendo o Silva Maneta, um desertor que escapara para o Transvaal e ali sofrera um acidente quando manipulava uma carga de dinamite. Regressara a Moçambique e, por atos comprovados de bravura, lhe perdoaram o crime de deserção.

Atrás desse Silva seguia o militar montando um cavalo branco que evoluía a trote, de forma bem mais regrada. Assim que se criou distância entre os dois cavaleiros, o garboso militar foi rodeado por uma horda de negros brandindo lanças e escudos. Desesperado, o homem desfechou uns tantos tiros até que as balas se lhe esgotaram. Verificando que o cerco se estreitava, e adivinhando o final que o esperava, o cavaleiro disparou sobre a sua própria cabeça. Assustado com o tiro, o cavalo acelerou o passo, aos pinotes. Mais adiante, abrandou a marcha permitindo que o cavaleiro, quase desprovido de cabeça, permanecesse sentado sobre a sela, jorrando sangue como uma copiosa fonte. E assim o cavalo foi progredindo lentamente até desaparecer entre as brumas. Ocorreu-me que aquela marcha fúnebre continuaria para além da cidade e se perderia pelo sertão africano até o corpo do suicida não ser mais do que um esqueleto balançando sobre a sela do solitário animal.

Tiros de canhão despertaram-me desses funestos devaneios. Eram os nossos navios que, da baía do Espírito Santo, bombardeavam a povoação. Aquela era a nossa última defesa. E resultou, graças a Deus. Os cafres acabaram recuando, deixando atrás deles um rasto de destruição e caos.

Registe-se, contudo, o contrassenso: para nos libertarmos de um inimigo tivemos que bombardear a nossa própria cidade, uma das maiores povoações na costa oriental portuguesa. A pensão onde me encontrava foi vítima de uma dessas balas de canhão. Junto ao muro destroçado, a dona do estabelecimento chorou em desespero, sabendo que a ninguém poderia pedir reparo por aqueles danos. Chorou Bianca tão copiosamente que não deu conta de que, junto a esse destroçado muro, jazia o corpo de um soldado português. Ajoelhei-me a seu lado para o cobrir com um pano. E vi que trazia tatuado no antebraço um coração atravessado pelas palavras: "Amor de mãe!". Aquela tatuagem comoveu-me mais que a visão do morto.

Vossa Excelência disporá de relatórios mais concisos sobre este infortúnio que se abateu sobre Lourenço Marques. Sugiro que procure saber as verdadeiras causas que provocaram a revolta dos regulados em redor da cidade. Não fique, porém, pelas fontes habituais. Soube por vias e travessas que o próprio Comissário Régio pediu um relatório ao missionário suíço de nome Henri Junod. Esse relatório foi elaborado a partir dos depoimentos de negros cristãos que apontam como origem da revolta razões que não nos são muito favoráveis. Sugiro a Vossa Excelência que consulte esse relatório.

Seja qual for a verdadeira explicação, o facto é que estreei da pior maneira a minha presença em África. Naquele terraço da estalagem, a italiana fez-me ver em minutos aquilo de que eu já suspeitava: os nossos domínios, que tão pomposamente chamamos de "Terras da Coroa", encontram-se votados ao desgoverno e à imoralidade. Na maior parte desses territórios nunca nos fizemos realmente presentes durante estes séculos. E nas terras onde marcámos presença foi ainda mais grave, pois quase sempre nos fizemos representar por degredados e criminosos. Não existe, entre os nossos oficiais, nenhuma crença de que sejamos capazes de derrotar Gungunhana e o seu Estado de Gaza.

O novo Comissário Régio, António Enes, tem uma missão dificílima, cercado por adversários e adversidades. O Comissário é malvisto pela maior parte dos militares, que encontram nele a mera competência de um homem civil, ainda por cima escritor e jornalista. Por outro lado, do Terreiro do Paço o nosso Comissário não obterá nem apoio nem resposta. Os monárquicos estão demasiado ocupados em sobreviver. E os conselheiros militares que lhe foram destinados pelo Ministério da Marinha e das Colónias nada sabem de África. Vale-nos haver pessoas como Vossa Excelência, com anos de experiência em Moçambique, em Angola e na Guiné. Peço, com toda a humildade, que não me deixe sem um permanente e precioso aconselhamento.

Por todas essas inquietações, vou com o coração apertado para Nkokolani, a mais de quinhentas milhas daqui, nesse vasto sertão de Inhambane. Espero que se cumpram as promessas de converter aquele inacabado posto num verdadeiro aquartelamento. E tenho fé em que me enviem um contingente de angolas para que possa exercer as minhas funções de forma pronta e cabal.

Disse-me a italiana — que conhece intimamente muitos dos nossos oficiais — que devo esquecer as promessas que me foram feitas. Porque, segundo ela, apenas na aparência sou um militar. Para chegar a essa certeza bastou-lhe, segundo disse, a serenidade do meu olhar. Descontando a leviandade deste juízo, a verdade é que Dona Bianca foi enunciando outras razões para o seu apressado parecer. Perguntou-me a quem eu respondia e tomei a liberdade de lhe dizer que o Conselheiro José d'Almeida era o superior a quem prestava contas. Ela riu-se. E depois comentou, com algum cinismo: *você nunca irá disparar um tiro. E terá sorte se não dispararem contra si!*

E acrescentou que sabia de outros casos em que se ficou eternamente à espera de um prometido posto militar. Já à despedida, a italiana prometeu que me visitaria em Nkokolani. Faria essa viagem porque sabia que Mouzinho havia sido destacado para o regimento de Inhambane. Ela queria reencontrar aquele cavaleiro, como se outro destino a sua vida não tivesse.

Fiquei a pensar no vaticínio de Bianca e receio haver nele algum fundamento. Todos aqui sabem do meu passado republicano, todos sabem da razão da minha presença em terras africanas. A minha participação na revolta de 31 de Janeiro, na cidade do Porto, não será segredo também para Dona Bianca. Não me posso queixar do que me coube por pena, perante o veredito destinado à maioria dos revoltados, encarcerados com penas de ilimitada duração. No meu caso, decidiram pela deportação para o remoto sertão de Inhambane. Atuaram na esperança de que ali encontrasse uma prisão sem grades e, por isso, mais asfixiante que qualquer outro cárcere. Tiveram, todavia, a prudência de me confiar uma falsa missão militar. A italiana está coberta de razão: dentro desta farda não está um soldado. Está um degredado que, apesar de tudo, aceita o encargo dos seus deveres. Não tenho, porém, nenhum ensejo de dar a vida por este Portugal mesquinho e envelhecido. Por este Portugal que me fez sair de Portugal. A minha pátria é outra e ela está ainda por nascer. Sei o quanto estes desabafos ultrapassam o tom que devia nortear este relatório. Mas espero que Vossa Excelência entenda a absoluta solidão em que me encontro e como esse isolamento me começa a roubar a capacidade de discernir.

Apenas como nota final: esta manhã fui recebido pelo Comissário Régio num breve encontro de cortesia. Embora fosse parco nas palavras, o Comissário António Enes confessou que se apoiava em dois quadros de confiança que escolheu para trabalhar em Moçambique: o capitão Freire de Andrade e o tenente Paiva Couceiro. Chegou mesmo a anunciar que, logo após o nosso encontro, ele e os seus dois fiéis conselheiros iriam traçar o chamado Plano de Ação para os Distritos do Sul da colónia. Nem Ayres de Ornelas nem Eduardo Costa foram convidados. Encontrei neste pormenor algo de que deveria dar conhecimento a Vossa Excelência.

Apesar de apreensivo, António Enes teve um momento em que a alegria brilhou em seu rosto, numa brevíssima cintilação por detrás dos óculos que não disfarçam o ligeiro estrabismo de que padece. Essa alegria tornou-se patente quando exibiu um telegrama de Paiva Couceiro revelando que a povoação de Marracuene havia sido rebatizada de Vila Luiza, em homenagem à querida filha do Comissário. O mesmo brilho se lhe acendeu na alma quando relembrou que, mais a norte, havíamos fundado um povoado com o nome da Rainha Dona Amélia. Ao que consta, de entre todas as individualidades de Lisboa, apenas a Rainha se preocupa em dar ânimo ao abandonado Comissário. Do nosso rei e de outras eminências lisboetas não chega uma palavra de conforto. Pobre reino o nosso que não reina nem aqui nem em Portugal. Pobre Portugal.

Desculpe, Excelência, por este longo e triste desfile de confissões que são de ordem pessoal. Creio que entenderá que vejo em Vossa Excelência a figura tutelar de um pai que, confesso, sempre me faltou.

3

A página do chão

Eis a armadilha da glória: quanto maior for a vitória, mais o herói será perseguido e cercado pelo passado. Esse passado devorará o presente. Não importa quantas condecorações recebeu ou venha a receber: a única medalha que, no final, lhe irá sobrar é a triste e fatal solidão.

As sombras eram já extensas quando parti em busca do meu pai, sobraçando um cesto onde gorgolejava uma garrafa de vinho, em cujo rótulo se podia ler a letras gordas: *Vinho para o preto.* A lua cheia acendia a dormente paisagem. Os meus pés decalcaram na areia as recentes pegadas do velho Katini. Quem mais, na aldeia, usava botas? Aos poucos me surpreendi como ele se tinha afastado para tão longe. O meu chamamento, trémulo, esmorecia sem eco nem resposta:

— *Pai! Pai!?*

Cheguei, enfim, a um campo a perder de vista. Parecia uma terra de lavoura. A confirmar a vocação da paisagem, lá estava o meu pai ocupado a esgravatar a terra. Os homens Vatxopi são os únicos que lavram a terra, lado a lado com as suas mulheres. Meu pai, na verdade, lavrava mais era no alambique.

Quando cheguei perto, reparei: aquilo que antes parecia uma enxada era, afinal, um pau afiado na ponta. Ele não sachava, apenas ciscava no solo como se desenhasse sobre uma infinita tela.

— *Estou a escrever* — disse ele, ao sentir-me perto.

— *A escrever?*

— *Não é só você que escreve...*

— *E o que tanto escreve, pai?*

— *São os nomes de todos os que morreram na guerra.*

Olhei o chão e vi que a terra por ele revolvida se estendia para além do horizonte. Contudo, mesmo sob o intenso luar, os rabiscos na areia eram ilegíveis.

— *E quem vai ler tudo isto?*

— *Deus!*

Apontou com o cajado para lado nenhum, gesto vago, mais indistinto que a própria voz. Repetiu, balbuciando: *Deus! Deus vai-me ler!* Rodopiou sobre si mesmo para, depois, se sentar no chão, derrubado por um invisível empurrão.

— *Essa sua mãe...*

Não completou a frase. Ficou cego para palavras. Essa cegueira atacava-o sempre que queria falar da mulher. Mastigou o silêncio como se fosse um fruto amargo. E assim se deixou ficar, imóvel e vencido.

Passageiras nuvens encobriram a Lua. Os nomes dos mortos, rubricados no chão, tinham sido engolidos pelo escuro quando o pai voltou a falar:

— *Veio buscar-me? Pois diga à sua mãe que não volto. Ela tem que aprender a ter respeito. Eu sou o marido. Para além disso, sou o mais velho dos Nsambe.*

— *Trouxe-lhe isto, pai, foi a mãe que mandou entregar.*

— E estendi-lhe a garrafa de vinho.

Um fulgor iluminou-lhe o rosto. Com os dentes arrancou a rolha e, com cerimoniosos vagares, entornou na areia as primeiras gotas. Depois serviu-se com ruidoso deleite. E foi bebendo como se beber fosse o único afazer deste mundo. As mãos ossudas faziam rodar infinitamente a garrafa como se quisesse entontecer o vinho ainda no berço. No rótulo caseiro já se apagavam as letras e restava apenas a palavra "preto". Meu pai não tinha cor, mas, à medida que ia bebendo, tornava-se mais e mais escuro. Tive receio de que também fosse tragado pela noite. Estendi-lhe a mão para o salvar. Quando sentiu os meus dedos perguntou:

— *Está com medo, Imani?*

Acenei que sim. Comovido, quis serenar-me. Estaria eu, como a minha mãe, com temor de que ele bebesse demais?

— *Sou um bêbado, todos dizem. O que é que acha que bebo, você que me conhece?*

— *Não sei, pai. Bebe vinho, bebe* nsope. *Bebe tanta coisa.*

Tanta coisa era ainda muito pouco. O velho Katini bebia tudo. Certa vez ingeriu um frasco inteiro de água de colónia que roubou da casa do sargento. Tivemos que o reanimar e o hálito doce que exalou empestou a noite. Pelos vistos, ele tinha uma avaliação bem diversa:

— *Sou um homem solitário e com medo. A mãe não entende. Eu só bebo gente. Bebo os sonhos dos outros.*

Na nossa família o álcool tinha antiquíssimas raízes: bebíamos para fugir de um lugar. E tornávamo-nos bêbados porque não sabíamos fugir de nós mesmos.

Por fim, o meu velhote cedeu ao sono. Enrosquei-me junto do seu corpo, ignorando o cheiro a álcool que exalava. Buscava nele proteção, mas sucedia o inverso: era ele o mais frágil, o mais desarmado de todos nós. Um bando de hienas foi ganhando confiança e cercou o nosso esconderijo. Os bichos metem-nos tanto mais medo quanto mais se assemelham aos humanos. E as hienas pareciam bem mais embriagadas que o meu pai. O coro assustador das *quizumbas* deve ter produzido um efeito de alarme nos subterrâneos domínios de Katini. A verdade é que despertou estremunhado. Foi ao mato e, de costas para mim, urinou demoradamente. Não dava conta apenas de uma necessidade fisiológica. Marcava com a urina os limites do seu pequeno império. Depois esbracejou com vigor e deu uns tantos berros. As hienas distanciaram-se com os seus risos de alcoviteiras comadres.

Quem conhece as noites da minha terra sabe que, quando as cigarras se calam, começa uma outra noite. Esse outro escuro é tão espesso que os sonhos perdem o seu caminho. O meu pai escutou esse silêncio e disse:

— *Agora é que Deus adormeceu.*

— *Vamos, pai. Vamos voltar a casa. Estou com medo.*

— *Primeiro, deixe-me tratar do último.*

— *Que último?*

— *O último dos mortos.*

Com demorado cuidado rabiscou o nome do seu pai, o avô Tsangatelo. Um arrepio me percorreu a alma e corri para, com o meu desespero, amarrar os seus longos braços:

— *Não faça isso, pai.*

43

— *Cale a boca, Imani. Isto é uma cerimónia, você não tem idade para estar aqui...*

— *O avô não faleceu!*

— *Faleceu. Não existem dúvidas.*

— *Alguém viu o corpo?*

— *Nas minas não há corpos. É tudo terra, pedras e gente, vivos e mortos: tudo terra, dentro da terra.*

Murmurou uma espécie de ladainha antes de partimos por um atalho que despontava na ténue luz da madrugada. Acabáramos de atingir a primeira clareira quando fomos surpreendidos por vozes vindas do mato. Em segundos uma meia dúzia de homens nos cercou gritando em *xizulu*. Não seria preciso que falassem: as orelhas furadas e as coroas de cera presas ao cabelo diziam bem da sua identidade. Eram militares Vanguni e tinham o propósito claro de nos amedrontar. Meu pai sussurrou para mim:

— *Estava com medo dos bichos? Pois acabaram de chegar as verdadeiras hienas.*

O nosso receio maior era que se tratasse das *timbissi*, as mal-afamadas brigadas que o imperador usava para as carnificinas. *Timbissi* é a palavra *zulu* para nomear as hienas. Os que nos emboscavam, porém, não exibiam os típicos adornos do amaldiçoado esquadrão: dois chifres de cabrito pendurados sobre o peito. Felizmente para nós, os salteadores não passavam de simples soldados. Vinham recolher os impostos que diziam ser-lhes devidos. O mais corpulento, duvidoso de se os havíamos entendido, esticou a mão rente ao rosto de Katini e anunciou:

— *Escuta, seu cão: nós estamos aqui para buscar as peles.*

— *São para quem, essas peles?*

— *E para quem haveriam de ser? Para o dono destas terras, o Imperador Ngungunyane.*

— *Mas nós já demos as peles.*

— *Deram a quem?*

— *Aos brancos.*

— *Quais brancos?*

— *Os portugueses.*

— *Os portugueses já não mandam aqui.*

— *Não sabíamos. Esteve aqui o Intendente português que veio recolher as peles. Agora, não temos mais peles. Só se quiserem a nossa própria pele.*

— *Procurem bem. O Ngungunyane não vai gostar de saber que desobedeceram. E essa menina* — inquiriu o soldado, apontando para mim — *essa menina de quem é?*

Os militares cercaram-me e começaram a empurrar-me e a apalpar-me as coxas. Para surpresa minha o meu pai interpôs-se, peito tão vasto e braços tão abertos que me pareceu uma dessas muralhas que protegiam a nossa aldeia.

— *Esta moça é minha filha!*

— *Pode ser tua filha, mas o corpo dela já começou a despontar. Afinal, o que faziam os dois no escuro?*

— *Ninguém toca na minha filha!*

A postura de Katini Nsambe, em crescente raiva, era uma afronta inaceitável. Um dos Vanguni avançou sobre nós, ódio espelhado no rosto. O homem grunhia enquanto ganhava balanço para pontapear o meu velhote. Foi quando, de súbito, o soldado trocou o passo e desabou desamparado sobre o chão. Por um momento, estrebuchou sobre a areia sem se conseguir erguer. Tiveram os restantes que o ajudar para que ele se recompusesse. Foi então que reparei: o agressor tombara ao pisar no chão onde estavam escritos os nomes. Os outros Vanguni também notaram algo de estranho naquelas areias. Em uníssono, espezinharam a terra com violência. Uma vez mais apontaram na minha direção e sentenciaram:

— *Na próxima vez levaremos essa prenda para o Ngungunyane. Vocês já sabem: o Ngonyamo tem uma virgem em cada lugar. Ou é preciso lembrar?.*

Cuspiram para o chão e desapareceram enquanto lançavam impropérios. Sobre a areia, a saliva ficou a ferver em peçonhenta maldição. Ao longe, ainda se escutaram as gargalhadas dos militares. Não havia dúvida: eles eram hienas. Ou ainda pior: eram dessas criaturas que só se sentem vivas na embriaguez de matar.

Quando, por fim, ficámos sós, o meu velho, tomado pela raiva, cresceu de tamanho, rodopiou em bicos dos pés, e gritou em português:

— *Vocês podem ter armas mas eu tenho todo esse chão onde escrevo os nomes dos falecidos. Cuidado comigo...*

Resmungou para si mesmo, como se mastigasse veneno: *satanhocos, nem nome para dizer "papel" têm na vossa língua.* E apoiando-se no cajado retomou, célere, o caminho para casa. Passo estugado, segui-o pelos atalhos molhados de cacimbo.

— *Não fale destas ocorrências em nossa casa, só vai apoquentar a mãe. E vai aumentar os apetites de guerra do tio Musisi.*

Por um momento pensei que não seria tão mau assim se me raptassem. E me levassem para onde um rei me escolhesse como esposa. Por fim, seria mulher. Enfim, seria mãe. E como rainha e como mãe teria poderes sobre os Vanguni. E traria a paz às nossas nações. Os meus irmãos retornariam a casa, as minhas irmãs regressariam à Vida, a minha mãe deixaria de vaguear sonâmbula pelo escuro.

Talvez esse soberano que todos temiam, ao erguer tão imenso império, não fosse senão um solitário sofredor. Quem sabe fosse o amor o único império que Ngungunyane buscava? Ou talvez, em todos estes anos de guerra, tivesse sido outro o seu propósito: encontrar uma mulher como eu, capaz de infinita paixão. E assim se explicavam os seus infindáveis casamentos. O imperador, diziam, tinha tantas mulheres que acreditava que todas as crianças do mundo eram seus filhos. A pergunta era: quando me apresentasse na sua corte, tomar-me-ia ele como esposa ou como filha? Ou me mandaria matar para cimentar o medo que era o sustento do seu trono?

Na nossa terra sabemos que nos aproximamos de uma povoação pelas vozes, cantos e choros das crianças. Era o que se escutava naquele momento, ainda bem longe da aldeia. A vozearia dos meninos chegava-nos muito antes de entrarmos na aldeia.

Chikazi Makwakwa aguardava, à porta de casa, pelo nosso regresso. Mesmo à distância percebi que, desta vez, também ela tinha bebido. Antecipando-se ao desatino do marido, foi avançando, dedo em riste:

— *Você não gosta de mim, Katini!*

— *Quem disse?*

— Então por que é que você só me tem a mim? Há tantos por aí que têm várias esposas...

— Não sou como esses VaTsongas que acumulam mulheres como se fossem cabeças de gado... Além disso, escolhemos ser civilizados, não foi?

— Escolheu você. E por causa da sua escolha os nossos filhos desistiram de nós...

— Ainda temos Imani.

— Imani vai sair. Aliás, já há muito que ela não está aqui.

Falava como se não me enxergasse. Acheguei-me e toquei-lhe no braço:

— Estou aqui, mãe.

— Você já saiu, filha. Você fala connosco em português, dorme com a cabeça para o poente. E ainda ontem falou da data do seu aniversário.

Onde aprendera eu a medir o tempo? Os anos e os meses, disse ela, têm nomes e não números. Damos-lhes nomes como se fossem seres viventes, desses que nascem e morrem. Aos meses chamamos-lhes o tempo dos frutos, o tempo em que se fecham os caminhos, o tempo das aves e das espigas. E outros, muitos nomes.

Mais grave ainda era a minha alienação: os sonhos de amor que tivesse não seriam na nossa língua, nem seriam com a nossa gente. Foi assim que a mãe falou. E fez uma grande pausa antes de interpelar Katini:

— Você conhece o meu grande desejo, marido. Quero que voltemos para o mar. Lá vivemos em sossego, longe desta guerra. Por que não voltamos para lá?

— A pergunta está errada, mulher. A pergunta devia ser: por que motivo saímos de lá? É a resposta, que você bem conhece, que lhe dá medo. E esse medo é maior que o seu desejo.

Então ele se ergueu, cambaleou por uns segundos e segurou a esposa por um braço. Parecia estar a amparar--se, mas apenas a forçava a entrar no quarto. Também me retirei para os meus aposentos. Deitei-me e cobri o rosto com a capulana, receosa de que o telhado de colmo desabasse. As casas são criaturas vivas e famintas. De noite devoram os moradores e deixam, em seu lugar, sonhos deambulando trôpegos, tão trôpegos como o meu embriagado pai. Mais do que qualquer outra, a nossa casa tinha infatigáveis apetites. A noite inteira víamos os mortos entrando e saindo. No escuro a casa nos engolia. De madrugada cuspia-nos de volta.

Os meus irmãos eram a metade do mundo que me restava. Mas eles viviam agora longe do nosso lar. E por isso a casa tinha sido rasgada ao meio. A mãe sonhava com o mar. Eu sonhava que os meus irmãos regressavam. De noite acordava chamando pelos seus nomes: Dubula e Mwanatu. Sentada no escuro, desfilavam por mim os tempos em que foram meninos e partilhavam o nosso espaço.

Desde cedo Dubula se mostrou inteligente e expedito. Deram-lhe um nome *zulu* e essa escolha já dizia do seu estranho fascínio pelos invasores Vanguni. *Dubula* quer dizer *"disparo de arma"*. Meu pai deu-lhe esse nome porque, no parto desse filho e já cansado da espera, empunhou a velha carabina e disparou sobre o teto da casa. Foi com os nervos, desculpou-se depois. Na verdade, foi aquele petardo que apressou o parto da criança. Dubula foi fruto de um susto, de uma faísca. Ele era como a chuva, filho de um trovão.

Em oposição, Mwanatu, o mais novo, era lerdo e incapaz. Desde criança que vivia fascinado pelos portugueses. Essa simpatia fora encorajada pelo nosso pai, que, ainda com tenra idade, o enviou para a catequese. E ficou, junto comigo, internado na Missão. Quando regressou, vinha ainda mais apalermado. Por instrução paterna, Mwanatu foi trabalhar como ajudante do sargento Germano, continuando a função que já cumpria com o cantineiro. Residia no quartel, noite e dia, sem nunca mais nos visitar. Fazia as vezes de sentinela, fingindo vigiar a porta do português. Tinham-lhe oferecido um velho casacão militar e um boné de cipaio. Ele adorava o fardamento, sem entender que aquela encenação era uma fonte de diversão dos portugueses que por ali passavam. Mwanatu era um esboço de pessoa, uma caricatura de soldado. Dava pena aquele seu empenho: nunca ninguém levara um afazer tão a sério. Em contrapartida, nunca antes ninguém fora presenteado com tanta chacota.

Mais do que ao uniforme, estava preso a uma promessa: a de embarcar um dia para Lisboa e ali ingressar numa Escola do Exército. Essa viagem era por ele vivida como regresso. Voltava para junto dos "seus". A lealdade de Mwanatu para com a Coroa portuguesa envergonhava a nossa família. Com exceção do meu pai, que tinha outro parecer: enquanto estivéssemos sob proteção da Coroa lusitana, aquela fidelidade, fosse ela verdade ou fingimento, dava-nos imenso jeito.

As diferenças entre os meus dois irmãos traduziam os dois lados da fronteira que separava toda a nossa família. Os tempos eram duros e pediam-nos que escolhêssemos fidelidades. Dubula, o mais velho, não precisou escolher. A vida escolheu por ele. Ainda menino, obedeceu aos rituais de iniciação, de acordo com as antigas tradições. Com seis anos foi levado para a mata, onde foi circuncidado e instruído em assuntos de sexo e de mulheres. Durante semanas dormiu na floresta, todo coberto com molhos de capim, para que não fosse reconhecido nem por vivos nem por mortos. Todos as madrugadas a mãe levava-lhe comida, mas não entrava na mata onde os iniciados se concentravam. A desgraça eterna tombaria sobre a mulher que atravessasse aquele proibido território. A mesma interdição se repetia agora, desde que Dubula fugira de casa e vivia em parte incerta. Diziam que dormia cada noite num diferente recanto da floresta. Na penumbra da aurora, o mano rondava o nosso quintal sabendo que, às escondidas, a mãe deixara um prato com comida no topo da termiteira. As pegadas que o pai procurava na areia não eram de bichos. Pertenciam ao seu próprio filho.

Já Mwanatu, o mais novo, foi educado nas letras e nos números. Os rituais que teve foram os dos brancos: católicos e lusitanos. A nossa mãe alertava: A alma que lhe deram já não se sentava no chão. A língua que aprendera não era um modo de falar. Eram uma maneira de pensar, viver e sonhar. E nisso éramos parecidos, eu e ele. Os receios da nossa mãe eram claros: de tanto comer a língua portuguesa, não teríamos boca para qualquer outra fala. E seríamos ambos devorados por essa boca.

Hoje penso que a nossa mãe estava certa nos seus receios. Onde o filho via palavras, ela via formigas. E sonhava que essas formigas emergiam das páginas e mastigavam os olhos de quem lia.

Tantas vezes revivo a derradeira visita de Dubula que parece que ele nunca chegou a extinguir-se pelo mundo. Recordo essa longínqua tarde em que, ao entrar em casa, vi o meu irmão mais velho sentado, de costas para a porta. A luz ténue fazia brilhar o suor que lhe escorria em abundância pelos ombros. Mais perto, entendi: não era suor. Era sangue.

— *Foi o pai?* — perguntei, já em soluços.

— *Fui eu* — respondeu.

Aproximei-me a medo, rondando o seu corpo de estátua. O sangue brotava-lhe das orelhas, lento e espesso.

— *Por que fez isso, Dubula?*

Os rasgões nos lobos das orelhas não deixavam dúvida: Dubula escrevera no corpo a marca de um outro nascimento. Ele já não era nosso. Ele era um *nguni*, igual aos outros que negavam a nossa existência. Abracei-o como se nunca mais o fosse ver. Ou como se já tivesse deixado de o ver. E pedi-lhe que fosse embora antes que o nosso pai chegasse.

Observei a sua figura magra desvanecendo-se no caminho e deslizei as mãos pelo peito como se a mim mesma me faltasse. Senti então o sangue do meu irmão sobre a minha pele.

4

Segunda carta do sargento

Chicomo, 15 de dezembro de 1894

Excelentíssimo senhor
Conselheiro José d'Almeida

Começo por pedir a indulgência de Vossa Excelência para o que relatei sobre o encontro com o Comissário Régio. Aceite Vossa Excelência as minhas sinceras desculpas. Esse relato foi absolutamente isento e nada tem a ver com alguma simpatia particular que eu mantenha pela pessoa de António Enes. Desconhecia, em absoluto, as antipatias recíprocas entre Vossa Excelência e o Comissário Régio. Sei agora que essa animosidade é antiga, datando da primeira missão que o Comissário realizou em Moçambique, durante o ano de 1891. Não me imiscuirei nunca nesse conflito e guardarei toda a lealdade para com Vossa Excelência, a quem respondo com um sentimento de probidade que vai bem para além dos deveres de hierarquia.

Não podia, contudo, deixar de transmitir a Vossa Excelência a animosidade manifestada por António Enes quando lhe falei dos serviços que prestarei em Nkokolani, marcando presença junto das populações que, com tanto risco e sacrifício, nos apoiam. Não era, obviamente, contra mim que o Comissário se manifestava. Era contra Vossa Excelência e contra as negociações que Vossa Excelência vem dirigindo junto do Estado de Gaza e que, na opinião do Comissário, se apresentam excessivamente demoradas. Ficou patente, ainda que nunca explicitamente declarado, que o Comissário desconfia que se está a ir longe demais nas cedências ao Gugunhana. Também se lamentou de que, ao se tomar tempo demasiado, se compromete gravemente a eficácia das nossas campanhas militares. Queixou-se, enfim, António Enes da chefia militar de Inhambane, a cargo do coronel Eduardo Costa, que, a seu ver, acumula argumentos para não avançar no terreno.

Esse atraso pode ser-nos fatal, foram estas as palavras de Enes. E disse mais, desta feita com insinuações malévolas àcerca dos bons propósitos de Vossa Excelência. Afirmou literalmente o seguinte: "... *esse José d'Almeida sempre se borrifou para os interesses nacionais!*". E insinuou que Vossa Excelência estaria a beneficiar o propósito de Gungunhane, que é o de nos fazer perder a guerra muito antes de haver qualquer batalha. Essa guerra, disse ele, será perdida se demorarmos os nossos contingentes nas cidades, sem vontade nem aptidão para colocarmos as nossas tropas no interior do território do inimigo. Morreremos nos nossos acampamentos, cercados pela inércia e pelo medo, atacados pelas febres e pelo desespero da espera. E celebrarão de júbilo os nossos inimigos europeus, com a Inglaterra à cabeça, por darmos provas da nossa incapacidade de possuirmos colónias em África. A guerra pede guerreiros e a mim só me deram funcionários, lamentou-se António Enes. Tudo isto disse o Comissário. E tudo isto sinto necessidade de comunicar neste relatório, que já se vai tornando extenso.

Permita-me Vossa Excelência dizer que, como militar, não posso ficar indiferente aos argumentos de António Enes. Na verdade, o pior modo de perder uma guerra é esperar eternamente que ela aconteça. É preciso que se diga que as nossas vitórias em Marracuene, Coolela e Magul foram um passo extraordinário na recuperação da nossa moral e na promoção da nossa imagem junto dos indígenas. Por onde tenho passado nesta viagem para Nkokolani — jornada que relatarei mais adiante —, por muitos desses lugares deparei com inúmeros chefes locais que, depois dessas gloriosas batalhas, haviam alterado a sua lealdade. Estão, agora, connosco. Mas é preciso dizer que essa vitória foi alcançada sobre os Vátuas, que são os escravos dos Ngunis. Não foi alcançada sobre as forças do Gungunhana. Quanto a esse potentado ainda está tudo por fazer.

Passo agora a relatar os factos da minha viagem em direção a Nkokolani. Chegámos ontem a Chicomo depois de uma viagem de duas semanas a pé, por um sertão que me fascina e me amedronta. Em tudo o que seja floresta imagino uma emboscada. No escuro de cada noite adivinho uma cilada. Atacado por monstruosos bichos ou por indomáveis negros, qual a diferença para quem vai morrer?

Devo confessar que, apesar desses meus receios, a viagem correu sem grandes percalços. No caminho, fui cruzando aldeias de cafres e, em todo o lado, me impressionou o modo como as crianças, aterrorizadas, fogem aos gritos assim que nos veem. Alarmadas, as mães pegam nos filhos por um braço e arrastam-nos para as suas palhotas. É verdade que basta a palavra de um chefe local para que esse alarme se desvaneça. Casos há em que esse sentimento inicial se converte mesmo numa efusiva declaração de boas-vindas, ao saberem que vimos combater o Gungunhana. Mas há uma pergunta que me persegue: por que temem tanto a gente de raça branca? Aceito que se espantem por, na maioria dos casos, nunca antes terem visto um europeu. O pavor que lhes inspiramos, porém, só se pode comparar à visão de almas penadas.

E é assim que me tenho posto a congeminar numa mais ampla indagação: que pensam os pretos de nós? Que histórias fabricam a propósito da nossa presença? Bem sei que, como soldado, essas dúvidas não me deveriam atormentar. Talvez tenha demasiadas perguntas para um militar. Talvez nunca venha a ser um soldado. Pelo menos ao serviço deste regime. Não porque seja um convicto republicano. Mas porque, conforme já disse, não foi por vocação que ingressei na Escola do Exército. Em casa não me deram alternativa. Deixaram-me com a mala feita junto à entrada da Escola do Exército. E nunca mais a minha família me visitou. Nem tão pouco agora sabem ou querem saber do meu paradeiro. O exército foi quem tratou da minha educação. E será certamente o exército que cuidará do meu funeral.

No acampamento de Chicomo, onde pernoitei e de onde envio esta carta, tive oportunidade de encontrar o capitão Sanches de Miranda. Ao escutar as suas histórias de África não pude deixar de me perguntar: quem mais, entre os nossos oficiais, tem esse conhecimento dos africanos? Como podemos governar quem tanto desconhecemos? Que exército poderemos vencer se ignoramos quase tudo sobre o nosso inimigo?

Falei a Sanches do pavor inicial que causava a nossa chegada às povoações. Ele sorriu e disse: o medo que eles têm não é diferente do nosso, que acreditamos que os pretos comem carne humana. Pois esta gente acredita que os canibais somos nós. E que os levamos nos barcos para os comer no alto-mar. Seremos muito diversos, europeus e africanos. Ninguém duvida, nem mesmo os pobres negros, da superioridade da nossa raça. Em contrapartida, como são semelhantes os nossos medos, de um e do outro lado do oceano!

E disse mais o capitão Sanches de Miranda: que havia lido os relatórios sobre o ataque a Lourenço Marques e que considerava haver neles uma grande confusão. Quem nos atacou não foram as tropas de Gungunhana. Os nossos inimigos, neste momento, são alguns chefes Tsongas. Não são os Vátuas de Gaza. Inventaram soldados de Gungunhana onde não os havia. E Sanches de Miranda perguntava-se: por que teimamos tanto em não entender? Por que continuamos a colocar no mesmo saco aqueles que nos daria tanta vantagem dividir?

Uma última palavra sobre esse grande português, esse valoroso Sanches de Miranda. Acreditam os nativos que ele seja filho de Diocleciano das Neves, o famoso *mafambatcheca* que, como Vossa Excelência bem sabe, foi um viajante e comerciante muito estimado entre os cafres e que manteve estreita amizade com o Muzila, pai do Gungunhana. Esse equívoco é tão conveniente que Sanches de Miranda sabiamente o não desmentiu. Pelo contrário, defende o nosso capitão que Diocleciano lhe fez confissões no leito de morte. E que ele, como filho dileto, prometeu a seu pobre pai que faria justiça ao legado africano e respeitaria o carinhoso cognome que lhe atribuíram os landins de *mafambatcheca*, que, na língua dos negros, significa "aquele que caminha alegremente". Não me parece despropositada a parecença que os cafres encontram nas duas lusitanas personagens. Dei conta de que usamos todos nós o mesmo bigode e o mesmo corte de cabelo. A tal ponto que um preto me perguntou se os portugueses já nasciam assim, de bigode posto.

Arvora-se Sanches de Miranda de ser filho do falecido Diocleciano das Neves. Certamente, ele ignora o quanto esse aproveitamento revoltaria o próprio Diocleciano. E ignora ainda Miranda o quanto o seu pretenso progenitor se tinha distanciado politicamente das nossas autoridades, revoltando-se contra a prepotência dos governantes e a continuada prática da venda de escravos. Desconhece ainda o quanto a Diocleciano repugnava a cidade de Lourenço Marques. Entre os meus papéis encontrei um depoimento de Diocleciano referindo a cidade de forma muito pouco abonatória. Reproduzo apenas um excerto: "... *Lourenço Marques é composta de pouca areia e muito lodo; de quinze em quinze dias é toda coberta pelas grandes marés. As emanações pestilentas, que os infelizes habitantes dali absorvem, envenenam-lhes rapidamente os pulmões. Num espaço de três anos sucumbem duas terças partes dos europeus que para lá vão; e o resto fica de tal modo com a sua vida deteriorada, que não pode ser útil nem a si nem ao seu país".*

Também eu fico feliz em me afastar desta infecta cidade. Amanhã junta-se a mim Mariano Fragata, o adjunto de Vossa Excelência, e, juntos numa canoa, desceremos o rio Inharrime. Serão umas tantas horas até desembarcarmos no nosso destino final, onde espero desempenhar com brio e bravura a missão que me foi atribuída.

Mesmo a fechar: disseram-me que há em Nkokolani uma família de chopes que muito nos é aficionada e que é totalmente dedicada à nossa peleja contra o diabo do Gungunhana. Dizem ainda que o chefe dessa família cristã já colocou à minha disposição um filho e uma filha, ambos falantes do português e educados nos nossos preceitos lusitanos. Dou graças a Deus por essa providencial ajuda.

5

O sargento que escutava rios

Sorte a dos que, deixando de ser humanos, se tornam feras. Infelizes os que matam a mando de outros e mais infelizes ainda os que matam sem ser a mando de ninguém. Desgraçados, enfim, os que, depois de matar, se olham ao espelho e ainda acreditam serem pessoas.

Relembro o dia em que o sargento Germano de Melo chegou a Nkokolani. Na verdade, logo nesse dia se viu que este português era diferente de todos os outros europeus que nos visitaram. Ao desembarcar da piroga, arregaçou prontamente as calças e caminhou pelos seus próprios pés. Os outros brancos, portugueses ou ingleses, usavam as costas dos negros que os carregavam para terra firme. Ele foi o único que dispensou esses serviços.

Aproximei-me, na altura, curiosa. O sargento pareceu-me mais alto do que era, acrescentado de tamanho pelas botas cheias de lama. O que mais notei foi a sombra que lhe toldava o rosto. Os olhos eram claros, de uma cor quase cega. Uma nuvem de tristeza, porém, lhe ensombrava o olhar.

— *Sou Imani, patrão* — anunciei-me, numa desajeitada vénia. — *O meu pai mandou-me aqui para o ajudar no que fosse preciso.*

— *És tu a tal moça? E que bem que falas português, a pronúncia corretíssima! Deus seja louvado! E onde é que aprendeste?*

— *Foi o senhor padre que me ensinou. Vivi na missão, na praia de Makomani, durante anos.*

O português deu um passo atrás para melhor me espreitar o corpo e depois disse:

— *Mas tu tens uma cara bem bonita!*

Baixei o rosto, juntei a vergonha à culpa. Caminhámos junto ao rio até que o visitante parou e fechou os olhos, pedindo-me que não falasse. Ficámos em silêncio até que ele se manifestou:

— *Na minha terra não há disto.*

— *Não há rios?*

— *Claro que há rios. Só que deixámos de os escutar.*

O português desconhecia o que era um lugar comum em Nkokolani: que os rios nascem no céu e cruzam a nossa alma como a chuva atravessa o céu. Escutando-os, não estamos tão sós. Mas guardei-me calada, à espera da minha vez.

— *É bom ser saudado por um rio* — comentou em voz baixa. E acrescentou: — *Por um rio e por uma rapariga linda como tu.*

Ordenou-me depois que ali fizéssemos espera. Só então dei conta de que, mais atrás, vinha um outro português, um civil muito moreno e distinto. Soube depois tratar-se de Mariano Fragata, adjunto do Intendente português junto do Estado de Gaza. Fragata vinha às cavalitas de um homem da nossa aldeia, mas numa posição instável e ridícula, escorregando pelas costas do carregador. O negro parecia não querer largar o português que suplicava, com crescente veemência: *Ponha-me no chão!, ponha-me imediatamente no chão!*

Não chegaram a tombar os dois porque fiz parar o meu conterrâneo, que, divertido, me confidenciou, em *txitxope*:

— *É para eles saberem que aquele que está em cima nem sempre manda no que está em baixo.*

O adjunto do Intendente reganhou a sua altiva pose, desenrolou as pernas das calças e olhou-me de modo inquisitivo. O militar procedeu às apresentações:

— *Esta é a tal Minami...*

— *Imani* — corrigi.

— *É a tal menina local que nos veio receber, você não acredita no português correto dela... diz lá alguma coisa, miúda... Vá, fala um bocado para o meu colega te escutar!*

De repente fiquei muda, varreu-se-me todo o português. E, quando tencionei falar na minha língua natal, enfrentei o mesmo vazio. Inesperadamente, não possuía nenhum idioma. Dispunha apenas de vozes, indistintos ecos. O militar salvou-me do embaraço:

— *Está envergonhada, a coitadita. Não tens que falar, basta que nos conduzas até ao quartel.*

Pela bagagem percebi que o sargento vinha alojar-se connosco por um tempo. O outro, vestido à civil, teria estadia breve. Acompanhei os visitantes rumo à cantina do Sardinha, o único português da nossa região que havíamos rebatizado como *Musaradina*.

Os dois europeus demoraram-se a contemplar os recantos da aldeia.

— *Veja esta povoação, caro Fragata. Está tudo limpo, tudo varrido. Estou espantado, as ruas largas, com árvores de fruta… que pretos são estes, tão diversos dos outros que vimos?*

Francelino Sardinha estava à porta e recebeu efusivamente os compatriotas como se descobrisse, depois de séculos de solidão, os dois únicos seres humanos no planeta. O cantineiro era um homem baixo e gordo, sempre agarrado a um lenço seboso que usava para limpar a abundante transpiração. A bem dizer, o pegajoso lenço fazia já parte do seu corpo. À entrada, dirigiu-me rispidamente a palavra:

— *Tu, catraia, ficas aí fora. Aqui dentro, já sabes, vocês não entram.*

— *E por que é que ela não entra?* — inquiriu o militar.

— *É que aqui, meu caro sargento, eles já sabem: aqui há regras. Aqui, esta gente não entra.*

— *As regras, a partir de agora, quem as dita sou eu* — afirmou o sargento. — *Esta rapariga fala português melhor do que muitos portugueses. Pois ela veio comigo, e ela vai entrar comigo.*

— *Bom, está bom, se assim Vossa Excelência manda.* — E, de costas viradas, voltou a dirigir-se-me: — *Senta-te aí, na cozinha, nessa cadeirinha.*

E não mais me deram atenção. Contemplei o teto da casa e reparei nas emendas das telhas. E temi pelo que se dizia na aldeia: que a obra ficara para sempre inacabada porque uma mão invisível desfazia, de noite, o que os portugueses tinham erguido durante o dia. Esses fantasmas ainda por ali moravam, baloiçando no telhado como enormes morcegos.

Os dois recém-chegados evoluíram pela casa com

dificuldade, cuidando em não tropeçar nas mercadorias espalhadas caoticamente. Longe estavam os tempos em que eu espreitava pela janela da cantina, namoriscando os panos e os sapatos que ali se acumulavam. A desordem, entretanto, tinha crescido: caixas e trouxas empilhadas, volumes rasgados deixando escapar latas e garrafas pelo chão.

Os meus olhos detiveram-se numa peça de fazenda, aos quadrados azuis e brancos. O militar adivinhou-me o pensamento e, em voz alta, dirigiu-me a pergunta:

— *Sabes o que é isto?*

— *São roupas, patrão.*

— *Chama-me de sargento. Dizias tu que isto são roupas? O rótulo diz que são peças de zuarte e de riscado, mas chamar isto de roupas pede muita imaginação. É que ninguém, nem o mais pobre dos pobres, aceitaria uma peça destas na Europa.*

Rasgou um pedaço de pano e passou-o pelo rosto do acabrunhado cantineiro:

— *Olhe para isto: completamente impregnadas de goma! Se forem lavadas solta-se este pó branco e resta uma teia de aranha. É como essa zurrapa a que chamam de "vinho para o preto".*

O comerciante engoliu a ofensa: o visitante era, afinal, um ocupante. As razões militares mandavam mais do que os seus privados negócios. Quando ripostou, o tom era contido, a mostrar que se despromovera de Sardinha para Musaradina:

— *Esses tecidos, Excelência, são os que aqui se vendem. Os pretos não se interessam pelo aconchego da roupa; eles ficam-se pelo ornamento.*

A gente de Nkokolani, queixou-se ainda ele, não

comprava tanto como os outros pretos. A nós, os Vatxopi, bastavam-nos os recursos da terra e da floresta. *Até serpentes estes gajos comem; razão têm esses outros, os Vátuas, para os desprezar,* deplorou o cantineiro.

— *Não são Vátuas, não existem Vátuas* — ousei corrigir, no meu canto, num fio de voz tão suave que ninguém escutou.

O militar parou em frente da bancada de madeira e, de uma assentada, atirou para o chão as peças de fazenda. A serenidade com que falou contrastava com a determinação do seu gesto:

— *Não sei como dizer isto. Mas não existe um outro modo, mais simpático, de lhe falar. Meu caro Sardinha, vim-me instalar nesta cantina. Mas existe uma outra razão para aqui estarmos: nós viemos aqui para o prender.*

— *Prender-me?*

— *Amanhã uns cipaios vão levá-lo para Inhambane.*

— *Cipaios?*

Nem por um segundo o sorriso apatetado esmoreceu no rosto do cantineiro. Foi como se não tivesse escutado a sentença. *Vou servir-vos uma bebida,* disse enquanto acabava de enrolar os panos espalhados pelo chão. *Este vinho é do bom, esta pomada é da melhor,* comentava ao servir os visitantes em canecas de metal.

— *Vêm prender-me? E existe um motivo que eu possa saber?*

— *Você sabe muito bem o que anda por aí a vender. E não é aos Vátuas, nem aos chopes...*

— *Sei onde nascem esses boatos, desse monhé... desse monhé preto, o Assane, que tem cantina em Chicomo. Eu juro por Deus nosso Senhor...*

— *Deixemo-nos de rodeios. Você sabe por que é que está a ser preso.*

— *Para dizer a verdade* — respondeu o cantineiro — *só me interessa que Vossas Excelências estejam aqui, comigo. Que me venham prender, pouco interessa. Havia tanto tempo que não via um branco que já me esquecia da minha própria raça. De viver só com estes cafres já me olhava como um preto. É por isso que digo: Vossas Excelências não me vêm prender. Vêm libertar-me.*

E retirou do armário uma garrafa. Queria celebrar aquele momento, ainda que fundado numa triste contrariedade. Os estranhos, de início, reagiram com cautela. Aos poucos, contudo, todos os três portugueses foram vazando sucessivas garrafas e, à medida que bebiam, iam-se tornando uma família, mesmo se, em momentos breves, discordassem acaloradamente.

Num certo momento, o sargento fez tenção de se sentar sobre uma caixa de madeira. Estava tonto por causa da bebida, indisposto por causa do calor. O cantineiro Sardinha correu a travar o intento do militar:

— *Não se sente aí, meu sargento, esse caixote tem carga preciosa; são garrafas de vinho do Porto. E sabe para quem são? Para Gungunhana... Vinho do melhor para o nosso maior inimigo.*

— *O nosso maior inimigo é outro. E você sabe quem é...*

Um embaraço tomou conta de Sardinha. Escutaram-se as corujas riscando a noite, a parafina ameaçou esgotar-se nos candeeiros e o cantineiro foi atacado por súbita melancolia:

— *São cipaios que me vão levar? Não dá para eu ir sozinho? Prometo que não fujo. É que passar por esta gente escoltado por dois pretos...*

— *Quem lhe disse que são dois?*

E riram-se, Fragata e Germano. *De qualquer forma,* acrescentou o adjunto do Intendente, *serão cipaios que lhe farão escolta, não será o Gungunhana.* E riram-se ainda mais.

— *Não é "Gungunhana". Diz-se "Ngungunyane".*

Os portugueses fitaram-me, surpresos. Não acreditavam que tivesse falado, ainda por cima para lhes corrigir o sotaque.

— *O que é que disseste?* — inquiriu, atónito, o Fragata.

— *Deve-se pronunciar "Ngungunyane"* — insisti com delicadeza.

Entreolharam-se vazios. Fragata imitou a minha dicção, fazendo chacota dos meus propósitos puristas. Depois voltaram à bebida e às lamentações em voz ciciada. A um certo ponto entendi que o militar murmurava:

— *O que mais me perturba nesse Gungunhana não é ele odiar-nos. É ele não nos temer.*

— *Sabe o que fazemos?* — inquiriu Sardinha. — *Colocamos veneno nas garrafas, essas que vocês insistem em lhe oferecer! Nem é preciso uma bala, basta uma gota. Uma só gota e cai por terra o Império de Gaza.*

— *Temos ordem para não o matar.*

— *Agora sou eu que tenho vontade de rir* — comentou Fragata. — *Temos ordem para não o matar? Nós temos sorte é que ele não nos mate a todos nós.*

O cantineiro saiu por um momento e regressou com um canhangulo nas mãos. E logo tranquilizou os que o vinham prender:

— *Não se apoquentem, caros senhores, que está descarregada.*

Era a espingarda com que dormia abraçado todas as

noites. Exibia-a com o orgulho de proprietário não de uma cantina, mas de um paiol. E declarou:

— *Este é que é o único idioma que eles entendem. Ou será que querem vencer a guerra com saguates e salamaleques?*

E foi murmurando azedumes e impropérios até que anunciou que se ia deitar. Acamou uns panos por cima de uma esteira e derramou-se no chão, enlaçando a velha espingarda.

Germano arrastou uma cadeira para se vir sentar ao meu lado. Depois fixou os olhos em mim como se estudasse um mapa. O seu olhar era de fogo. Lembrei-me das mariposas rondando a luz dos candeeiros. O cantineiro notou o interesse do visitante e, de olhos semicerrados, advertiu:

— *Tenha tento nessa catraia. É novinha mas tem corpo de mulher. É que as pretas têm artes do demónio. Eu sei do que estou a falar.*

Bastaram uns minutos, porém, e o português deixou de me dar atenção para contemplar demoradamente a parede em que apoiava os pés. Ficou assim um tempo, até que murmurou:

— *Ali, naquela parede, está a minha terra.*

E apontou para uma mancha na pintura. Era um retângulo descolorido, feito de caliça levantada pela humidade.

— *É Portugal, ali, naquela parede.*

Equilibrando-se a custo, subiu à cadeira e, com as unhas, raspou a mancha. Observou a cal espalhada no chão como se estivesse diante de um animal em agonia. E logo o cantineiro, diligente, apontou para uma vassoura:

— *Então, miúda? Há que limpar o chão e ficas aí especada?*

O militar tomou a dianteira e ergueu a vassoura no ar como se fosse uma espada. E proclamou:

— *Quem limpa sou eu. Foi o que vim cá fazer. Limpar a porcaria que os outros fizeram.*

No silêncio que se seguiu fui estudando a melhor maneira de anunciar a minha retirada. A minha timidez ensinava-me que os tímidos e os invisíveis se tornam insuportavelmente expostos quando se despedem. Era noite e eu era apenas uma mulher entre estranhos. O cantineiro ergueu-se do seu improvisado leito e veio ter comigo com uma caixa nos braços:

— *Leva este vinho do Porto para o teu pai. É a minha gratidão por tudo o que ele tem feito. Cuidado que é pesado.*

Arqueada pelo peso, fui cambaleando pelo pátio escuro até que a voz de Sardinha me fez parar:

— *Espera, vou contigo, ajudo-te até à estrada.* — E virando-se para dentro perguntou ao militar: — *Posso, sargento? São só cinco minutinhos, não fujo.*

Assim que a porta bateu, o cantineiro dirigiu-me, com o seu hálito empestado, o mais estranho pedido: eu que falasse com ele em *txitxope* enquanto ele ia colher umas ervas.

— *Vá! Fala, miúda. Fala comigo, eu sou o Musaradina.*

— *Vou falar o que, patrão?*

— *Qualquer coisa, mas vai falando, vai falando sem parar...*

E debruçou-se sobre o chão como um cão farejando sinais. Foi recolhendo folhas, sementes e tudo aquilo ele levava ao rosto para, de olhos fechados, aspirar demoradamente. Até que endireitou as costas e declarou:

— *Eu vi-o aqui, neste descampado.*

— *Desculpe, patrão Musaradina: viu quem?*

— *Gungunhana. Veio aqui, queria matar a sua amada. E queria morrer, ele também.*

— *Gungunhana esteve aqui?*

— *Veio aqui clandestinamente, em busca do veneno de murre-mbava, essa árvore que cresce aqui perto, na lagoa Nhanzié.*

Olhei o cantineiro e vi-o escuro, com a pele de Sardinha e a alma de Musaradina. O português era um muchope, um dos nossos. Não apenas porque falava a nossa língua, mas pelo modo como falava com todo o corpo. E prosseguiu o Sardinha misturando idiomas:

— *Pensou Ngungunyane que lhe pudesse acudir. Queria morrer e matar. E tudo por amor, ele tinha um amor interdito. Bonito, não é?*

— *O que é que é bonito, não entendo?*

— *Um homem como ele, que tem as mulheres todas que quer, acaba não tendo a única que realmente ama.*

— *Sardinha, diga-me: há alguma coisa que me quer dizer?*

Não respondeu. Regressou a casa e, já na porta, acenou não sei se um adeus, se uma ordem para que apressasse a minha retirada.

Não tinha dado meia dúzia de passos quando escutei o disparo. Por detrás dos cortinados adivinhava-se um rebuliço de sombras e murmúrios. Voltei atrás para encontrar Francelino Sardinha agonizando no meio de um charco de sangue. O cantineiro estrebuchava, sem nunca largar o seu velho canhangulo. Morreu abraçado à espingarda na mesma posição com que sempre dormira.

Alertado pelo disparo, o meu irmão Mwanatu apareceu vindo das dependências onde estava alojado. Sem pronunciar palavra, ajudou os portugueses a arrastar o corpo para as traseiras da casa e depois correu ao armazém para buscar pás para abrir a cova. Ao retornar, encontrou o sargento tombado de joelhos, o rosto descaído sobre o peito. Germano de Melo tinha uns olhos tão azuis que receámos que, caso chorasse, ficaria cego para sempre. Não houve lágrima. O branco apenas rezava pelo cantineiro morto. Fragata chamou-lhe a atenção: ele que se recompusesse e interrompesse as preces. Os suicidas não têm alma. Não se reza por eles. Foi isso que Fragata disse.

O militar levantou-se e empunhou uma das pás que Mwanatu trouxera do armazém. Com fúria, desatou a escavar entre os duros torrões. Olhei os homens labutando e não pude deixar de notar a falta de habilidade dos portugueses. E dei comigo a pensar: nós, os negros, sabemos mexer numa pá incomparavelmente melhor que outra qualquer raça. Nascemos com essa habilidade, a mesma que nos faz dançar quando precisamos de rir, rezar ou chorar. Talvez porque há séculos sejamos obrigados a enterrar, nós mesmos, os nossos mortos, que são mais que as estrelas. Outra razão haveria: os europeus teriam certamente, lá na terra deles, negros escravos que fariam esse trabalho. Quem sabe em Portugal me esperasse um homem da minha raça? Quem sabe o amor me esperasse onde só chegam os barcos e as gaivotas?

6

Terceira carta do sargento

Nkokolani, 12 de janeiro de 1895

Excelentíssimo senhor
Conselheiro José d'Almeida

Escrevo a Vossa Excelência para lhe transmitir novas
da minha chegada a Nkokolani, que sucedeu a meio da
manhã de ontem, juntamente com o adjunto Mariano
Fragata. As novas que trago não são as melhores e antecipadamente me penitencio por estas linhas não cor-
responderem ao que, certamente, Vossa Excelência mais
queria ouvir. Contrariamente ao que seria de esperar, o
merceeiro Francelino Sardinha não estava à nossa espera à chegada. Valeu-nos a moça já referida na minha
última carta. Bem-educada e exímia falante da nossa
língua, foi ela que nos deu as boas-vindas. Chama-se

Imani e será uma ajuda providencial para os propósitos da minha missão.

Devo assinalar que o asseio e a envergadura da povoação muito nos impressionaram, não se apresentando nada de semelhante nos territórios dos vizinhos Bitongas e dos VaTsongas. Perguntei à moça se sentia orgulho na dimensão e no esmero da sua aldeia. E ela respondeu de forma curiosa: que todos ali sentiam essa vaidade, menos ela. A razão daquele crescimento era, para ela, apenas uma: o medo. Nkokolani crescera na mesma medida em que os seus habitantes haviam encolhido. Foi assim que Imani falou, nestas exatas e sofisticadas palavras. E acrescentou que as suas gentes ali se aglomeravam na ilusão de que, juntas, estavam mais protegidas. Mas é o terror que nos governa, disse ela apontando as frondosas laranjeiras que bordejam as ruas. Aquelas são as árvores sagradas daqueles chopes. Acreditam estes cafres que as laranjeiras os defendem dos feitiços, os seus piores inimigos. Quem sabe eu mesmo venha a plantar uma árvore no meu quintal? Se não der proteção, sempre dará fruto e sombra.

Em contraste com o resto da aldeia, o posto militar onde assentarei praça é uma mostra de decadência absoluta. Chamar de "quartel" a esse caduco edifício só pode resultar de uma enorme distorção de quem confunde desejos por factos. Seria de toda a conveniência demolir aquela espelunca, que é uma inaceitável mistura de um armazém de armas e de uma cantina para venda de quinquilharia.

Vossa Excelência conhece a história daquele decrépito edifício: os portugueses tinham, havia mais de duas décadas, iniciado as fundações e subido as paredes. A intenção era realmente erguer um quartel. Mas não chegou a haver teto, nem janelas, nem portas. O aquartelamento ficou-se pelas intenções e definhou, esquecido e abandonado. Anos depois, um afoito comerciante, de nome Francelino Sardinha, finalizou as obras e ali montou a sua loja. A casa apresenta-se, agora, como uma criatura híbrida: metade forte, metade cantina.

Agora mesmo enquanto escrevo, sentado numa mesa da malfadada cantina, aranhas felpudas passeiam-se sobre as mãos e sobre os papéis. Os asquerosos bichos e uma variedade de insetos sem nome são atraídos pelos candeeiros. A alternativa seria o escuro, uma infeliz antecipação das trevas. E Vossa Excelência sabe como cai cedo a noite por estas bandas.

A noite passada esmaguei com o pesa-papéis uma dessas repugnantes aranhas. Um esguicho pastoso e fétido inundou todo o tampo da mesa, inutilizando a correspondência que ali se encontrava. O meu rosto, mãos e braços ficaram todos conspurcados por aquela peçonha esverdeada. Tive medo que o veneno fosse absorvido pela pele e se me espalhasse pelas veias. Imani diz que não devo matar os bichos. E tem uma teoria curiosa sobre os serviços que as aranhas prestam. Diz ela que as suas teias fecham as chagas do mundo. E que saram feridas que desconheço dentro de mim. Enfim, fantasias próprias desta gente ignorante.

Não é apenas o estado decrépito do aquartelamento que tão intensamente me perturba. Confesso, Senhor Conselheiro, a minha surpresa em ver tão despovoadas de obras e de gente europeias todas estas extensas regiões. Ingenuamente, mantinha uma ideia bem diversa sobre a colónia de Moçambique. Pensava que reinávamos, de facto, nos nossos territórios. Afinal, a nossa presença limita-se, desde há séculos, à foz de uns poucos rios, que prestam serviços de aguadas. A triste realidade pode ser assim descrita: não há senão cafres e baneanes neste imenso sertão. Os raros sinais da nossa presença são adulterados graças a pessoas da laia do cantineiro.

O paquete que transporta esta missiva chama-se Mwanatu e é irmão de Imani. O rapaz parece meio pateta, mas, com toda a sinceridade, prefiro isso a um espevitado que não mereça confiança. Aproveitando o facto de já fazer recados para o Sardinha, incumbi o simplório Mwanatu de tarefas que seriam próprias de um soldado de apoio. Entreguei-lhe, por exemplo, uma espingarda avariada e obsoleta, e ele assumiu, com pungente vaidade, a guarda do estabelecimento.

Ainda não conferi o armamento que foi deixado à guarda do merceeiro e cujo número não se me afigura avultado. A tarefa demandará tempo e esforço, pois, neste momento, tudo se encontra misturado: mercadorias e material bélico. Assim que tiver vistoriado todo o armazém, enviarei uma relação circunstanciada do material aqui existente.

Devo dizer, a bem da verdade, que se desenvolveu em Nkokolani uma enorme e desproporcionada expetativa sobre a chegada de Mouzinho de Albuquerque. Não que alguém o conheça e, para dizer a verdade, os negros quase não sabem pronunciar o nome desse nosso capitão de cavalaria. Mas é por desmesurado medo que se empenham na fabricação de um messias salvador. É bem verdade que, depois das nossas recentes vitórias militares, muitos dos regulados do sul viraram as costas a Gungunhana e passaram a nos prestar vassalagem. Se é certo que essa nossa recente preponderância trouxe esperança aos indígenas, a verdade é que essa mudança de fidelidade lhes pode ser fatal. Se não confirmamos o predomínio do nosso poderio, esses régulos vacilarão e, com receio de terrível punição, voltarão a ser súbditos do grande rei de Gaza.

Esta é uma das razões por que esta gente nutre tanta esperança na chegada de Mouzinho e da sua cavalaria. Existem, de facto, outras razões que concorrem para essa adesão à figura de Mouzinho: a primeira é que há muito que a gente de Nkokolani está cansada de conversações. E ficam perplexos com a nossa atitude de, em vez de fazermos guerra contra o inimigo comum, insistirmos em negociar com quem não tem palavra.

Mas há outra razão para investirem na construção imaginária de um salvador. Essa razão não tem a ver com Mouzinho. Tem a ver, admire-se Vossa Excelência, com cavalos. Dizem os cafres que os cavalos não são animais da terra. Sabem disso pelo modo como os cascos pisam o chão: um passo nervoso e inquieto como o das aves pernaltas. Não andam nem correm assim as zebras e os gnus, que é a fauna mais parecida que eles conhecem. Porque essas outras alimárias assentam com familiaridade os cascos no bravio chão. Os cavalos têm outra passada, quase sem tocar na terra. Evoluem no sertão como se fossem nuvens riscando os céus. Daí a crença: os cavalos, defendem eles, foram trazidos desse lugar longínquo onde a Terra faz fronteira com o firmamento. Terão certamente os cafres visto imagens de são Jorge e de outros santos descendo dos céus a cavalo nos postais que o antigo padre por aqui distribuiu.

Podemos fazer o juízo que entendermos, mas é esta

a visão dos cafres, esta é a sua perceção de um bicho que nunca antes viram. Se os cavalos são, para nós, uma arma de guerra, para o gentio eles fazem despertar outras pelejas igualmente sérias e mortais. Instalou-se em Inhambane uma guerra de feitiços, mezinhas e maldições. Não há aqui feiticeiro que não se ocupe de abençoar a chegada da nossa cavalaria. Quando falei em Nkokolani que alguns cavalos — como o de Ayres de Ornelas — morreram de tremuras e febres, houve logo quem atribuísse essa doença aos espíritos Vanguni. Iguais culpas inventaram quando souberam que, onde se supunha verdejarem extensos pastos, todo o capinzal se tornou subitamente desolado e seco. Essa repentina e inexplicável mudança só pode ser obra de satânicos feiticeiros.

Não creia pois, Senhor Conselheiro, que existe uma simpatia particular por quem, por acaso, Vossa Excelência não nutre nenhuma afinidade. Por tudo isso o encorajo a não cismar sobre o que os militares estarão congeminando. Prossiga o seu empenhado lavor de empreender negociações com os pretos.

Dizem alguns que a política de diálogo denuncia o nosso medo e a nossa falta de preparação. Desconhecem esses maledicentes a capacidade bélica do Estado de Gaza. São dezenas de milhares de destemidos guerreiros, preparados e equipados a preceito para uma guerra no sertão. Não vejo senão como uma aventura temerária e votada ao fracasso um confronto aberto com as forças do Mudungazi.

Aquilo que pensamos ser arrogância dos negros não é senão a consciência que detêm da sua superioridade numérica e militar. Na verdade, essa insolência não começou com Gungunhana. Há cinco décadas já o soberano dos zulus, o rei Dingane, nos tratava como seus subordinados. Acreditava ter poderes para demitir e nomear chefes europeus para governar os territórios que, sendo nossos por direito, lhe parecia a ele que eram de sua exclusiva pertença. Todo o sul de Moçambique era, no seu distorcido entender, uma colónia zulu, temporariamente concedida à gestão dos brancos.

Foi assim que Dingane decidiu, em 1833, pela substituição do governador Dionísio António Ribeiro, baseado em Lourenço Marques. Em seu lugar nomeou Anselmo Nascimento, um conhecido comerciante que prestava serviços aos territórios vizinhos. O monarca zulu trocava um branco por outro branco. Argumentava Dingane que "os portugueses se controlavam melhor uns aos outros". A aplicação da medida, no entanto, ficou suspensa. Até finais de 1833, o rei zulu decidiu manter no poder o governador Ribeiro, apesar de este último não lhe pagar tributo.

Contudo, numa das suas razias para captura de escravos, os portugueses, por engano, prenderam e mataram gente zulu. Deu-se, então, a rutura. Como Dionísio Ribeiro recusasse ser demitido por quem não o tivesse nomeado, o rei Dingane invadiu a cidade, obrigando a que o governador procurasse refúgio na ilha da Xefina.

Quando dali tentava escapar, escondido num pequeno barco, o Ribeiro foi capturado e morto. Executaram-no em público, quebrando-lhe o pescoço. O que fizeram as autoridades portuguesas em resposta a esse ultraje? Ignoraram o assunto. O seu sucessor na governação apresentou desculpas antecipadas ao rei Zulu, argumentando que a colónia estava pobre e os cofres vazios de

Lisboa não permitiam pagar os impostos ao imperador Zulu.

Posturas de cobardia como esta apenas legitimam a pretensão imperialista dos ingleses em provar que Portugal não tem condição para governar as suas colónias africanas. Não sei se odeio mais a ambição inglesa ou a vergonhosa submissão das nossas autoridades.

7

Nas asas de morcegos

As nossas estradas já tiveram a timidez dos rios e a suavidade das mulheres. E pediam licença antes de nascer. Agora, as estradas tomam posse da paisagem e estendem as suas grandes pernas sobre o Tempo, como fazem os donos do mundo.

Os Vatxopi devem o seu nome à perícia com que manejam o arco e a flecha. Excecionalmente o meu pai, Katini Nsambe, cresceu à margem dessa tradição, longe da caça e da guerra. A sua paixão, para além do álcool, eram a música e as marimbas. Talvez fosse a vocação para criar harmonias que o fizesse tão avesso à violência. Meu pai era um afinador dessa infinita marimba que é o mundo.

Todos reconheciam nele o melhor fabricante de timbilas da região. Fazia-as como se se fizesse a si mesmo. Não era uma obra, era uma gestação. Cada passo dessa longa génese era acompanhado por um ritual de rezas e silêncios. Para que outras mãos, tão antigas que não se davam a ver, guiassem os seus gestos.

Desde menina acompanhei o meu velhote à procura das *mimuenge,* as únicas árvores que fornecem material de qualidade. Ajudava-o a cortar as madeiras, a amarrar as tiras de couro que ligavam as tábuas, a procurar as cabaças de amplificação que são colocadas por debaixo das teclas. Cada cabaça era mil vezes testada até encontrar a nota certa. Cabia-me a mim guardar a cera das vespas, que depois era usada para selar as cabaças.

A fabricação de marimbas foi o que, naquele dia, me fez madrugar para acompanhar o meu velho à floresta das grandes figueiras a que chamamos *mphama*. Desde menina me incumbiram de uma missão que deveria caber a um rapaz: subir às figueiras para capturar morcegos e lhes arrancar as asas, sem que fosse mordida pelos seus pestilentos dentes. As membranas das asas, depois de secas, forravam as caixas de ressonância. Esse era o segredo mais valioso da receita paterna para o fabrico de marimbas.

Fui ganhando destreza na arte de capturar os grandes morcegos, esses vorazes comedores de fruta. Nos troncos cimeiros se conservavam de cabeça para baixo, balanceando como pêndulos vivos, alertados mas sem receio aparente. Empoleirada nas alturas, contemplava-os demoradamente antes de lhes lançar a rede. Nem sempre se distinguiam os vivos dos falecidos. As garras prendiam-se aos ramos com tal afinco que, mesmo depois de mortos, permaneciam suspensos e assim secavam até não serem mais que uma engelhada sombra. Alguns de nós, humanos, temos esse mesmo destino: falecidos por dentro, e apenas mantidos pela parecença com os vivos que já fomos.

Nos ramos mais altos reuniam-se as fêmeas que amamentavam os filhotes. De tal modo se pareciam com pequenas pessoas que eu evitava enfrentá-las nos olhos para não fraquejar no meu intuito caçador. Aquele sentimento de compaixão foi-se avolumando à medida que em mim cresciam sonhos de maternidade. Até que, daquela vez, em frente ao tronco que devia escalar, ganhei coragem para declarar:

— *Desculpe, pai. Mas eu não volto lá em cima nunca mais.*

O meu velhote admirou-se com a minha atitude. Nenhum pai, em Nkokolani, aceita uma resposta negativa. Mas ele sorriu, com inesperada doçura. *Não quer subir?*, perguntou, com ar apatetado. Neguei, em silêncio, mas com firmeza. E ele, surpreendentemente, aceitou a minha recusa.

— *Está com pena dos morcegos? Eu entendo, minha filha. E vou-lhe dizer por que percebo muito bem essa sua recusa.*

E contou-me uma história antiga, que escutara dos seus avós. Naquele tempo, os morcegos cruzavam os céus com a vaidade de se acreditarem criaturas sem semelhança neste mundo. Certa vez, um morcego tombou ferido numa encruzilhada de caminhos. Passaram por ali os pássaros e disseram: *olha, um dos nossos! Vamos ajudá-lo!* E levaram-no para o reino dos pássaros. O rei das aves, porém, ao ver o morcego moribundo, comentou: *ele tem pelos e dentes, não é dos nossos, levem-no daqui para fora.* E o pobre morcego foi depositado no lugar onde havia tombado. Passaram os ratos e disseram: *olha, é um dos nossos, vamos salvá-lo!* E conduziram-no à presença do rei dos ratos, que proclamou: *tem asas, não é dos nossos. Levem-no de volta!* E conduziram o agonizante morcego para o fatídico entroncamento. E ali morreu, só e desamparado, aquele que quis pertencer a mais do que um mundo.

Era evidente a moralidade da fábula. Por isso estranhei a sua pergunta, no final:

— *Entendeu, filha?*

— *Acho que sim.*

— *Duvido. Porque esta história não é sobre morcegos. É sobre você, Imani. Você e os mundos que se misturam dentro de si.*

As artes de Katini não se limitavam à confeção de marimbas. Ele era compositor e maestro de uma orquestra que integrava uma dezena de executantes. Exibia-se na nossa povoação e fazia périplos por outras aldeias. Eu assistia aos concertos e contemplava, extasiada, os dançarinos vestidos de guerreiros a simular lutas com escudos e matracas. Deitados de costas, erguiam-se de um salto como que possuídos por espíritos emergindo das profundezas.

— *Por que brincamos às guerras?* — perguntava, assustada.

Meu pai não respondia. Talvez não soubéssemos viver sem medo. Dançando com fantasmas, acabávamos por os domesticar. O problema dos fantasmas é que estão sempre com fome. Um dia devoram-nos e tornamo-nos, nós mesmos, as nossas assombrações.

Fosse como fosse, a verdade é que aquele compasso viril me arrancava do mundo e, embora a dança fosse exclusivamente executada por homens, no meu recatado lugar eu mantinha todo o corpo em movimento. E era como se uma outra pessoa dançasse dentro de mim. Talvez essa pessoa fosse "a Viva", talvez fosse "Cinza", talvez fossem todas as que em mim viveram. Naquele momento eu ficava isenta de ter corpo, desobrigada de ter memória. Eu era feliz.

No final da dança os dançarinos tombavam desamparados como se tivessem sido trespassados pela própria morte. Estava autorizada, só então, a participação das mulheres. Umas tantas mães destacavam-se do público e faziam de conta que procuravam os filhos entre os guerreiros tombados no solo. Aquele momento, em contraste com a pujante alegria da dança, arrastava-me para uma desamparada angústia. E, invariavelmente, chorava.

— *Não gostou, minha filha?* — inquiria, no final, a nossa mãe.

Eu acenava que sim, que tinha gostado. E ela passava-me o braço sobre o ombro e confortava-me: *Aquilo é brincadeira, minha filha.* Mas havia na sua voz e no peso do seu braço uma tristeza bem maior que a minha. E ela explicava a razão daquela melancolia: fosse nos palcos de dança, fosse nos verdadeiros campos de batalha não se encontra um filho que seja apenas nosso. Todos os que tombaram são nossos filhos. As mães da minha terra trazem o luto de todas as guerras.

Era quase meio-dia e o pai estava sentado com um livro aberto sobre os joelhos. Na capa podia-se ler: *Cartilha para Aprender a Ler.* Havia muito que eu tinha encontrado o manual entre as velharias deixadas na igreja. Na altura, fiz questão de lho oferecer. Nunca nenhuma outra dádiva o emocionara tanto. Não havia dia que não passasse as pontas dos dedos pelas páginas como se as tivesse acabado de criar. *Em vez de palavras, disse ele, escuto música.* E tamborilava com os dedos sobre as páginas como se fossem teclas de uma marimba.

— *Pai, não está com medo dos Vanguni?*

— *Precisamos amedrontar quem nos quer causar medo. Essa é a razão por que ando a aprender com este livro.*

Fechou o caderno com mil cuidados e, com igual esmero, guardou-o numa sacola de pele. Depois suspirou profundamente.

— *Dizem que me entreguei aos portugueses, dizem que vendi a alma aos brancos. Pois eu pergunto: você conhece o passarinho que vive nas costas do hipopótamo?*

Conhecia o pássaro e, melhor ainda, o aforismo. Meu pai voltou a repetir a velha fábula: todos dizem que o tal pássaro vive à custa do paquiderme. Mas, quando a ave desaparece, o hipopótamo morre em poucos dias. E concluiu com o entusiasmo de uma nova descoberta:

— *Eu sou essa avezinha nas costas do hipopótamo. Sou eu que sustento os VaLungu, os brancos das Terras da Coroa. Para a sua mãe, não faço outra coisa senão beber e fabricar marimbas...*

— *Pai, eu não vou continuar aquele serviço.*

— *O seu serviço ainda não começou. Deixe o sargento português se instalar e logo se apresentará no quartel, lavada, bonita, vestidinha. Pronta para o serviço...*

— *Não era desse serviço que falava. Digo que não vou mais subir às árvores, não vou matar mais morcegos...*

— *Ah, esse trabalho acabou. Agora as tarefas são outras. E já vou adiantando: quando o sargento lhe der uma recompensa, não será nenhuma generosidade. É pagamento dos meus favores. Entreguei-lhes uma filha e, ainda mais, entreguei-lhes um filho. Tem preço isso que já lhes dei?*

— *Eu tinha prometido que não voltava à cantina desse Sardinha...*

— *Não chame cantina. Aquilo é um quartel. E ali você pode apoiar o seu irmão. É um bom menino, esse meu Mwanatu, nunca falha com o correio. Ninguém imagina o que ele sofre para trazer aqueles papéis.*

— *O senhor bem sabe os perigos desse serviço. Imagine que o mano perde uma carta, que escorrega e cai no rio...*

— *Você não tem nada a ver com isso, são coisas de homens. Quero é saber o seguinte: você, minha filha, você tem lido as cartas, não tem?*

— *Algumas, sim.*

— *Satisfaça, então, a minha curiosidade: quando é que chega esse tal grande chefe português?*

Para o meu pai, todos os portugueses eram grandes chefes. Entendeu a minha hesitação e explicou-se melhor:

— *Falo desse outro que saiu de Lisboa para vir matar o Ngungunyane...*

— *O Mouzinho de Albuquerque? Não sei, pai. O navio em que viajava sofreu uma tempestade.*

— *Uma tempestade?*

— *Mesmo à saída de Lisboa, uma tempestade quase afundou o navio.*

Já o filho Mwanatu fizera referência ao prematuro incidente que se abateu sobre a viagem de Mouzinho de Albuquerque. Ninguém se iludisse, segredou o meu velhote: aquilo não era uma tempestade. Era uma encomenda.

— *Pai, tenha cuidado. Ninguém pode saber que leio os telegramas dos portugueses.*

— *Acha que sou maluco? Julga que não sei o que os portugueses fazem aos espiões? Fui eu mesmo que denunciei uns tantos.*

— *As notícias que lhe trago são mensagens secretas que chegam de Lisboa e de Lourenço Marques. Ninguém mais pode saber...*

— *Suspeito que alguém anda a entregar informações. E esse alguém deu informação a um feiticeiro fabricador de tempestades.*

— *Não diga nunca o nome desse suspeito. Peço, pai, por amor de Deus! Até aqui, neste descampado, tenho medo que alguém nos escute.*

— *Pode ser seu irmão, pode ser meu filho, mas um dia destes esqueço que sou pai e vou denunciá-lo.*

— *Por amor de Deus, não diga isso. Não é justo. O pai sempre tratou Dubula como se não fosse seu filho.*

— *Diga-me uma coisa: o herói dele quem é?*

— *Nunca lhe perguntei.*

— *O grande herói desse seu irmão é o imperador Ngungunyane. E agora responda: essa pessoa pode ser meu filho?*

— *E o que pensa fazer? Entregá-lo aos portugueses?*

— *É isso mesmo que farei. Um dia que encontre o seu irmão vou fazer com que ele lamente ter-me enfrentado.*

— *Mas, pai, por favor, pense bem: tempestades sempre as houve. Por que motivo esta seria diferente?*

— *Pois vou-lhe revelar o seguinte: fui à nyatisholo, consultei a adivinhadeira. Fui lá, à tia Rosi, para esclarecer se tinha ou não havido encomenda.*

Em frente da profetisa ele se sentara, sem dobrar os joelhos como mandam os respeitos. Estava tão triste e vencido que as pernas se apagaram na esteira. Pediu a Rosi que escutasse como se antes nunca tivesse escutado nada neste mundo. Porque ele ia ler, em voz alta, o manuscrito que a filha trouxera da casa do sargento.

— *O pai levou o relatório para casa da tia Rosi?*

— *Levei.*

— *Mas isso é uma loucura! E se o sargento dá pela falta dos papéis?*

— *Os papéis, como você lhe chama, são apenas um e é o que está aqui comigo.*

Retirou da bolsa uma folha amarrotada, que passou a ler com o vagar de quem decifra letra por letra. Virou e revirou o papel para fazer de conta que as dificuldades de leitura vinham apenas das passageiras sombras das nuvens. E foi desvendando frase por frase, atropelando palavras de tal modo que a saliva lhe tombava do queixo para as trementes mãos:

"...o navio *Peninsular* em que segue o nosso capitão Mouzinho de Albuquerque, assim que saído do porto de Lisboa, foi atingido por uma tempestade jamais vista naquela costa. O mar escavava abismos e formava montanhas de tal sorte que o navio se tornou tão pequeno que nem Deus o podia ver. As ondas eram tão altas que a hélice do barco se soltou e perdeu-se no fundo do mar. O *Peninsular* desamarrava-se assim da vontade humana. Chegou a ajuda de barcos franceses e ingleses. Lançaram cordas, as cordas quebraram. Lançaram embarcações de socorro, as embarcações eram incapazes de singrar naquele mar revolto. Por fim, sem que ninguém entendesse, a tormenta subitamente amainou e o navio de Mouzinho regressou a Lisboa para ser reparado e prosseguir viagem já na bênção do Senhor..."

Admira-se que eu tenha lido todas as palavras?, perguntou Katini com sorriso trocista. *Foi você que me ensinou,* rematou enquanto dobrava a folha e a reintroduzia na bolsa.

— *Mas, pai, só tem essa folha? E as outras páginas?*

— *A* nyatisholo *precisou delas.*

A tia Rosi, sua mais legítima cunhada, não precisou, na ocasião da consulta, de elevar a voz para ser prontamente obedecida:

— *Deite um desses papéis na água!*

A folha flutuou na bacia que a mulher tinha pousado sobre as largas coxas. O papel balançou como um barco na tempestade. Depois a tinta foi-se soltando e uma nuvem de tormenta escureceu a água. Aquela mancha inundaria para sempre a alma de Katini.

— *Essa tinta não está a sair do papel* — sentenciou a adivinhadeira. — *Essa tinta está a sair das suas veias.*

Entontecido, Katini Nsemba observou a folha, já pálida, afundando-se lentamente na tina de água. Rosi pediu que lhe entregasse o resto do relatório.

— *Preciso desses escritos* — disse ela. — *As palavras escritas são grandes feitiços, capazes de poderosas magias. Quero usar esses papéis no meu serviço.*

— *Dou-lhe tudo, mas, primeiro, quero saber o resultado da minha visita.*

— *De uma coisa pode ter a certeza: essa tempestade não veio do mar. Essa tempestade tinha um dono. Quem encomendou esse serviço vai repetir a encomenda. A vítima será sempre esse português, esse Mauzinho...*

— *Mouzinho* — emendou o meu pai.

— *Outros feitiços se seguirão, em África e em Portugal.*

— *Quem encomendou a tempestade, tia Rosi?*

— *Você sabe, Katini. Quem abre a porta é quem está dentro de casa.*

$$* * *$$

Katini entregou-me a única página que restava do relatório da viagem de Mouzinho. Acreditava que assim me aliviaria a tristeza. E foi para me distrair que voltou às falas:

— *Pois vou-lhe dizer uma coisa: quando o exército português nos vier salvar, você tem que ter cuidado, minha filha.*

— *E porquê, pai?*

— *Esses brancos virão montados em cavalos. Você já viu um cavalo? Eu vi um, em Inhambane. Com um animal desses é preciso ter cuidado, minha filha. Há que nunca olhá-los de frente.*

Os olhos do cavalo são incandescentes. São feitos de água escura, como os lagos fundos. Mas é uma água incendiada. Quem os contemplar de frente fica com a alma queimada.

— *É onde gostam de morar os feitiços: nos olhos. No dia em que conheci a sua mãe, os nossos olhares cruzaram-se com tal paixão que você, Imani, você nasceu naquele exato momento.*

Enxotou as moscas que lhe rondavam o rosto. O gesto era redondo como se tivesse capturado realmente algo nos ares.

— *E você já se apresentou para dar aulas ao sargento Germano?*

— *Sim, mas ele parece não ter nenhuma vontade de aprender.*

Logo na primeira aula, o português não levantou os olhos da correspondência espalhada sobre a mesa. Sem me olhar, tornou claro que apenas pretendia aprender o "essencial". O que lhe bastasse para dar ordens. Na verdade, nunca aprenderia uma única palavra. Afinal, na absoluta solidão em que iria viver, a quem iria dar ordens?

— *Tem razão, esse sargento. Nunca entendi por que querem aprender uma língua de pretos* — suspirou o pai.

— *Não querem. São ordens que recebem.*

— *Com ou sem aulas, compareça sempre em casa dele. Esse homem será a nossa garantia. Enquanto esse sargento estiver connosco teremos proteção.*

— *Não faltarei, pai.*

— *E digo uma coisa: se, algum dia, esse branco quiser algo mais de si, você já sabe.*

— *Não entendo, pai.*

— *O que estou a dizer é muito simples: você tem que ser para ele o que todas as mulheres são neste mundo. Entende?*

Em silêncio, finquei os pés na areia como se estancasse um rio. E era o choro que eu estancava. Melhor teria sido deixar o pranto acontecer. Dizia a nossa mãe que, quando choramos, a alma segue o exemplo da Terra, sob a chuva: torna-se barro. E o barro dá-nos casa, o barro é quem molda a nossa mão.

8

Quarta carta do sargento

Nkokolani, 13 de março de 1895

Excelentíssimo senhor
Conselheiro José d'Almeida

Lastimo saber que a carta que seguiu através do Fragata se extraviou. Mais do que a simples perda, incomoda-me a suspeita de ter ido parar a mãos alheias. De qualquer modo, o paquete que vai entregar esta missiva merece toda a confiança. Já antes a ele fiz menção. Chama-se Mwanatu este auxiliar que por infortúnio me calhou. É meio retardado, mas de uma lealdade a toda a prova. Já a irmã Imani é inteligente e viva, quase esquecemos que estamos perante uma jovem preta.

Agradeço ter-me avisado para não enviar nenhuma informação diretamente para Lourenço Marques sem que passe primeiro pela apreciação de Vossa Excelência. Nunca pensei serem possíveis tais desavenças na nossa administração. Pode Vossa Excelência ficar tranquilo, serei digno da confiança que deposita em mim.

Devo acrescentar, Senhor Conselheiro, não ter fundamento a suspeita de Vossa Excelência de que estranhos desvios e interferências ocorrem na nossa correspondência. A única pessoa que poderia interferir no sigilo desta comunicação seria o já referido Mwanatu, esse que me limpa e guarda a casa. É ele o único que transporta o correio. O rapaz aprendeu a ler, ainda que de forma muito rudimentar. Mas ele não só não se arrisca a abrir as cartas como, estou certo, a ninguém dá a ler o nosso correio.

Estou por isso à vontade para fornecer neste relatório, sem receio de interferência, os detalhes que Vossa Excelência me pediu sobre o trágico evento que se seguiu à detenção do merceeiro Francelino Sardinha.

Pois sucedeu que, no cumprimento das instruções recebidas em Lourenço Marques, demos ordem de prisão ao merceeiro. Não achámos necessidade de o algemar e, para dizer a verdade, ele não pareceu nada abatido com a notícia. Ao contrário, apresentava-se tão amparado pela nossa companhia que nem sequer inquiriu sobre os motivos das suspeitas que sobre ele recaíam. Essa ausência de estranheza era, para mim, uma prova evidente da sua admissão de culpa.

O seu único pedido foi que o poupássemos a ser exibido pela ruas da vila, amarrado e escoltado por cipaios negros. Na restante conversa mostrou-se cordial ainda que muito discordante da nossa política colonial. De repente, porém, o seu humor alterou-se radicalmente. E adotou uma pose agressiva, chegando a maldizer a glória do nosso exército. Lembro as suas exatas palavras: *Raio de heroís-mo o vosso: vencer umas hostes de pretos que investem de peito aberto contra espingardas e metralhadoras!* A estas ousadas e provocatórias palavras não tive que dar resposta pois o Fragata ripostou de forma vigorosa, recordando que muitos cafres já possuíam espingardas e metralhadoras.

Mas o irado Francelino Sardinha não desistia dos seus propósitos. Conhecedor em primeira mão de uma realidade que apenas avaliamos por relatórios, o cantineiro argumentou que a maior parte dos Vátuas se recusa a usar armamento europeu. Foram estas as suas palavras: *"Não usam as espingardas que lhes são entregues. Dizem eles que é próprio de um cobarde combater à distância. Essa gente tem confiança é nas mezinhas, nos amuletos que acreditam imunizá-los contra as balas. Até eu, que Deus me perdoe, confesso que já tenho crença nessas superstições".*

Relato o que se passou nessa fatídica noite, com pormenores de uma lembrança ainda muitíssimo viva, e assim procedo com minúcia porque os diálogos ali trocados podem ser úteis para medirmos o pulso às tensões que nos separam uns dos outros, a nós, portugueses. Por exemplo, o cantineiro passou o tempo a confrontar o impassível Fragata, perguntando-lhe se ele falava alguma língua dos pretos. Queria saber se os nossos negociadores se haviam alguma vez preocupado em aprender alguma dessas línguas. Que ele, Sardinha, falava o dialeto dos cafres porque a vida o tinha feito aprender. Que não era como os "outros" que estão em África há anos e não sabem uma palavra da língua deles. Foi isso que disse o cantineiro.

Desta feita, foi o adjunto quem perdeu a paciência. E quando, de estribeiras perdidas, se dirigiu ao Sardinha, deixou escapar as nossas verdadeiras intenções: *E você, caro Sardinha, você fala inglês quando vai lá à África do Sul vender os segredos militares dos portugueses?*

O cantineiro permaneceu calado por um tempo. De um trago vazou o copo para ganhar coragem e perguntou: "*Sabe que língua falamos, eu e os ingleses? Falamos zulu*". Segundo ele, os ingleses, ao contrário dos portugueses, aprendiam a falar as línguas dos cafres. É por isso que conviviam em bons termos com a corte do Gungunhana e se sentavam ao lado dele como conselheiros. Confesso que esse elogio aos ingleses, em contraponto a uma qualquer congénita deficiência lusitana, me fez ferver o sangue.

Talvez tenha sido por isso que parti em socorro da nossa honra e defendi o uso de tradutores como nossa política nos territórios africanos. Falar e fazer falar português fazia parte da nossa missão civilizadora. Sempre acintoso, o cantineiro advertiu sobre a ingenuidade de confiarmos nos tradutores. A mesma fatal credulidade nos fazia distribuir armamento entre os cafres que tínhamos por nossos aliados. A sentença do desvairado merceeiro não podia ser mais trágica: "*Havemos de ser mortos com as mesmas espingardas que colocamos nas mãos deles. E a ordem de matança será dada em português, na língua que colocámos na boca deles*".

Nessa altura, devo dizer que o Sardinha já falava sozinho. Porque tanto eu como o Fragata nos ocupávamos em desfazer as nossas malas para delas retirarmos os pertences de que mais carecíamos. Surpreendeu-me o entusiasmo do cantineiro ao ver-me pendurar a minha espingarda num prego na parede. Em voz alta, proferiu as seguintes palavras: "*Ora ali está, naquela parede, a única língua que esta malta entende*".

Pedi que tivesse tento na língua, pois, no dia seguinte, ele iria atravessar a aldeia dos cafres ladeado por dois cipaios armados. O merceeiro manteve a mesma arrogância e ironizou a respeito das incongruências lusitanas: enquanto ele recebia ordem de prisão, as autoridades portuguesas promoviam o Gungunhana a meu superior hierárquico. E ainda o Sardinha fez chacota do facto de o Terreiro do Paço ter nomeado o chefe dos Vátuas para coronel do nosso exército, com direito a regalias e mordomias. E o que a seguir revelou, confesso, deixou-me cheio de raiva: "*Sabe como esse preto nos trata, a nós, portugueses? Trata-nos por 'os meus machanganes brancos'. Nós somos escravos dele, desse Gungunhana. Não passamos disso, de escravos dele...*".

A conversa arrastou-se até ser noite escura. Despediu-se Imani, que tinha acompanhado todo esse colóquio, e o cantineiro pediu para sair com ela por uns minutos. Depois de uma breve ausência, o homem regressou a casa para, de forma intempestiva, se suicidar à nossa frente.

Não imagina Vossa Excelência os constrangimentos que se seguiram àquele tresloucado ato. Tive que enterrar, de imediato, o desafortunado cantineiro e limpei eu mesmo, com as minhas mãos, o sangue que se havia espalhado no soalho da cantina a que chamamos quartel. Ainda hoje, enquanto escrevo, vejo sangue cobrindo-me os dedos.

Lembro-me de, na ocasião, o amigo Fragata, vendo-me em tais cuidados, acorrer em meu socorro:

— *Não fique nesse estado, caro Germano. O nosso infeliz cantineiro não se matou apenas por ter recebido ordem de prisão. O crime de que era acusado era bem mais do que a venda de armas e de pontas de elefante aos ingleses.*

— *E que crime era esse?*

— *O de espionagem a favor dos ingleses. Assim que chegasse a Inhambane, o homem seria fuzilado. E o Sardinha sabia disso.*

— *Mandamos fuzilar portugueses? Mandamos matar um dos nossos?*

— *Esse é que é o ponto: o cantineiro já havia muito que não era um dos nossos. Na verdade, ele já era... como dizer?... ele já era um preto, um pouco mais pálido apenas. Era por isso que falava a língua dos cafres.*

Além do mais — prosseguiu Fragata —, *não eram os assuntos cafreais que haviam determinado a detenção de Sardinha. Os pretos,* — disse Fragata — *são um fantasma que nos persegue, mas não têm existência própria. Quem está por detrás deles são os ingleses. Esses são os nossos verdadeiros inimigos.*

Acreditava o meu colega ter-me aliviado do peso da culpa puxando lustro à minha animosidade contra os ingleses. Mas o remorso continua cravado em mim. Então, como se fosse uma derradeira tentativa, Mariano Fragata conduziu-me às traseiras da casa e apontou para um muro de pedra:

— *Está a ver aqueles buracos, todos à mesma altura. Sabe o que aquilo é?*

— *Não faço ideia.*

— *Foram feitos com balas, todos estes buracos. Este muro* — concluiu ele — *é um paredão de fuzilamento. Disseram-me, em Inhambane, que nem valia a pena trazer o cantineiro para a cidade. Que o executássemos aqui, em frente a este paredão.*

— *Fuzilávamo-lo aqui?*

— *Fuzilava você, que é militar. Está a ver? Foi bem melhor que ele se tivesse fuzilado a ele mesmo.*

9

Recados dos mortos, silêncio dos vivos

A diferença entre a Guerra e a Paz é a seguinte: na Guerra, os pobres são os primeiros a serem mortos; na Paz, os pobres são os primeiros a morrer.

Para nós, mulheres, há ainda uma outra diferença: na Guerra, passamos a ser violadas por quem não conhecemos.

Nós estávamos em Nkokolani por razões de fugas, mentiras e cobardias. Tínhamos sido felizes em Makomani, junto ao mar. Nesse lugar nasci, nesse lugar cresci como interna na Escola da Missão, ali aprendi a ser a mulher que sou hoje. A minha mãe, sobretudo ela, tinha sido feliz naquela pequena povoação, na margem do Índico. Foi o nosso avô Tsangatelo, o mais velho da nossa família, que um dia, e sem razão aparente, deu ordem para que saíssemos dali e nunca mais voltássemos. Foi uma decisão inesperada, parecia que estava a ser empurrado por fantasmas.

Foi assim que nos instalámos em Nkokolani, uma aldeia interior em que apenas a presença do rio Inharrime nos aliviava da saudade do imenso oceano. Sem nunca o declarar, esperávamos que, um dia, o avô nos desse uma explicação. Ou, ainda melhor, que regressássemos daquele exílio. E foi isso que pensámos quando, há um ano, ele ordenou que se juntasse toda a família.

Estávamos todos juntos, sentados no pátio da sua casa, quando Tsangatelo emergiu do quarto carregando a típica bagagem do viajante: uma esteira, uma manta, um rolo de tabaco, um saco de pele de cabrito cheio de farinha de mandioca. E uma cabaça repleta de água.

— *Vai sair, avô?*

— *Vou emigrar, vou para as minas.*

A primeira reação da família foi o riso. As minas pedem uma idade, as entranhas da terra alimentam-se de juventude. Tsangatelo já tinha passado os sessenta. Nem a viagem, que se fazia a pé, ele aguentaria. Nessa altura não existiam ainda as companhias de recrutamento que, tempos depois, se encarregaram de arregimentar e transportar os mineiros.

Todavia, nunca Tsangatelo tinha dito nada tão sério em toda a sua vida. Estava decidido a trabalhar nas terras dos ingleses. Ia para o *Daimond,* que era o modo como designávamos as minas de diamantes na África do Sul. Alarmada pela gravidade do anúncio, toda a família se juntou no pátio de sua casa. Tentaram dissuadi-lo: usaram primeiro o argumento da idade. Recorreram depois a outras razões. O avô que pusesse tento no estado miserável em que regressavam os magaíças. Mais do que todos os parentes, reclamava o meu tio Musisi:

— *A nossa partida para as terras do Rand é pior que todas as guerras que nos fizeram.*

Os nossos jovens, argumentou ele, retornavam da África do Sul e já não eram os mesmos, nunca mais voltavam a ser Vatxopi. Impassível, o avô Tsangatelo a ninguém dava ouvidos. O tio Musisi ainda insistiu: as minas do Transvaal estavam a matar a nossa nação. Antes pagávamos o lobolo com o nosso gado. Agora ninguém queria senão as famosas libras inglesas.

Um outro parente ainda comentou em contracorrente: os portugueses pagavam-nos na sua moeda mas cobravam-nos na moeda dos ingleses. Como não emigrar, nessas condições?

O pesado silêncio da resignação já se tinha instalado quando a avó, voz tremente, enfrentou o marido:

— *É esse o exemplo que quer dar à nossa família?*

— *Qual família?* — inquiriu o avô.

E a mulher nada mais disse.

Antes de sair de Nkokolani, o avô chamou-me. Violava o mandamento da aldeia: ninguém fala de assunto sério com criança, sobretudo se essa criança for do sexo feminino. Na altura, eu não teria senão uma dezena de anos de idade. Hoje entendo: o nosso mais-velho precisava apenas de se escutar a si mesmo. À minha frente recordou o momento em que foi convocado para visitar o pai que estava a morrer. Não teve coragem. Não sabia contemplar um desfecho que era, afinal, o seu próprio fim. Tantos anos depois os olhos se colocavam em mim e o peito dele se abria:

— *Agora, com as novas invasões dos Vanguni, é a mesma coisa. Não quero que me chamem, mais uma vez, para assistir a uma morte ainda maior: a morte da minha terra.*

Olhei os seus pés gretados. Naquele momento envergonhei-me das minhas sandálias. E pesaram, de culpa, as minhas pernas. Com exceção dos da minha casa, ninguém na aldeia conhecia o calçado. Bastava isso para que fôssemos chamados de VaLungu, os brancos.

Tsangatelo pediu-me então que fosse buscar um caderno dos que guardava em casa. Queria ditar-me um sonho que o perseguia. Pretendia que anotasse exatamente as suas palavras. Para que, depois, rasgasse o papel e, assim, ele se visse livre desse pesadelo. Fiz-lhe a vontade.

"Escreva, minha neta, escreva sobre os sonhados. Você, minha neta, perguntará: *os sonhados?* E eu respondo: *sim, os sonhados.*

"Porque eu sonho-os. Digo que os sonho e não que sonho com eles. Os soldados mortos aparecem-me todas as noites, mais despertos do que eu. Chegam-me de todas as batalhas, de todos os tempos e lugares. E depois sacodem-me com os seus braços longos para me dizerem que vieram por causa da nova guerra.

"— *Que guerra?* — pergunto-lhes a medo.

"— *Essa que está prestes a começar* — respondem os sonhados.

"Espreito para fora de casa. Mas é apenas para os distrair. Porque sabem que nada vejo para além de mim mesmo. Sou um campo esventrado, um cemitério maior que a própria terra.

"Todos estes sonhados me pesam a ponto de me afundarem o sonho. Porque viajam carregando as armas com que foram abatidos.

"— *Deem-me tréguas* — peço-lhes.

"— *Quem abriu a porta não fomos nós* — respondem eles. — *Foste tu. És tu o sonhador.*

"Aponto as paredes do meu pequeno quarto e faço-

-lhes ver a exiguidade do espaço: *daqui a nada já não posso albergar mais nenhum de vós*. E eles respondem: *quando isso acontecer, terás que ser tu a sair do sonho*.

"Ocorreu-me, então, chamá-los à razão. Acenei para o que estava mais perto e ainda me preparava para lhe sussurrar algo ao ouvido quando ele, perentório, clamou: *não vale a pena segredares. Aqui todos te ouvimos antes mesmo de falares*.

"— *A guerra de que falais pode demorar a acontecer* — argumentei.

"— *Pois nesse caso dispararemos sobre ti*.

"— *Mas eu sou o sonhador*.

"— *Já não és mais. Agora somos nós que te sonhamos a ti.*"

Quando acabou de me ditar as suas noturnas intimidades, Tsangatelo endireitou as costas como se se sentisse aliviado. Depois, pediu-me que lhe entregasse a folha em que escrevera para que ele pessoalmente a rasgasse e lançasse ao vento. E foi assim que procedeu, rodando lentamente sobre si mesmo e atirando os pedaços de papel pelos quatro pontos cardeais. Em seguida, de olhos abertos, abriu os braços e enfrentou o Sol. E proclamou, então:

— *Adeus, sonhados. Eu vou para onde serei dono dos meus sonhos*.

E despediu-se. Mantive-me imóvel vendo como Tsangatelo se afastava, com essa sábia habilidade de não ser mais do que uma sombra. Aqueles pés sulcando a areia eram mais antigos que a própria terra. Naqueles passos todos os antepassados marchavam.

Meu avô tinha a minha idade quando as nossas terras foram pela primeira vez invadidas. Não entendíamos por que motivo essa gente nos tomava por bichos e apreciava mais os seus bois do que os povos que submetiam. Não entendíamos por que razão roubavam o nosso gado, matavam a nossa gente e violavam as nossas mulheres. Chamava-nos de *tinxolo*, as "cabeças". Era assim que nos olhavam: contados como escravos, descontados como bichos. A ferro e fogo, fundaram um império que passou de avô para filho, de filho para neto. E era agora este neto, o Ngungunyane, que nos voltava a punir.

A persistência da agressão criou mudanças na nossa gente. O facto é que sempre vivêramos dispersos e entretidos em pequenos conflitos de vizinhança. Mas aquela ameaça uniu-nos numa única entidade. Tornámo-nos Vatxopi, os "do arco e da flecha". Resistimos à invasão dos Vanguni, mantivemos a nossa língua, a nossa cultura, os nossos deuses. Pagámos caro essa teimosia. O preço para Tsangatelo foi perder-se da sua própria vida.

Um ano passara desde a partida do avô. Uma certa manhã chegou a nossa casa um mensageiro com um recado: o nosso parente perdera-se no interior da mina onde trabalhava.

— *Morreu?* — perguntou a avó, sem emoção.

Que não, que não tinha morrido. Simplesmente se perdera. Foi assim que respondeu o mensageiro. Ou talvez "perder" não fosse o verbo certo, acrescentou, duvidoso.

— *Bom, então sempre morreu* — concluiu a avó. — *Não é dessa morte que você traz notícia?*

Ofereci ao visitante uma casca de coco cheia de *nsope*. O homem permaneceu impassível, a examinar a bebida. Recordei, não sei por que razão, uma velha cantiga de infância: "*Que belos são os pés dos mensageiros...*". E os pés do mensageiro foram entrando na canção como se me conduzissem para longe da aldeia.

Por fim, o emissário levou a casca de coco aos lábios. Nunca ninguém bebeu nada tão lentamente. Pesava o que lhe restava anunciar. Por fim, lá se resolveu: não era definitivo que o avô Tsangatelo se tivesse perdido involuntariamente. Tudo indicava que o nosso mais-velho se havia desnorteado por decisão própria.

— *Decisão própria?* — estranhou a avó para, de imediato, concluir: — *Então esse não é o meu marido.*

Entre os colegas mineiros só havia uma explicação: Tsangatelo escolhera viver para sempre nos subterrâneos labirintos. O nosso familiar exilara-se dentro da mina, vagueando eternamente no escuro. Às vezes, os mineiros escutavam, de noite, alguém escavando nas profundezas. Era Tsangatelo abrindo novas galerias. De tal modo formigara no ventre da terra que não havia recanto onde não tivesse chegado. Corríamos o risco de a nação inteira desabar, sem chão para lhe dar suporte.

A nossa avó riu-se, sem tristeza nem zanga. E comentou: *há muito que esse satanhoco devia ter devolvido o meu lobolo...*

— *Talvez não goste do que vou dizer a seguir* — desculpou-se o visitante. E aproximou de mim o copo para que o voltasse a encher.

— *Continue, meu amigo* — encorajou a avó. — *Tsan-*

gatelo perdeu-se nas profundezas? Melhores notícias não poderia receber.

Havia, no entanto, um outro assunto mais grave. Esse assunto era comentado nos *compounds* onde os mineiros dormiam. Em voz baixa se dizia que, de quando em quando, uma mulher descia às galerias para lhe levar água e alimento. Era assim que o velho Tsangatelo sobrevivia.

— *Uma mulher?* — inquiriu a avó. — *Foi isso que você disse: uma mulher?*

Espreitei o rosto da avó, avaliei as suas escuras retinas. Nenhum ciúme, nenhuma surpresa. Nada. Nem uma sombra. O mensageiro passou várias vezes as costas das mãos pelos trémulos lábios. Não se limpava. Ganhava coragem para prosseguir.

— *Vai gostar ainda menos de saber o resto.*

— *O resto? Que resto?*

— *Na verdade, ninguém acredita que essa que vai ter com ele seja uma mulher.*

— *É quem, então? Um espírito?*

— *É um homem.*

— *Um homem?*

— *Um* tshipa. *Um desses homens que, entre os mineiros, fazem serviço de mulher. A verdade é esta: o seu marido está agora casado com um* tshipa.

Só então a avó foi atingida. O ar trocista deu lugar a uma máscara de magoada surpresa. Todos havíamos ouvido falar desses mineiros que se "casam" com outros homens e se esquecem das esposas que deixaram nas terras de origem. Mas nunca podíamos imaginar que o avô Tsangatelo viesse a ser um deles.

Com inesperado vigor, a avó retirou a casca de coco

com o *nsope* da mão do intruso, lançou-a ao chão e mandou o mensageiro embora. Deixou que o homem desaparecesse para vociferar:

— *Tsangatelo já não é uma pessoa! É um morto. Tsangatelo morreu.*

Com espalhafato, entrou em casa para, logo a seguir, atirar pela porta todos os haveres do marido. Como fazem as viúvas, bateu com uma vara em todos aqueles pertences. Tirava-lhes as sujidades da morte. Fazendo assobiar a vergasta, sentenciava:

— *Essa toupeira vai apodrecer no buraco que escavou.*

Aquelas palavras soavam como uma terrível maldição. Para mim era o inverso: o avô dizia-nos que existia uma saída. Nkokolani não era, afinal, como os pequenos lugares em que o único caminho é o da volta. Ele tinha saído e não tinha retornado.

Até hoje, ao adormecer, escuto os seus longos dedos escavando o ventre da terra. É assim que ele vai desenterrando as estrelas junto da nossa termiteira. E é assim que eu e a mãe enterramos o nosso sonho de um dia regressarmos para junto do mar.

Era meio-dia, fazia tanto calor que mesmo as moscas, sonolentas, se abstinham de voar. Estávamos sob a sombra das traseiras. A tia Rosi havia-nos visitado logo pela manhã e deixara-se ficar como se tivesse esquecido que a sua morada era uma outra. Estava desculpada pela sua demora: os caminhos deviam estar em fogo. Àquela hora pedaços de fogo desprendiam-se do Sol e ninguém podia pisar o chão.

A mãe trançava-lhe o cabelo e ria-se dos fios brancos

que a cunhada queria que ficassem ocultos sob o penteado novo. O meu pai então se ergueu e exibiu uma página colorida que havia roubado num livro da antiga igreja. Antes tinha estado a olhar para aquela folha como se nela estivesse contida a solução para as nossas aflições.

— *Estão a ver aqui os anjos?*

— *Não vejo nenhum anjo negro* — ironizou Rosi. E riram-se, ela e a mãe.

— *Calem-se, isto é muito sério. Quero perguntar-vos uma coisa: se um desses anjos aparecesse agora em Nkokolani o que lhe havíamos de pedir?*

— *Se os que existem não nos escutam, vale a pena pedir a quem não existe?*

— *Eu pediria um noivo para Imani* — ironizou Rosi.

— *Se em vez de asas tivessem remos...* — suspirou a mãe.

Ainda esperei que o pai quisesse escutar o meu desejo. Em vez disso, resolveu falar em meu nome. Que a mim nem valia a pena perguntar pois estava bem certo de qual era o meu secreto anseio.

— *Não é, filha?*

E assumiu uma postura rígida, bateu no peito por cima da folha de papel e proclamou que, no seu caso, não iria pedir nada. *Estive aqui a pensar*, declarou ele, *e decidi que, na qualidade de mais velho dos Nsambes, irei hoje falar com os espíritos.*

— *O Sol ainda não subiu e já ele está bêbado* — comentou a mãe.

Aquela noite haveria, no cemitério da família, uma cerimónia para lembrar Tsangatelo e, sobretudo, para lhe pedir que nos trouxesse paz. Mais do que a simpatia dos portugueses, teríamos que ganhar as boas graças dos nossos antepassados. Esse culto traduzia a divisão que reinava na nossa família: para uns, como a avó e o meu pai, o nosso mais velho estava falecido; para outros — e eu era um desses outros —, Tsangatelo apenas calcorreava vivo um longo túnel escuro. Um dia seria expulso desse túnel, como se de um segundo parto se tratasse.

Os preparativos da cerimónia requeriam um esforço de todos nós. A mim coube-me o trabalho mais afastado de casa: toda a tarde andei catando lenha. E fui recolhendo paus e gravetos como se fossem pedaços de mim que reagrupava debaixo do braço. A exemplo das demais esposas de Nkokolani, a mãe tinha deixado volumosas achas a arder durante a noite. Era assim que invariavelmente faziam. De manhã, quando as casas nasciam, o fogo já estava aceso. E assim se poupava aos homens o trabalho de iniciar uma nova fogueira. Na nossa aldeia, acender o lume é tarefa exclusiva dos maridos.

Começava a anoitecer e ainda não havia empilhado toda a lenha no pátio. Foi quando o sino da igreja começou a tocar sozinho. As aves levantaram voo, assustadas, e os aldeões buscaram refúgio nas suas casas. O cego da aldeia, que nunca saía à rua, surgiu na praça. Havia anos que tinha voltado da guerra sem aparente ferimento. Mas a guerra tinha-lhe entrado na cabeça, apagando-lhe os olhos por dentro.

O cego escutou o adejar das aves à sua volta e declarou:

— *Meus irmãos, estes são os últimos pássaros! Olhem bem para eles que nunca mais os voltarão a ver.*

Rodopiou como se dançasse com os seus pés cegos, os braços abertos em asas.

— *Saudemos estas aves que dão altura aos céus. Saudemos porque, amanhã, quem vai voar em Nkokolani serão só as balas.*

E reentrou na sua casa, as mãos remando no escuro. O misterioso soar do sino era para mim um chamamento, um aviso de que outros deuses nos pediam atenção. Deixei a lenha por arrumar e esqueci-me das minhas restantes obrigações. E lá fui, pela ténue luz que restava, em direção à decadente igreja. Era uma casinha pequena e pouca, em tal decadência que havia muito que ninguém lá entrava. Nem mesmo Deus se fazia presente. Dizem que ali se haviam rezado missas e catequizado muitos novos cristãos. Mas desde que o último padre saíra para Inhambane, o edifício definhara, solitário e murcho, como uma ilha no meio dos infinitos espíritos africanos. Foi numa pequena igreja, parecida com o que esta um dia já fora, que em tempos recebi a lição das letras e dos números.

Não há como uma igrejinha pequena e vazia para encontrarmos Deus dentro de nós. Recordei os tempos em que a igreja de Makomani estava viva e o padre Rudolfo repetia para si mesmo:

— *Os negros não têm alma, dizem, lá na metrópole. Pois é o inverso: esta gente tem é alma a mais...*

Talvez o sacerdote tivesse razão. Naquele momento, porém, eu não tinha alma que me valesse. Ajoelhada, encostei o ouvido ao chão. E escutei o avô Tsangatelo esgravatando para chegar à superfície. Mas a pedra era demasiada e os dedos do avô eram frágeis e cansados.

Os sinos voltaram a tocar e a coruja que vivia enclausurada nas ruínas esvoaçou sobre a minha cabeça. Fui pisando o chão atapetado de penas como se andasse sobre uma réstia de luar. Diz o provérbio que as plumas das corujas são tão leves que nunca chegam a tombar. Naquela noite, as plumas rodopiariam enlouquecidas e ascenderiam até se colarem às telhas. No teto, se converteriam em corpo e asa: nasceriam anjos. Nessa noite eu enlouqueceria como os cães. Os meus uivos arrepiariam a pele dos mais ousados. Como diz a mãe: para a minha loucura basta-me uma pequena porção de Lua.

Quando me afastei ainda o sino soava, tocado por invisíveis mãos. Regressei a casa com a certeza de que não era na igreja que o avô devia ser procurado. Enquanto os outros se afastavam para cumprir a cerimónia de evocação de um morto que nunca morreu, eu escolhia um outro modo de celebrar o nosso avô. Abracei a termiteira como se enlaçasse a terra inteira. Aquele era o altar da família, o nosso *digandelo*, onde crescia a sagrada mafurreira. Ali amarrei os panos brancos. Ali escutei Tsangatelo, como se escuta o bater de asas de um anjo.

Tsangatelo encostou-se à termiteira para narrar uma velha e gasta fábula. Era noite, os deuses autorizavam-no a contar histórias. Desta vez, porém, improvisou uma nova encenação. Ergueu-se para ficar do tamanho da noite. E quando falou parecia que se expressava num idioma novo que nascia das suas palavras. Como se apenas os deuses o escutassem. Esta é a história que Tsangatelo narrou:

"Havia algures uma guerra antiga, num tempo

em que nenhum lugar tinha ainda nome. A batalha estava nos preparativos iniciais, nesse momento em que os guerreiros possuem tanta fé que deixam de se ver a si mesmos, frágeis e tomados pelo medo. Os dois exércitos se perfilavam para o confronto quando um enorme clarão rasgou os céus. Uma incandescência de estrela varreu o firmamento. Os soldados tombaram, momentaneamente cegos. Quando voltaram a si tinham perdido a memória, desconhecendo para que serviam as armas que traziam nos braços. Eles então se desfizeram das lanças, zagaias e escudos e olharam uns para os outros, sem saber o que fazer. Até que, perplexos, os chefes rivais se saudaram. A seguir os soldados se abraçaram. E, quando voltaram a olhar a paisagem, não mais viram território para conquistar, mas terra para cultivar.

Por fim, os homens dispersaram. No regresso a suas casas, escutaram a mais antiga canção de embalar, entoada nas infinitas vozes de uma única mulher."

10

Quinta carta do sargento

Nkokolani, 5 de abril de 1895

Excelentíssimo senhor
Conselheiro José d'Almeida

Ontem segui, por via fluvial, em direção a Chicomo.
Ali participei na reunião de oficiais da Coluna Norte em
que passámos em revista os avanços e as dificuldades da
nossa campanha contra o quartel-general de Gungunhana, em Manjacaze. Vossa Excelência receberá por
mão própria o relatório detalhado desse encontro.

Regressei no dia seguinte a Nkokolani, acompanhado pelo adjunto de Vossa Excelência, o nosso comum
amigo Mariano Fragata. Viajámos durante toda a manhã
de piroga, descendo o rio Inharrime. Num certo ponto
do percurso, na margem esquerda, um homem nos fez

parar. Era um preto alto, bem parecido e de certa idade, que esbracejava para chamar a nossa atenção. Dei ordem para suspender a viagem, apesar dos conselhos contrários de todos os ocupantes da canoa. O tal preto saudou-me numa mistura de submissão e dignidade e dirigiu-me, mais por gestos do que por palavras, uma mui estranha solicitação: que alterasse nos seus documentos a data de nascimento. Precisava de renovar a sua licença de trabalho nas minas da África do Sul e não podia confessar a verdadeira idade. Aproveitou para se apresentar e pediu que ninguém, na aldeia de Nkokolani, soubesse da sua aparição.

— *Sou Tsangatelo, o mais antigo dos Nsambes. Em Nkokolani, o patrão já deve ter encontrado os meus netos, Mwanatu e Imani, filhos de Katani e Chikaze.*

Vinha acompanhado de um outro mineiro, que permaneceu tão discreto como uma sombra mas que nos ajudou como intérprete na restante conversa. Esse outro homem era um landim, natural de Lourenço Marques, e mostrava-se bem mais afeiçoado aos nossos costumes.

— *Não posso falsificar-te os documentos* — comecei por argumentar.

— *Quem falou em falsificar?*

— *Tu. Foste tu que pediste para mudar.*

— *Muda-se, sem mentira. Porque ninguém sabe o dia certo em que nasce. Ou sabe?*

— *Eu cá sei.*

— *Além disso, os portugueses são agora os nossos pais. O senhor é meu pai. Como pode recusar o pedido de um filho? De um filho que é mais velho que o próprio pai?*

O Fragata, que até então se conservara distante, compareceu à proa da piroga para apressar o fim daquela lengalenga. O velho cafre estreitou os olhos e levantou um braço:

— *Eu lembro-me de si* — exclamou.

— *Cá eu não tenho ideia de já te ter visto.*

— *O patrão é o do dente de ouro. Sou Tsangatelo, o chefe das caravanas, não se recorda? Transportei armas para as suas tropas...*

Mariano Fragata inclinou a cabeça e espreitou a figura em contraluz. Depois saiu da embarcação e deu de braços com o negro. E ali, com a ajuda do tradutor, festejaram um reencontro como se de companheiros de armas se tratasse. A um certo ponto, e observando a minha curiosidade, Fragata explicou-se:

— *Este tipo nunca tinha visto um branco antes de mim. Pensava que eu e o cavalo éramos uma única criatura.*

E riram-se os dois. O português, com um riso contido e austero, um contentamento vestido a rigor. O africano, com uma gargalhada larga e solta, uma enchente de um poderoso rio. Confesso que aquela risada provocou em mim uma incontida raiva, como se estivesse perante uma manifestação do demónio. Aqueles modos, subitamente rudes e ásperos, renovaram em mim a triste suspeição: por muito que lhes ensinemos a nossa língua, por mais que se ajoelhem perante um crucifixo, não deixarão nunca os cafres de ser crianças em estado selvagem.

Mandou então Fragata que ali fizéssemos paragem e partilhássemos alimento e água com aqueles dois mineiros. Só então, já sentados sob uma frondosa sombra, procedeu o adjunto às necessárias explicações sobre quem era aquele velho negro. Tratava-se de um antigo dono de caravanas que, havia uns anos, abordara a pioneira comitiva de que Fragata fazia parte, oferecendo os seus serviços para o transporte de armas e víveres. Esses serviços acabaram sendo providenciais para a instalação dos nossos primeiros aquartelamentos. Tsangatelo era, nesse tempo, uma autoridade com prestígio em toda a região. As suas caravanas tinham o direito de passagem assegurado ao longo de todo o percurso, fosse no Estado de Gaza ou em Terras da Coroa portuguesa. Os chefes locais recebiam dinheiro e garantiam proteção contra salteadores armados. Era este antigo aliado que agora, escanzelado e maltrapilho, se apresentava perante nós.

— *Pois é, tu és o velho Tsangatelo!? E agora deu-te para seres mineiro?*

— *E o patrão? Ainda tem o seu dente de ouro?*

Parecia arrebatado o nosso Fragata, pois aceitou arrepanhar os lábios e exibir o dente que refulgiu à intensa luz do dia. *Ainda o cá tenho e terei, meu velho Tsangatelo*, proclamou. Ao espreitar a dentadura do Fragata, o preto manifestou, com um estalar de língua, uma súbita apoquentação.

— *Que se passa?* — perguntei, vendo-o alterado.

— *É que esse dente é só o princípio* — disse o preto.

— *O princípio? O princípio de quê?*

Ao que o preto respondeu que todo o esqueleto de Fragata se iria converter em ouro. E lhe pesariam ossos e ossículos que ele nem sabia que tinha. O nosso amigo, numa palavra, estava em processo de se transformar numa mina. Com a longa experiência de mineiro, Tsangatelo avisava:

— *Vão matá-lo, patrão. E vão estripá-lo como se faz a uma jazida. Se fosse a si tirava esse dente. Ou pensa que, por ser branco, vai escapar?*

Rimo-nos parcimoniosamente daquele despautério. E oferecemos-lhe vinho e os biscoitos de campanha que trazíamos. Ele e o seu companheiro serviram-se com requintados modos. O velho quis saber de mim e informei-o da minha condição de novato em terras africanas. E logo manifestou uma bem estranha curiosidade:

— *Posso perguntar-lhe uma coisa: qual é o tamanho de Portugal?*

— *Não entendo a pergunta.*

— *Sabe qual o tamanho destas terras de África? Nem nós sabemos, meu patrão. É que estas nossas terras são tão extensas que medimos as viagens pelos rios que atravessamos. O senhor está viajando por este rio. Pois já perdi a conta aos rios que cruzei.*

E calou-se. Não o teria entendido se não fosse o Fragata explicar a lógica daquela fala: o preto alertava-me para as atribulações que eu haveria de experimentar para vencer o vau dos rios que teríamos pela frente. Não podia imaginar as penosas travessias, vadeando pelos seus traiçoeiros leitos, com homens, bois, cavalos, canhões e carga. Este preto tem razão, disse Fragata. Essas travessias eram, acrescentou o meu companheiro, uma guerra dentro da guerra. E quanto mais armas tivéssemos menos preparados estávamos.

Já era tarde quando Fragata tentou convencer o cafre a vir connosco para Nkokolani. Perentório, o mineiro Tsangatelo recusou. Saíra da povoação havia anos, não seria bem recebido, explicou. E queria poupar-se a essa desilusão. E por que razão não o haveriam de receber bem? Respondeu em tom displicente: todos conhecem a raiva dos que ficam perante aqueles que tiveram coragem de partir.

Era o final da conversa. O velho mineiro ergueu-se e, apenas então, me apercebi verdadeiramente da sua magreza. O homem parecia mais um mastro do que uma pessoa. Mentia, no entanto, a sua fragilidade, como nesta terra tudo se apresenta ilusório e falso. Lentamente, como se o vagar fosse uma educação, o homem foi fazendo as despedidas. Deu as mãos ao Fragata, e assim permaneceu enquanto repetiu o veemente pedido para que se visse livre do dente de ouro.

— *Tenha cuidado, patrão. É que nós, mineiros, descemos para os túneis porque confiamos nos vossos deuses.*

Foi o que declarou o velho preto. Não entendi por que proferia tal afirmação, que era para mim uma desavergonhada heresia. Por que falava ele dos "nossos" deuses? Então Tsangatelo questionou-me — a mim e não ao Fragata — nos seguintes termos:

— *Esse ouro, esses diamantes: a quem o patrão pensa que esses minerais pertencem?*

— *Ora, são de quem os tirar de lá.*

— *É o contrário, meu senhor. São de quem os colocou lá. E quem os semeou foram os espíritos dos antepassados. Eu pergunto, vocês, brancos, pediram autorização?*

— *Pedimos aos vossos chefes.*

— *Quais?*

— *Os que lá mandam naquilo.*

— *Esses chefes não mandam na terra, nem mandam no que está dentro dela. É por isso que eu digo* — continuou o indígena — *que será bom que os vossos deuses nos protejam. Porque há muito que perdemos a proteção dos nossos.*

O bom do Fragata, que regressará a Inhambane dentro de dias, assistiu a este pitoresco diálogo e permaneceu melancólico durante o resto da viagem. Não pude senão pensar que o nosso compatriota se tornou permeável à crendice infantil daquele negro. A verdade é que eu mesmo me deixei abater por aquela prostração. Que espécie de doença é esta, Senhor Conselheiro, que nos contamina nestas tropicais paragens?

Desse incidente deixei registo porque sou sabedor da sensibilidade de Vossa Excelência. Ou, quem sabe, necessite esquecer a farsa que, ao longo de séculos, fomos encenando na exibição dos nossos débeis poderes. A viagem para Chicomo e, em particular, a travessia do rio suscitaram em mim as mais tormentosas dúvidas. Que Terras da Coroa são estas que nunca viram o rei? Alguma vez passou pela cabeça de Dom Carlos visitar os territórios ultramarinos? E se o rei alguma vez aqui viesse seria esta a África que lhe fariam ver? Todas estas perguntas me torturam e, se as partilho com Vossa Excelência, é porque entendo que, ao colocá-las no papel, lhes vou roubando peso.

Recordo-me do modo quase poético como o preto Tsangatelo aludiu à imensidão destas terras comparadas com as de Portugal. As palavras daquele indígena suscitam em mim uma outra pergunta: podem ser nossos tão extensos territórios? Podem ser propriedade lusitana terras que não acabam num único mapa-mundo?

Os ingleses da África do Sul já nos acusam de estarmos a comprometer o prestígio da raça branca. E chegaram a propor a contratação de mercenários *boers* para pôr cobro à rebelião dos landins e à desobediência do Gungunhana. Talvez fizéssemos bem em aceitar mercenários nas nossas fileiras. Se aceitámos vergonhosamente o Ultimato dos britânicos, mais valeria perdermos uma parcela do território e com isso salvarmos a nossa dignidade onde mantivéssemos presença efetiva.

P.S. Encorajou-me Vossa Excelência a fazer uso, na nossa correspondência, de um tom menos formal. Disse--me estar fatigado de lidar com documentos oficiais, tão cansado deles como de dormir fora de casa. Pediu-me que redigisse cartas em lugar de relatórios e que escrevesse como um amigo. Essas suas permissivas palavras são, para mim, uma verdadeira bênção. Assim, caro Conselheiro José d'Almeida, usarei doravante de um tom mais familiar.

Por esta razão, e como confidência de amigo, lhe reporto o que sucedeu esta noite. Pois adormeci como se estivesse longe de mim mesmo, ou como se o meu corpo fosse mais extenso que o sertão africano. E dormi alvoroçado, sentindo que um rio atravessava o meu sono. Quando despertei, no fundo da cama estava sentado o velho mineiro Tsangatelo. Parecia um cisne negro e deslizava silenciosamente enquanto um rumor de água se espalhava pelo aposento. Percebi então que a cama era uma canoa. O mineiro ia remando e eu, estendendo--lhe o braço, suplicava-lhe: *Ensine-me a rir, Tsangatelo! Ensine-me a rir!*

Estranhos sonhos esses suscitados pelo calor das noites africanas. A verdade é que esse delírio me tem ocupado o tempo inteiro. Não paro de me lembrar da minha casa de infância, numa aldeia fria do norte de Portugal. Nesse meu primeiro lar, o riso era deixado do lado de fora, como se a alegria tivesse que limpar os pés num esfarelado tapete à entrada da porta. Severo e sisudo, o meu pai vestia de preto como se estivéssemos de luto por todas as mortes deste mundo. No escuro da noite, quando a casa inteira já dormia, pé ante pé para que o marido não a escutasse, a minha mãe vinha despedir-se de mim. *O teu pai não me deixa dar um beijo,* dizia em voz baixa. E acrescentava, num murmúrio: *o teu pai tem medo que eu seja menos dele, se for demasiado mãe.* Em surdina, ela me contava histórias. Eram fábulas simples, umas para rir, outras para chorar. Nessa altura, porém, já tinha aprendido a travar a lágrima e a engolir o riso.

Nasci e vivi entre sombras. A minha casa tinha o cheiro e o silêncio de um orfanato. Eu tinha tudo para ser um bom soldado.

11

O pecado das mariposas

Quem congemina vinganças acredita antecipar-se ao futuro. É um logro: o vingador vive apenas num tempo que já foi. O vingador não age apenas em nome de quem já morreu. Ele próprio já morreu. Foi morto pelo passado.

Sabíamos do despertar do nosso pai por causa de um estalido que emitia com a boca. Esse ruído ouvia-se em toda a aldeia. Os residentes comentavam em coro: Katini já se desenterrou. Era um gracejo, mas, ao mesmo tempo, funcionava como um aviso. O acordado voltava dos sonhos, havia que ter cautelas: o homem trazia nos pés a poeira dos deuses.

Naquela manhã o nosso pai despertou sem ruído. Munido de uma enorme sacola, saiu de casa alvoroçado, passou pelo quartel onde o filho mais novo se havia alojado. Abruptamente lhe deu ordem de que o acompanhasse. Depois tomou a direção do rio e, pelo caminho, foi mobilizando os jovens que encontrou. Pediu a todos que juntassem enxadas e as levassem naquela excursão. Atravessou os campos de arroz e parou para contemplar a extensão do vale. As sementeiras eram uma marca de desobediência que tanto orgulhava o tio Musisi. Os invasores Vanguni tinham-nos interditado de cultivar arroz. Diziam que era "comida dos brancos". Mas aquilo eram apenas palavras. A verdadeira razão era outra: os pequenos bagos não se prestavam ao fabrico de bebidas. Roubavam-nos mais e melhor se semeássemos milho.

Chegados à margem do rio, já a paisagem era outra: os terrenos estavam todos cultivados de milho. Os campos de arroz que deixáramos atrás eram apenas uma pequena e temporária transgressão. Em tudo o mais tínhamos abandonado os nossos próprios alimentos — a mapira e a mexoeira. Musisi estava certo: nós já imitávamos os invasores. E fazíamo-lo no que é mais visceral: comíamos o que eles comiam.

O pai subiu a um morro de muchém, examinou o seu pequeno exército e, depois, virou o rosto para os céus até os olhos se encherem de luz. Quando voltou a descer estava tonto e foi cambaleando que recolheu as enxadas dos presentes e as amontoou atabalhoadamente. Depois distribuiu latas com parafina e mandou que se pegasse fogo às ferramentas empilhadas.

— *Não precisamos mais delas* — disse. — *Quando tivermos que cavar usaremos este osso.* — Como se fosse uma lança ergueu uma costela de elefante que trazia na sacola. E prosseguiu aos berros: que depois da primeira fogueira, incendiaríamos as hortas, não ficaria réstia de verde na pradaria.

Os jovens recuaram aterrados. Ante a geral perplexidade, Katini reagiu, enfurecido:

— *Façam o que vos mando. Não estou louco, obedeçam-me!*

Os adolescentes fugiram, espavoridos. Restaram pai e filho, solitários entre um mar de fumo e labaredas. Não tardou que a aldeia em peso comparecesse com ramos verdes para combater as chamas. Um grupo de homens acorreu para insultar e agredir o meu velhote. Mwanatu ainda se interpôs com a sua ridícula farda, proclamando: "... *em nome da Coroa portuguesa, deixem esse cafre em paz!*".

Arrastaram Katini, aos brados: *amarrem-no, amarrem--no!* Procuraram um desses troncos com orifícios onde, à força, se fixam os pés e as mãos dos salteadores. Felizmente para Katini, todos os troncos estavam sendo consumidos pelo fogo. Com o rosto inchado e coberto de sangue, o pai reuniu forças e lastimou-se:

— *Seus negros brutos e ignorantes, não entendem que estou a salvar as vossas vidas?*

Para ele era evidente: os soldados que desciam do norte estavam esfaimados. Não era o ódio que os guiava. Era a fome. Se soubessem dos nossos campos lavrados seria certo que nos atacariam. Era isso que queria evitar. A nossa indigência era o melhor escudo contra os agressores. Ninguém ataca quem não tem nada.

Os aldeões voltaram para casa, lançando sobre mim o olhar que se destina aos órfãos. Atrás de mim o meu pai raspava o chão com a costela de elefante. Por um momento pensei que abria a sua sepultura.

Em casa, a mãe fez de conta que nada sabia do que acontecera naquela tarde. Sentado sobre a ossada do elefante, meu pai esperava em vão que ela lhe desse atenção. Ajoelhada em frente à grande bilha de barro, a mãe estava ocupada: passava as mãos por água e esfregava meticulosamente os dedos. O episódio dos soldados ainda a transtornava. Havia uma réstia de sangue que não lhe largava a pele, um cheiro a peixe que não lhe saía da lembrança.

Por fim, sentou-se no chão, cotovelos apoiados nos joelhos, como se necessitasse de amparo para não se desmembrar.

— *Por que não vai para dentro, mãe?*

Sacudiu a cabeça. "Dentro" é ainda mais desprotegido. A inveja escolhera o nosso lugar como moradia. Apesar de feita de pau e argila, a nossa casa era única na aldeia. As paredes eram caiadas e as portas pintadas com motivos garridos. O amplo espaço interior, as múltiplas divisões, o formato retangular, a vasta varanda na parte dianteira: tudo isso nos fazia diferentes.

Nas restantes residências havia muito que se tinham apagado as tradicionais lamparinas, os *xipefos* alimentados a óleo de *mafurra*. No alpendre da nossa casa, dois candeeiros a petróleo sinalizavam os privilégios da nossa família, o clã dos Nsambe. As mariposas dançavam, aturdidas, em redor dessas fontes de luz. Pareciam emergir das paredes, pedaços de cal que se destacavam dos muros e esvoaçavam enlouquecidos. Meu pai dizia que essas mariposas tinham sido, em vidas anteriores, borboletas diurnas que se apaixonaram pela sua própria beleza. Como castigo pela sua vaidade foram expulsas da luz do dia. Era por saudade do Sol que elas se suicidavam de encontro aos candeeiros. Os vidros das lamparinas eram o seu derradeiro espelho.

As mariposas eram, para mim, parentes da avó Layeluane: atingidas pela incandescência de uma faísca, tombavam com a leveza da luz. Nada as fazia sofrer. Em cada inseto tombado, a avó nascia e voltava a morrer.

A noite parecia esgotar-se nesse sacrifício de asas quando, de súbito, o meu pai levantou um braço, em alerta:

— *Escuto um barulho de ferros, adivinhem o que é?*

— *Marido, por favor...*

— *Esse arrastar de parafusos só pode ser o seu irmão Musisi.*

— *Por favor, marido, não discuta com ele. Somos família, vivemos de uma vida só.*

A raiva que Katini Nsambe nutria para com o cunhado Musisi era antiga e não tinha cura. Começara por ser uma pequena inveja. Na verdade, o meu pai nunca cumpriu serviços de soldado. Faltava essa prova para ser um homem completo.

Numa das batalhas em que primou pela ausência, os Vatxopi e os portugueses enfrentaram juntos os soldados de Ngungunyane. Nesse confronto, o cunhado foi alvejado por alguém das suas próprias fileiras. Para Katini, o incidente era apenas a confirmação de uma certeza: o tiro que nos mata não vem de fora, mas de dentro. Era assim que ele dizia.

— *E agora esse Musisi anda por aí, todo lustroso, exibindo glórias... Não foi valentia nenhuma, aquilo foi um acidente.*

Eis o que se passara: um soldado português confundira Musisi com um inimigo. O atirador estava antecipadamente perdoado. Para os portugueses, os africanos, inimigos ou aliados, eram uma massa indistinta: pretos de dia; escuros de noite. A bala cravou-se na espinha de Musisi e ali ficara alojada, aparentemente sem risco nem consequência. Dentro do organismo, contudo, a bala ganhou vida e as vértebras, uma por uma, se converteram em metal. Tornaram-se projéteis, tão mortíferos quanto a bala originária. Quando o cunhado se movimentava, escutava-se o ruído de dobradiças enferrujadas. Musisi nunca mais se libertaria do incidente. Para onde quer que fosse, trazia a guerra dentro de si.

A mãe ria-se daquele ciúme sem solução. Os homens vão à guerra para serem esperados. Vencido ou vencedor, o soldado deve ser maior no regresso do que na partida. O guerreiro volta das batalhas para exibir as feridas e aguardar por esse reconforto supremo que é o colo da mulher amada. Não é, todavia, o consolo do amor aquilo que o combatente mais procura. Ele quer esquecer, ele quer-se apagar de si mesmo. Katini não precisava nem de consolo nem de esquecimento. A música era onde se encontrava e onde a si mesmo se guerreava. A música era o seu reino. A bebida era o seu trono.

Já a tia Rosi tinha uma explicação diferente para a relação conflituosa entre os cunhados. O que os dividia era uma disputa de poder. Com a ausência do avô Tsangatelo, Katini exercia a autoridade sobre toda a família Nsambe. O que era inaceitável para Musisi.

Para mim a explicação daquela rivalidade era ainda uma outra: o que sucedeu foi que esse fatídico disparo continha duas balas gémeas. A primeira acertou no tio Musisi. A outra atingiu a alma do meu velho. É por isso que não há noite em que ele não acorde em alvoroço, escutando um assobio de bala. Ofegante, senta-se sobre a esteira e enxerga uma ave de ferro cruzando tão velozmente os ares que nem tempo lhe resta para despertar do sono. Puxa a coberta da cama sobre a cabeça e resguarda-se desse fatídico mensageiro. O pior do passado é o que está ainda por vir.

No escuro daquela noite comprovou-se que o meu pai estava certo ao prenunciar a aproximação de um visitante. O que escutara podia não ser exatamente um arrastar de ferros. Mas um sonoro bater de palmas anunciou a chegada do tio Musisi. Vinha desinquieto, com a notícia de ter avistado soldados inimigos nas redondezas.

— *Nós sabemos* — disse eu. — *Sabemos que eles andam por aí.*

— *Nós não sabemos de nada!* — corrigiu prontamente a sua irmã.

E soletrou a frase, sílaba por sílaba: *não-sa-be-mos--de-na-da.* Os olhos dela anulavam a ousadia da nossa fala. Não queria que ninguém soubesse dos nossos encontros com os militares Vanguni.

O tio Musisi reproduziu o que ouvira dos sentinelas que vigiavam a planície: as tropas de Ngungunyane espalhavam-se a perder de vista pela planície do Inharrime. Avançavam como as formigas vermelhas. O imperador de Gaza estava mudando a capital do seu reino de Mossurize para Manjankhazi.

— *Garanto-vos uma coisa: nunca houve no mundo tanta gente marchando junta.*

Não entendi o silêncio que se seguiu. Era uma espécie de luto recobrindo a nossa antecipada morte. A primeira vez que fôramos invadidos eu era menina. Por isso, a tensão que ali se gerava era, para mim, ilegível.

— *Onde estão Dubula e Mwanatu?* — inquiriu o tio, quebrando o silêncio.

— *Sabe muito bem que os seus sobrinhos já não vivem nesta casa.*

— *Fique atenta à porta, Imani* — foi a ordem de Musisi. E acrescentou: — *Não os quero cá enquanto falamos destes assuntos. Não se pode confiar em nenhum dos seus irmãos.*

O tio sentou-se mais junto ao fogo e as escarificações no rosto brilharam, luzidias, sob o reflexo da fogueira. Cada corte correspondia à morte de um inimigo. Para meu pai aquelas tatuagens eram todas falsas. Jamais Musisi tinha ousado matar. Ao menos ele, Katini, tinha tido filhos, uns vivos e outros mortos. Os filhos de Musisi nunca tinham chegado a nascer. Ele era como eu própria pensava ser: uma árvore seca.

— *A comida está pronta!*

Rosto grave, a mãe deu ordem para que nos sentássemos. Ordenou-me que fizesse rodar uma bacia pelos homens para que lavassem as mãos. A *ushua* foi servida numa panela de barro e, ao lado, num outro prato se apresentou o caril de peixe seco. Os dedos iam e vinham, numa dança estudada e, durante um tempo, não se escutou senão um arrastado mastigar. Só depois o tio Musisi ergueu os dedos polvilhados de farinha e balbuciou:

— *Agora vai recomeçar a guerra.*

Os dedos subitamente brancos bailavam no escuro como se ganhassem vida fora do corpo. O meu pai decidiu intervir com os seus modos complacentes de sempre, suavizando as agruras do mundo:

— *Estamos a jantar, caro cunhado.*

— *E depois?*

— *Há coisas que não se falam enquanto se come. Além disso, as guerras nunca começam. Quando damos por elas, já havia muito que vinham acontecendo.*

Ganhava tempo, ruminava conversa. Em seu entender, todos os conflitos deste mundo pertencem a uma mesma e antiga guerra.

— *Avisamos o português?* — inquiriu a mãe, ignorando o palavroso discurso do marido.

— *Nunca!* — contestou o tio, perentório. — *Este assunto é só nosso. Os portugueses já se meteram demais na nossa vida. Não sou como o seu marido que já não sabe quem é, nem de onde vem.*

— *Eu sou muchope de coração. Tal como você, caro cunhado.*

— *Não me chame de muchope! Quem inventou esse nome foram os invasores. Eu cá sou dos VaLengue, que é o nosso nome mais antigo. Eu venho do arco e da flecha, gosto de peixe e não uso boi para cerimónia.*

— *Você, meu caro cunhado, não é mais fiel aos nossos antepassados do que eu.*

A mãe ergueu-se, braços no ar como se evitasse a derrocada dos céus. E proclamou:

— *Chega, chega! Temos o inimigo à porta e vocês estão a discutir? Não há outra opção: amanhã vamos ter com os portugueses, como sempre fizemos.*

— *Você não entendeu, minha irmã. Os portugueses abandonaram-nos. Estamos entregues à nossa sorte.*

— *Se não quiserem, eu mesmo irei* — argumentou a mãe.

— *Irá onde?* — inquiriu o nosso pai.

— *Irei falar com o sargento.*

— *Você não sai daqui, mulher* — contestou o meu pai,

animado por uma súbita dignidade. — *Sou o homem desta casa, eu é que irei lá.*

E voltou a repetir uma dezena de vezes: *eu é que vou a casa do sargento.* Sabíamos, assim, que prometia em vão. À saída, o tio Musisi espreitou pelos cantos da casa e perguntou:

— *A propósito, meu caro cunhado: onde está a espingarda que deixei consigo?*

O meu pai encolheu os ombros. *Que arma?*, inquiriu com displicência. Era fácil imaginar o que se passara: do cano da espingarda o pai tinha feito um tubo para o alambique. O valor das armas era, para ele, apenas esse: o de serem desfeitas e refeitas noutros objetos mais produtivos. E há coisa mais valiosa que um alambique?

— *Eu é que vou falar com o português!*

— *Desde que mantenha os filhos longe de tudo isso* — advertiu Musisi.

— *Já disse* — declarou a mãe —, *ninguém aqui fala nos filhos dos outros.*

Quando o tio saiu a mãe chamou-me, apontando os arbustos em redor da casa. *Veja como estão cobertos de gafanhotos. Não tarda que a guerra chegue.*

12

Sexta carta do sargento

Nkokolani, 10 de maio de 1895

Excelentíssimo senhor
Conselheiro José d'Almeida

Hoje fiz a conferência das armas existentes no posto.
Tal como este edifício não pode ser chamado de quartel,
também não se pode chamar de armamento às relíquias
enferrujadas que aqui se acumulam. Foi por não terem
valor que escaparam à ganância do falecido Sardinha. A
situação é esta: com exceção das espingardas que eu
mesmo trouxe, não existe aqui uma única arma que nos
possa valer. Os indígenas estão convictos de que neste
lugar se concentra um poderoso arsenal. Deixá-los pensar. Essa mentira é a única função deste posto.

Ouvi dizer que aqui perto, na povoação de Nhagondel, há um posto militar em idênticas condições. As ruínas e o abandono são os mesmos. A única diferença é que ali colocaram um sargento que é um pobre preto. Avalio, por este outro caso, o respeito que me reservam. Não fossem as cartas que lhe escrevo, Excelência, e a minha solidão seria insuportável. Deus me perdoe, mas preferia mil vezes ter ficado prisioneiro no Porto a enfrentar este penoso degredo. Poderá Vossa Excelência não ler as minhas missivas. Poderá nunca lhes dar resposta. Mas eu insistirei nestes manuscritos como um afogado teima em vir à tona da água. Não é senão quando escrevo que me sinto vivo e capaz de sonhar.

Sabe qual é um dos raros divertimentos que aqui desenvolvo? É voltar a passar em revista as armas do posto. Podem ser velhas e obsoletas. Ao tocar nelas, porém, reencontro uma paixão que apurei nos anos da Escola do Exército. E aqui, nos velhos papéis para aqui deixados, encontrei literatura sobre as guerras dos ingleses contra os zulus. Dessa leitura ficou claro que uma das grandes desvantagens dos europeus era o tempo que demoravam a recarregar as espingardas. Esse tempo, mais do que morto, era mortal.

Espantou-me, devo confessar, a nossa decisão de comprar a arma austríaca de repetição que dá pelo nome de *Kropatcheck*. Não por causa da arma em si mesma. Mas por termos tomado uma tal decisão. Porque somos os primeiros a usar a *Kropatcheck* em África. Explico-me melhor, não vá Vossa Excelência perder a paciência e abandonar a leitura. É que, logo no ato da escolha, alcançámos uma surpreendente vitória. E sabe quem foi o primeiro a ser vencido? Fomos nós, os portugueses. Se lhe digo que esta espingarda já nos venceu é porque ela derrotou o nosso espírito tacanho de imitar os ingleses em tudo. Perdoe-me a petulância desta conclusão, mas é assim que se ganha qualquer guerra: vencendo-nos, primeiro, a nós mesmos.

Como Vossa Excelência bem sabe, erguem-se em Portugal crescentes vozes que reclamam contra as despesas causadas pela guerra de África. O irónico é que aqui não há guerra nenhuma. E se houver seremos chacinados sem piedade, não havendo *Kropatcheck* que nos salve.

Esse pessimismo talvez seja criado, admito, pelos dramáticos eventos por mim vividos. O suicídio do cantineiro Sardinha acabrunhou-me bem mais do que poderia pensar. Não sai de mim a lembrança de que, sem lápide nem caixão, jaz um compatriota no meu quintal. Podem sobre ele recair as mais gravosas culpas. Mas é um português a quem não foi dada a possibilidade de defesa. O dedo que puxou o gatilho foi o dele. Mas fui eu que ditei a sentença. Os ossos de Sardinha não pesam sobre a terra. Pesam, sim, sobre as minhas noites de insónia.

Sei do que falo porque fui, como Sardinha, sumariamente condenado e não há distância que me faça esquecer o injusto degredo a que fui sujeito. Ainda se estivesse completamente em África! O que acontece é que parte de mim ficou para sempre numa praça do Porto com as balas do meu próprio exército roçando-me a pele e a vida. Mais do que lembrança da revolta de 31 de Janeiro, não me sai da cabeça o dia em que me levaram, a mim e a outros amotinados, do calabouço para uma embarcação. Atravessámos as ruas e o porto de Leixões sob forte escolta militar. Não nos temiam a nós. Receavam, sim, a reação dos populares que enchiam a cidade. Senti pela primeira vez orgulho na farda que envergava. Mas esse sentimento logo esmoreceu, ao entrarmos no navio onde iria funcionar o Conselho de Guerra que nos iria julgar. Grande cobardia a dos nossos governantes. Não bastava que nos escondessem dos olhares dos outros. Era preciso ocultar a farsa do julgamento nas brumas do mar. O paquete onde embarquei chama-se curiosamente *Moçambique*. Mal eu sabia que, nesse tribunal militar, decidiriam pela minha deportação para a colónia do mesmo nome.

O que passei nesse navio, aguardando ser julgado, é algo indescritível. Sujeitos a uma espera de longos dias, submetidos a sucessivas tempestades, entontecidos pela fome e pelo enjoo, estávamos reduzidos a uns farrapos quando nos apresentámos no julgamento, a ponto de não termos discernimento para responder às mais singelas perguntas. Na verdade, esse discernimento de pouco nos valeria: estávamos condenados à partida. Civis ou militares, inocentes ou culpados, não houve sequer uma tentativa de simulação de justiça.

Um dos detidos, um velho professor, recordou um episódio histórico bem curioso, ocorrido em França. Sabendo que tinham vindo à cidade os chefes protestantes, o Rei católico ordenou ao exército que os encurralassem e os matassem a todos. O militar que recebeu a ordem perguntou como é que, chegado ao bairro, distinguiria os chefes protestantes do resto da população. E o Rei respondeu: "Mate-os a todos. Deus reconhecerá os seus".

Eu bem queria esquecer as atribulações que me conduziram ao degredo. Mas todo esse meu passado me veio à memória quando fazia parte do esquadrão de fuzilamento depois das escaramuças em Lourenço Marques. Na mira das nossas espingardas estava um grupo de pretos revoltosos que havia sido capturado no dia anterior. Como era costume, o pelotão era composto apenas de portugueses.

À minha frente alinhavam-se os condenados: todos adolescentes, quase crianças. Nenhum deles tinha sido julgado, ninguém os escutara em português ou na sua língua nativa. Os que iam morrer não tinham voz. Naquele momento, não sei que transtorno, quiçá motivado pelo medo ou por má consciência, me fez pensar que aqueles que iam morrer já traziam suficiente culpa de nascença: a raça que tinham, os deuses que não tinham. Mas um estranho percalço sucedeu: o gatilho da minha arma encravou. Naquele preciso momento senti que aquilo não era uma simples falha técnica mas um triste presságio. Voltei a premir o gatilho e, de súbito, aconteceu o estrondo, o clarão, a queimadura. O projétil havia explodido dentro da espingarda.

Não foi a lesão que me marcou, que essa foi leve e passageira. Para mim, contudo, o incidente tinha insondáveis causas. Era uma mensagem desse outro Inferno onde nem sequer os demónios habitam. A bala explodira não dentro da espingarda, mas nas entranhas do meu ser. A pólvora me iria sair pelas mãos, a vida inteira, como incandescente lava.

Não deixo de pensar nem por um instante que aqueles jovens pretos, tão distantes de cor e feição, se pareciam, afinal, comigo. Como eles, também eu me revoltara. Como eles, também eu ousara apontar as armas contra os poderosos. Talvez tenha sido por isso que a espingarda se encravou e o projétil explodiu dentro da câmara. Essa bala continua deflagrando eternamente dentro de mim. Se fosse ave, já há muito teria soçobrado, de tanto grão na asa.

13

Entre juras e promessas

A guerra é uma parteira: das entranhas do mundo faz emergir um outro mundo. Não o faz por cólera nem por qualquer sentimento. É a sua profissão: mergulha as mãos no Tempo, com a altivez de um peixe que pensa que ele é que faz despontar o mar.

Fiz-me às ruas de Nkokolani e passei na rua das laranjeiras. Tinham começado a florir e um aroma doce espalhava-se pela aldeia. As laranjeiras podiam não afastar os monstros. Mas elas convocavam espíritos de longínquas geografias. As raízes dessas árvores, dizia Tsangatelo, estão num outro continente.

Inebriada pelo intenso aroma quase me esqueci do meu destino, que era o inevitável quartel dos portugueses. Emendei o caminho e apressei o passo. Eu tinha que me adiantar aos meus parentes. Não tardaria que fossem visitar Germano de Melo. Iriam solicitar proteção contra as tropas de Ngungunyane que, em massa, se deslocavam para sul.

O sargento Germano de Melo estava à porta e, ainda longe, foi exibindo sinais de desespero:

— *Venha depressa, Imani!*

— *O que se passa, sargento?*

— *É outra vez o raio das mãos! Lá se me foram as mãos, raios as partam. Veja, veja: estou sem elas outra vez.*

Vagueava, esbugalhado, pela casa. Uma certeza o impelia: as mãos haviam-lhe desaparecido. Tinha o caminhar de um cego: os braços estendidos, mais trémulos que a voz. *Estou sem elas*, repetia, em pânico.

Com crescente frequência lhe ocorriam esses episódios: deixava de sentir as mãos. Tornava-se, então, inábil e dependente como uma criança. Foi o que sucedeu pouco antes de o visitar: as mãos foram-se tornando mais e mais desfocadas, e, depois, mais e mais transparentes. Até que se desvaneceram, sem peso e sem memória de lhe terem alguma vez pertencido.

— *Sente-se, sargento Germano. Vou aquecer água e lavar-lhe as mãos.*

— *Mas que mãos, se não as tenho?*

— *Lavo-lhe os braços e esfrego-lhe os pulsos. Vai ver que as mãos logo voltam.*

Os ataques de pavor ficaram-lhe de um acidente ocorrido ao manusear uma arma. Nunca me contou detalhes do que ocorrera. Nunca lhe perguntei. As lembranças escuras são como abismos: ninguém se deve debruçar nelas.

— *Estou muito doente, Imani. Dizem que África transmite doenças. Pois eu adoeci de África, toda inteira.*

O velho Katini certamente se zangaria com aquela minha antecipação à sua visita ao sargento. Haveria de querer ser ele, antes dos demais, a apresentar o pedido de proteção contra as *ihimpis* dos Vanguni. Contudo, ninguém melhor do que eu podia transmitir, em escorreito português, os receios da nossa gente.

Foi isso que pensei ao transpor a porta do quartel. Assim que me habituei à penumbra, percebi que nada ali tinha mudado. O velho edifício continuava a ser uma estranha mistura de mercearia e de base militar. Num certo sentido até tinha piorado: armas e mercadorias, uniformes e peças de chita, relatórios militares e balancetes de contas, tudo ali se misturava. As apalavradas obras de construção do posto militar havia muito tinham sido suspensas. Esperava-se pela fortificação, esperava-se pelos soldados. Do outro lado do continente, o prometido contingente, composto de angolas, não chegaria nunca mais.

Um falso quartel e uma inexistente tropa: era esse o vazio que Germano capitaneava. Não seria estranho que, naquele momento, ele contemplasse os próprios braços como se nunca antes os tivesse visto.

— *E onde está o seu sentinela, o meu mano Mwanatu? Não o vi à entrada.*

— *Dei-lhe folga, hoje.*

Reparei então que o sargento sangrava de um joelho. Tinha-se ferido na esquina de algum caixote. As moscas já rondavam em redor do ferimento.

— *Temos que limpar essa ferida* — disse-lhe, acenando com um pano molhado.

— *Bem pode limpar, mas não se livrará nunca das moscas.*

— *E por que não?*

— *Essas moscas já estavam dentro de mim. É de mim que elas estão a sair. Estou podre, Imani.*

Fui à parede, retirei a espingarda que nela estava pendurada e pousei-a sobre o colo de Germano.

— *Vá, segure na arma.*

— *Não posso. Ainda não tenho mãos bastantes.*

O português queixava-se de que não reconhecia as mãos? Pois eu não sentia a alma. Deixara de a sentir desde que soube que a minha avó morrera sem resto dela que a terra abraçasse. A minha mãe haveria de morrer do mesmo modo, e eu regressava ao meu nome inicial de Cinza: sem mãos, sem corpo, sem alma.

Era nisso que pensava, ajoelhada aos pés do português. As esperas e os desesperos tinham transtornado Germano de Melo a ponto de se tornar uma criatura irreconhecível. Este homem branco, que havia meses se anunciara com porte garboso e impecável uniforme, estava agora ali, rendido e submisso, entregue aos cuidados de uma rapariga negra.

Naquele momento eu rezava para que nenhum dos meus parentes entrasse por aquela porta e me surpreendesse lavando-lhe os braços em tépidas águas. De pouco me valeria argumentar que esse branco era uma criatura particular. Aos olhos de todos, eu não passaria de uma feiticeira. E estaria condenada à morte. Não há em Nkokolani outro destino para as *valoii*.

— *Vá, segure na espingarda* — insisti. — *Segure com as suas mãos. São suas...*

Lentamente, os dedos do branco rodearam a espingarda, com a imperícia de um cego. Para surpresa minha, levantou a arma para a encostar ao ouvido. Ficou assim um tempo, rosto colado à coronha, como se perscrutasse por entre o silêncio.

— *Na minha terra é desta maneira que se sabe quantas pessoas a arma já matou. Sabes como se faz? Na coronha da espingarda escutam-se os gritos dos que foram mortos. Por que é que te ris? Na minha terra também temos crenças, como vocês têm aqui.*

— *E essa arma já matou?*

— *Não. Esta arma está por estrear. É uma* Martini--Henri. *Completamente nova.*

Colocou o fuzil no meu colo e levantou-se para ir a um armário buscar outra espingarda. Pedi-lhe que afastasse a arma. Reagiu com magoada surpresa:

— *Tens receio? Levanta o braço. Isso, deixa-o estar assim levantado. Pois esse teu braço é uma arma, a mais certeira das armas. Esta espingarda é apenas a continuação do teu braço, da tua mão, da tua vontade.*

E a mão do português percorreu o meu braço, os meus ombros, o meu pescoço. *Estás a tremer, estás com medo?*, perguntou. Não era de medo que tremia. O sargento, felizmente, se afastou e se tornou distante. Remoía algo dentro dele. E depois falou:

— *O demónio do Gungunhana tem uma igual a esta e sabes quem lha deu? A própria rainha de Inglaterra! Estão bem um para o outro... Mas esta outra espingarda —* e debruçou-se a recolher a segunda arma —, *esta é que sim, esta é a minha paixão... Olha bem para ela, Imani, porque esta arma é que vai vencer o Gungunhana.*

— *Desculpe. Mas é Ngungunyane que se diz, senhor sargento. Se não conseguir dizer pode sempre chamar-lhe*

*Mudungazi. Mas é importante chamarmos os inimigos
pelos nomes certos...*

— *Ai sim? Pois então escuta: esta arma é uma* Kropatcheck. *Ora diz lá* Kroptacheck, *a ver se consegues...*

A diferença é que eu não precisaria nunca de dizer o
nome de uma espingarda. E Germano teria que pronunciar todos os dias o nome do imperador africano. Era o
que devia ter dito. Mas guardei-me, submissa.

Chegaram-nos, então, os longínquos acordes das
marimbas. Era o meu velho pai ensaiando uma nova
composição. Mais forte que a minha vontade, o meu
corpo iniciou um balanço que, de imediato, foi notado
pelo sargento. Deu um passo atrás e exclamou:

— *Finalmente, vejo que és africana! Por um momento
cheguei a acreditar que eras portuguesa.*

Surpreendeu-me como Germano de Melo permanecia imóvel, tão distante do apelo das marimbas. O
corpo do português estava surdo. Alguma coisa tinha
morrido dentro dele, mesmo antes de ter nascido.

Por fim, o sargento soçobrou perante o cansaço. Os
delírios fatigavam-no e, quando regressava a si mesmo,
parecia um tapete sovado e revirado do avesso. Não era
senão uma sombra daquele que, meses atrás, desembar-
cara na margem do rio Inharrime. Derramado sobre um
velho cadeirão, adormeceu depois de ter murmurado:

— *Volto já, Imani. Volto já.*

Dei por mim de um modo que nunca poderia ter
imaginado: sentada numa cadeira, com modos de esposa; ao lado de um homem branco rendido ao sono e com
uma espingarda pesando-me no colo.

A medo, soergui a arma, gestos lentos e arrependidos como se pegasse uma cobra pela cauda. Aos poucos, porém, fui ganhando familiaridade com a espingarda, a ponto de a apertar de encontro ao peito, com cuidados de quem aconchega uma criança. Espreitei o cano temendo que dele emergissem gritos de quem matou e gemidos de quem morreu. Deixei que os meus dedos premissem suavemente o gatilho.

E pensei: um milímetro, um escasso milímetro é o que separa a vida da morte. Foi então que escutei uma voz. Primeiro pensei que fosse o português falando enquanto dormia. Depois percebi que a voz emergia da arma e, aos poucos, se ia tornando mais e mais familiar. Era um pedido de socorro. A intensidade daquele rumor foi crescendo até se tornar insuportável. Até que gritei, em desespero:

— *Dubula ! Mano Dubula!*

O português despertou e aproximou-se com o intuito de me sossegar. Afastei-me, bicho encurralado.

— *Não me toque! Por favor, não me toque!*

— *Não te estou a tocar.*

— *Está sim! E não olhe para mim, que estou toda suja.*

Como dizer-lhe que estava suja de uma morte que era minha por metade? Germano de Melo, porém, não esperava explicação. Era a sua vez de me acalmar. *Ainda bem que voltei a ter mãos*, foi o que ele disse passando-me uma capulana pelos ombros.

— *Já lhe passam as tremuras, isso são nervos...*

Não eram nervos. Nem os meus nem os dele. Era aquela casa e os invisíveis habitantes que disputavam as frestas do telhado: corujas, mariposas e morcegos.

— O senhor deve sair desta casa, meu sargento. Vá morar num outro lugar, qualquer outro menos este.

— Parece impossível, Imani, pensares em feitiços, uma moça como tu...

— Preciso ir embora, mas não posso ir sem dizer a razão desta minha visita. Estamos todos alarmados em Nkokolani. Sabe que foram vistas numerosas tropas do Ngungunyane?

— Sei disso, já me informaram. O Mudungazi está a transferir a capital do Norte para o Sul. Vem por aí abaixo com milhares e milhares de Ndaus.

— Amanhã o meu pai virá ter consigo. Virá pedir que nos defendam...

— E terão todo o nosso apoio, podem estar tranquilos. Amanhã mando uma mensagem para Inhambane. Bem podes ficar tranquila: o nosso exército ajudará. Podes dizer à tua gente.

— À minha gente? Não tenho gente...

— À tua família, quero eu dizer.

— Desculpe, senhor sargento, mas há na minha família quem ache que "pedir" não é o termo. Nós pagamos vassalagem, é isso que dizem. Temos o direito de ser protegidos.

— Pois esse direito será respeitado.

— E desculpe, mais uma vez, mas as pessoas também perguntam: com que tropas nos vão proteger?

— Mandam as tropas de Inhambane, que as armas tenho-as eu aqui que bastem.

Já à saída veio ter comigo com um papel na mão. Agitou o papel em frente do rosto:

— Podes dizer ao teu pai que recebi garantias ao mais alto nível de que os Vanguni não vos irão incomodar. Vê esta carta que vem do próprio António Enes. Senta-te lá dentro e faz uma cópia com o teu próprio punho.

161

Ocupei um lugar na mesa da sala, as costas direitas, o cotovelo bem apoiado, tal como aprendera na escola da Missão. Com voz pausada o sargento reproduziu vagarosamente cada parágrafo:

"Meu caro Gungunhana

Eu, rei grande da Província de Moçambique, mandado aqui pelo rei D. Carlos I para vir saber como estão estas coisas da guerra e mandar vir as forças de Lisboa (conforme, ao fim ao cabo, foi preciso), mando-te o meu ajudante com esta carta para te dizer umas coisas e falarmos direito, para saber se afinal és ou não filho do coração do rei de Portugal.

O que o rei tem feito por ti não é preciso lembrar-te porque sabes bem que se o rei não tivesse dado armas ao teu pai Muzila para bater o Mahueva não serias hoje régulo de Gaza. Tu conservas-te grande devido à amizade do rei que constantemente te dá saguatis para te mostrar que és filho direito dele.

O meu grande disse-me que tu pedias licença para bater os Guambas e os Zavala, ele negou-te e eu confirmo. Não te dou licença para os bateres, se o fizeres depois te arrependerás. Quero fazer justiça, se eles te fizerem mal eu os castigarei, mando-os se for preciso para a Guiné.

Assinado: O Comissário Régio"

De pé por trás da minha cadeira, Germano espreitou o manuscrito, sustentando a mão sobre o meu ombro.

Pedi aos deuses para que nenhum tremor lhe dissesse como me perturbava aquele contacto.

— *Copiaste tudo? Agora vai lá ter com a tua família e lê em voz alta o que acabaste de escrever...*

À saída ainda guardava o toque da sua mão. E perguntei-lhe se sentia o cheiro das laranjeiras. Respondeu-me que havia muito que se esquecera dos perfumes deste mundo. E doeram-me as suas palavras.

— *Comissário Régio?,* — perguntou Musisi.

E houve quem se risse na roda de parentes e vizinhos que ocupara o pátio da nossa casa para escutar as novidades da minha visita. No centro desse círculo de gente estava o tio Musisi, preparado para desacreditar a mensageira e o mensageiro. Mais atrás, a mãe mantinha-se ocupada à volta de uma fogueira: fabricava sal. Nessa tarefa se empenhara desde manhã, quando se deslocara às planícies lodosas que marginam as lagoas. Com uma casca de caracol raspara o salitre acumulado sobre os extensos areais. O que fazia naquele momento era dissolver essa lama numa panela com água a ferver. Não tardaria que a água evaporasse e o sal despontasse como uma toalha branca no fundo escuro da panela. Enquanto labutava ela ia cantando: "... a areia é a saudade, o sal é o esquecimento...". A minha mãe fazia sal para esquecer.

— *Cuidado, não se queime, mulher* — advertiu o pai.

Ela escondeu um sorriso matreiro. O tio Musisi insistiu: queria saber quem era esse Comissário Régio e que crédito merecia que fosse diferente da desconfiança que guardávamos de todos os outros brancos.

— *Chama-se António Enes* — expliquei. — *É o repre-*

sentante do rei de Portugal, é quem manda nas Terras da Coroa.

— E esse papel foi escrito por ele?

— Sim, é uma cópia que escrevi com a minha mão. O Comissário enviou esta mesma carta ao Ngungunyane. Está aqui escrito que podemos estar descansados em relação às ameaças dos soldados de Ngungunyane. Vou ler e traduzir para vocês todos.

No final da leitura, a carta balançou suspensa na ponta dos meus dedos. Era como se aquele papel tivesse ganho um inesperado peso perante o silêncio dos meus parentes. Um dos vizinhos cortou aquela quietude:

— Onde é que fica a Guiné? É antes ou depois de Inhambane?

— Calem-se, vocês — ordenou Musisi. *— Para mim essa carta só mostra como somos tratados como crianças.*

— Às vezes gostamos de ter um grande pai... — ripostou a mãe.

— Fale por si, minha irmã. Pois sabem o que digo dessas promessas? Eu rio-me. É o que faço: rir-me. E sabem o que é que vou fazer? Vou pedir ajuda a um dos nossos. Amanhã vou falar com Binguane.

— Binguane é um muchope? — perguntou o meu pai.

— Pelo menos ficamos entre nós, negros.

Binguane habitava na vizinhança de Nkokolani. Era um temido chefe militar que se opunha ferozmente às hostes Vanguni. Eu já o tinha visto. Era um homem alto e possante, apesar da idade. Tal como eu, ele era um mestiço de Makwakwa e Vatxopi. O meu pai advertiu:

— A ideia é péssima. Ngungunyane vai ficar com mais

raiva contra nós. Não há no mundo quem o imperador odeie mais que o Binguane e o seu filho Xiperenyane.

Não deixava Katini de ter razão: Xiperenyane tinha sido, ainda criança, raptado por Muzila, o pai de Ngungunyane. Essa era a prática corrente no Império de Gaza: raptavam-se as crianças das famílias notáveis. E assim se obtinha a mais rápida das lealdades: a que se impõe pela chantagem.

Xiperenyane cresceu no seio da família real e diz-se que derrotava Ngungunyane em todos os jogos e competições. Assim que fugiu da corte, passou a liderar uma temível força de resistentes. Era realmente verdade o que Katini dizia: não havia quem Ngungunyane mais odiasse.

— *Você está a juntar feitiço com feiticeiro* — voltou a avisar o meu pai.

Musisi, que entretanto se fizera distante, regressou à conversa num outro tom:

— *Enquanto Imani lia a carta dos portugueses, fui tendo uma ideia. E essa ideia tem que ser falada agora, porque amanhã vou para a guerra e não sei se volto.*

— *Não fale assim que dá azar* — avisou a nossa mãe.

— *Para mim, essa história do quartel inacabado é pura mentira. Aquilo não passa de uma cantina disfarçada de posto militar. O verdadeiro quartel sempre esteve em Chicomo, nunca quiseram fazer outro.*

— *Então o que está aqui a fazer esse mulungo?*

— *Pergunte-se a si mesmo, cunhado. Esse homem está aqui para nos espiar. Por isso, caro cunhado, vamos nós espiar esse espião.*

— *Está maluco, Musisi.*

— *E sabe como vamos espiar? Através dos seus filhos.*

— *Chega, Musisi* — disse a mãe. — *Não quero os meus filhos metidos nesses assuntos.*

— *Não quer? Mas os seus filhos, minha irmã, já estão mais do que metidos. Vamos espiar os portugueses através das cartas que o sargento envia e recebe, como esta que a sua filha acabou de nos ler. Esses papéis podem ser os nossos olhos e os nossos ouvidos.*

— *Peço-lhe, meu irmão: não meta a minha filha numa coisa dessas* — declarou a mãe. — *Morreram as minhas primeiras filhas, os meus meninos dormem não sei onde. Esta filha é o que me resta para viver.*

Depois, segurou-me pela mão como nunca antes havia feito. E senti naqueles dedos a continuação do meu próprio corpo.

14

Sétima carta do sargento

Nkokolani, 25 de maio de 1895

Excelentíssimo senhor
Conselheiro José d'Almeida

Escutei há dias a orquestra de marimbas de que o pai de Imani é exímio condutor, mesmo quando está completamente embriagado. Desta vez quem ficou tomado por um sentimento de embriaguez fui eu, enquanto me deleitava com a harmonia das timbilas dos negros.

Entendi. A música é um barco, nela se cumpre a viagem que me faltava fazer. Posso tocar, perguntei? E tentei reproduzir as melodias com que a minha mãe me adormecia. Não me correu bem. Mas entendi que as minhas melodias e as dos africanos tinham algo em comum: ambas traziam ordem a um mundo caótico e atemorizador.

Não pude deixar de lembrar a bela carta que Ayres de Ornelas escreveu a sua mãe relatando a sua primeira visita à corte de Gungunhana. Tenho comigo uma cópia dessa missiva que, como muita da nossa correspondência, também foi intercetada e reproduzida. Um amigo em Lourenço Marques copiou-a à mão e fez-ma amavelmente chegar. Se agora a envio a si é porque este documento traz alguma luz sobre os sentimentos que em Lourenço Marques nutrem pelo nosso tenente Ornelas. Não se espera que um militar daquela patente tenha tamanha admiração pela arte dos negros. Como pode um tenente confessar, em tempo de guerra, tal deferência por aqueles que pensamos não terem alma?

Pela invulgaridade da sensibilidade nela expressa transcrevo uma parte da missiva de Ornelas, que escreveu para a sua mãe:

"... Quando o rei de Gaza surgiu, os regimentos de guerreiros do Gungunhana entoaram o seu canto de guerra. Nada no mundo pode dar ideia da magnificência daquele hino. A harmonia do canto, cujas notas graves e profundas, vibradas com entusiasmo por mais de seis mil bocas, fazia-nos estremecer até ao íntimo. Que majestade, que energia naquela música, ora arrastada e lenta, quase moribunda, para ressurgir triunfante num frémito de ardor, numa explosão queimante de entusiasmo! E, à medida que os regimentos, que aqui chamamos de mangas, se iam afastando, as notas graves iam dominando, ainda por largo espaço, reboando pelas encostas e entre as matas de Manjacaze! Quem seria o compositor anónimo daquela maravilha? Que alma não teria quem soube colocar em três ou quatro compassos a guerra africana na acre rudeza da sua poesia? Ainda hoje nos ouvidos me ribomba o eco do terrível canto de guerra vátua, que tantas vezes o sentinela chope ouviu transido de terror, perdido por entre as brenhas destes matos nos quais vivo há um mês."

Imagino que Vossa Excelência, Conselheiro José d'Almeida, partilhe dessa sensibilidade para com a beleza que os pretos são capazes de produzir. Essa beleza, convenhamos com todo o respeito, acabou por entrar na sua vida. Nunca Vossa Excelência me confidenciou — e por que haveria de o fazer? — a história do seu casamento com uma mulher cafreal. Esse facto é digno de muita maledicência nos lugares por onde passei. Mas entendo-o cada vez mais, meu caro Conselheiro. Confesso começar a sentir uma atração por Imani, a moça que visita o nosso posto. E não é apenas um sentimento carnal. É algo mais intenso, mais total, algo que jamais havia sentido por uma mulher branca. Talvez, admito, seja esta pulsão uma consequência da solidão que me foi imposta. Ou talvez seja um delírio de prisioneiro. A verdade, porém, é que essa rapariga se insinuou de um modo respeitoso e subtil e, aos poucos, se foi entranhando na minha alma a ponto de não sonhar senão com ela.

Ontem, por exemplo, Imani deu-me uma lição sobre os chicuembos, que são os espíritos aos quais os nativos rezam e fazem oferendas. E explicou que, para os chopes, existem vários tipos de espíritos. O que mais me seduziu foi um que eles chamam de "espírito majuta". E de tal modo fiquei impressionado que acabei, naquela noite, sonhando que era um desses fantasmas. Apresentava-me a rigor, obedecendo aos preceitos daquelas almas: trajava uma veste branca comprida e larga, dessas que usam os muçulmanos, e transportava a tiracolo uma espingarda. Lembrava um árabe mercador de escravos, munido de umas grandes botas militares. Trazia, no entanto, os atacadores soltos, e marchava de pernas abertas para neles não tropeçar. Aproximei-me de Imani, que estava sentada, meio despida, numa cadeira à entrada do quartel. Quis libertar-me das botas, mas não fui capaz de o fazer. Em surdina implorei:

— *Ajuda-me, Imani. Os atacadores, não vês? São cobras. Trago serpentes à perna.*

Ela se ajoelhou e uma vez mais me massajou as costas com as mãos tépidas. Os seus cuidados, porém, não me impediram de me lamentar:

— *Dizem que África é um matadouro. Antes fosse, Imani, antes fosse. Preferia ter morrido a ter que viver assim.*

Acocorada ao meu lado, a capulana se entreabria, deixando à vista os seus firmes seios. E, não tendo mando no gesto, acariciei-lhe o peito enquanto murmurava:

— *Estou a perder o tino, Imani. Deixa-me pensar que, pelo menos, ainda sou homem.*

A túnica branca tombando, infinitamente tombando: foi assim que terminou o meu sonho. E mais não digo com o receio de me tornar ridículo.

Releve, por favor, a ousadia destas confissões pessoais. Na verdade, levou tempo até que Imani arriscasse tocar no meu corpo. Mesmo no auge das minhas alucinações ela conservou-se distante, declamando uma estranha ladainha que literalmente dizia: *há uma sombra no português, há uma sombra nos seus olhos, há uma sombra que lhe sai do rosto, caminha pelo corpo e que lhe rouba as mãos. Vamos fazer essa sombra regressar e morrer na luz dos seus olhos.* Seria sugestão, mas aquele cantochão me serenou e eu voltei, aos poucos, à minha lucidez.

P.S.

15

Um rei em pó

"Há pessoas que transformam o sol numa simples mancha amarela, mas há também aquelas que fazem de uma simples mancha amarela o próprio sol."

Pablo Picasso

Todos neste mundo vivem num único lugar e num irrepetível tempo. Todos, menos nós, os de Nkokolani. Como os morcegos da lenda, nós morávamos numa encruzilhada de mundos. Uma invisível e insuperável fronteira atravessava a nossa alma.

Essa duplicidade iria ser provada na manhã em que o tio Musisi despertou mais cedo do que era costume, amarrou na cintura o mais solene dos panos e, sobre o tronco nu, ajustou o casaco que o pai lhe enviara das minas.

O seu corpo recebia assim trajes de dois mundos. Na sacola de pele de cabrito juntou uma mão cheia de frutos de mafurra e saiu sem se despedir da esposa. Ia visitar Binguane, com a intenção de requerer aquilo que recusara pedir aos portugueses: proteção contra os guerreiros de Ngungunyane.

* * *

No caminho, Musisi recordou a última vez que estivera em terras de Binguane. Na altura, acompanhava o avô Tsangatelo, que visitava o grande nkossi para lhe pedir apoio para recuperar a sua esposa, Layelwane. O assunto era delicado e exigia um interlocutor de peso junto às autoridades da Coroa. Tsangatelo tinha partido para se juntar aos militares portugueses que enfrentavam revoltas em redor de Lourenço Marques. Pensava-se que demoraria um ou dois meses. Ficou quase um ano. Vieram os *indunas* de Inhambane cobrar os impostos. Layelwane não podia pagar e explicou aos cobradores os motivos da ausência do marido. Não acreditaram. Levaram-na presa, como garantia de pagamento. Ela era aquilo que os portugueses chamavam um *"remisso dos impostos"*. Quando os homens estavam ausentes e as famílias não podiam pagar prendiam-se as mulheres e os filhos até que os maridos comparecessem a pagar o resgate. Assim que chegou da batalha, Tsangatelo pagou o que devia, mas ninguém, entre as autoridades portuguesas, sabia do paradeiro da esposa. O avô tinha esperança que Binguane usasse da sua influência.

Musisi recordou a deferência com que Tsangatelo se apresentou ao régulo Binguane. À entrada, grandes cestos de palha, chamados *xirundzo*, mostravam como as colheitas haviam sido fartas e, sobretudo, revelavam como os camponeses tinham sido generosos nas suas ofertas. Enquanto não se sentou, o avô manteve-se na ponta dos pés. Dizia-se que o régulo odiava pessoas de baixa estatura.

— *Quero homens que possam espreitar para além da planície* — proclamava.

Abrindo os braços sobre os grandes cestos, o régulo comentou com orgulho:

— *Este ano vamos dançar ngalanga.*

Depois fechou os olhos e assim se conservou, como se tivesse subitamente adormecido. O avô entendeu que devia expor o seu assunto sem mais delongas. Assim que terminou, Binguane assegurou que iria não apenas interferir pessoalmente junto dos portugueses como iria mandar gente sua interrogar os indunas que a haviam levado.

— *Fique tranquilo, a sua mulher estará aqui dentro de dias. Falemos de outro assunto: disseram-me que você anda a negociar com os militares portugueses para organizar uma caravana de carregadores.*

— *Era isso que lhe vinha também perguntar, se devo confiar neles. Depois do que fizeram com Layeluane. Diga-me, nkossi: acha que posso confiar nesses portugueses?*

— *Você confia nos da sua própria raça?*

— *Como posso confiar? Veja o caso dos Vanguni...*

— *E confia nos da sua própria casa?*

— *Bem sabe que não. Nem neste meu genro que me acompanha posso confiar.*

— *Sabe por que razão confio em si? Porque você está a fazer de conta que é mais alto do que realmente é. Quer-me agradar. Foi por isso que pus a correr esse rumor de que odeio homens pequenos. Para avaliar não o tamanho mas a vontade de me agradarem. Pode deixar de se esticar, meu amigo.*

— *Fico grato, Binguane.*

— *Confio o suficiente em si para lhe dizer: quero que trate bem os portugueses. Não temos outros aliados mais úteis. Peça-lhes que paguem em armas. E que deixem essas armas aqui na nossa aldeia. Depois faço contas consigo.*

À saída Tsangatelo despediu-se, mas Musisi deixou--se ficar para trás. Aproveitava o momento para satisfazer uma curiosidade antiga. E dirigiu-se ao régulo:

— *Diga-me, Binguane: você acabou de visitar Ngungunyane. Eu sempre quis saber como ele é. Como é esse Umundungazi?*

— *E o que interessa o que ele é?*

— *Dizem que é homem mau, que lhe nasceram os dentes de cima antes dos de baixo. Foi por isso que lhe deram o nome. Sabe o que quer dizer na língua deles Umundungazi?*

— *Já disse que não interessa. Vocês dão demasiada importância a esse homem. É isso que engrandece o inimigo.*

Ambos sabiam: Umundungazi quer dizer "o destruidor da nação". Foi por isso que os anciães da corte lhe mudaram o nome. Para Binguane a mudança poderia ter sido evitada: aquele primeiro nome dar-nos-ia um bom motivo para gostarmos dele. Quem sabe ele nos ajudasse a destruir a sua própria nação?

Aquela conversa estava ainda bem presente na lembrança de Musisi. Mas ele duvidava: será que Binguane ainda dele se recordava? Foi então que escutou um violento trovão que fez estremecer o chão. O céu estava limpo e o tio interrogou-se sobre as razões daquele estrondo rasgando o firmamento. Ainda hesitou na sua intenção, mas logo retomou a sua viagem. A meio do caminho foi surpreendido por um enorme alarido. Percebeu serem regimentos Vanguni marchando de regresso de uma batalha. Das moitas de cimbirre viu claramente os soldados desfilando. Traziam na testa uma pena branca: era o sinal de que tinham morto inimigos. E ululavam como bichos no cio. O avô Tsangatelo bem dizia: deve-se encorajar os soldados a gritar. Os gritos não os deixam escutar o seu próprio medo.

Na espessa folhagem onde se escondia, Musisi temia pela própria vida e a simples respiração surgia-lhe como um insuportável ruído. Se notassem a sua presença, as tatuagens no rosto revelariam de imediato a sua identidade. E seria sumariamente executado. Ele era o que os invasores chamavam de "os de cara cortada". Não chegava sequer a ser pessoa. Seria morto como um bicho, sem piedade, sem enterro.

Os soldados perderam-se na distância e Musisi prosseguiu, passo cauteloso, rumo à aldeia do Binguane. Quando ali chegou, tombou desamparado como se tivesse perdido os joelhos: a aldeia estava em chamas e o chão estava pejado de cadáveres. Um grupo de mulheres recolhia os feridos e cobria os corpos com esteiras e panos.

— *Onde está Binguane?*

— *Nada resta dele* — responderam.

— *Onde está o corpo?*

— *Nada resta, já dissemos.*

Sucedera o seguinte: desesperado com o peso da derrota, Binguane retirou do mastro a bandeira portuguesa. Olhou demoradamente a coroa dourada ao centro. Diziam que aquela coroa simbolizava o ouro. Mas o que ele viu foi um Sol incandescente e deixou que aquele brilho lhe inundasse os olhos. Depois rasgou o pano ao meio e enrolou-se na metade azul. Assim coberto, sentou-se sobre um barril de pólvora para se fazer explodir.

Um percalço adulterou a nobreza do ato: antes de conseguir atear o fogo, o barril tombou com o peso do suicida. A poeira cinzenta que se soltou roubou a respiração dos que queriam acudir. Binguane não desistiu. Ateou fogo ao pano que envergava e depois abraçou a pipa como se fosse a sua última esposa. Foi então que sucedeu a explosão que ensurdeceu o mundo. E fez-se noite, dentro e fora de Binguane.

Despertei estremunhada com um fragor distante de tempestade. Aconteceu-me o mesmo que sucedia nos pesadelos do meu pai: recordei as aves de ferro cruzando vertiginosamente os céus. Clareava. Espreitei pela cortina: longe cintilava o que me pareceu ser o clarão vermelho de uma queimada. Percorri a casa para confirmar se as janelas estavam fechadas. Tinha ventado durante a noite e o soalho estava pejado de manchas escuras. Seria, por certo, a fuligem das queimadas e passei uma vassoura pelo chão. Olhei as fagulhas, negras e retorcidas, como se nelas reconhecesse a mesma matéria de que eu era feita. Pólvora e cinza. E eu voltava ao meu nome original.

Horas depois da sua morte, já Binguane se convertera em lenda. À noite, quando as histórias podem ser contadas, os mais velhos narravam aos mais jovens a verdadeira razão da morte do grande guerreiro. E era assim a história: Era uma vez um rei que não acreditava na existência das nuvens. Defendia ele que as nuvens existiam apenas nos nossos olhos.

— *Só acredito se puder tocar nelas.*

Era o que ele dizia. E mandou que construíssem uma escada que fosse tão alta que lhe permitisse subir às mais nebulosas alturas. Demoraram anos a terminar a escadaria. Quando o chamaram, o rei olhou para o topo da construção e não conseguiu ver todos os degraus.

— *Vou subir* — declarou com firmeza.

Foi subindo, subindo e foi ficando mais e mais cansado. As andorinhas passavam por ele estranhando tão desajeitada companhia. Quando o rei já sofria de tonturas e de falta de ar, viu que estava rodeado de nuvens. Estendeu os braços para as tocar. Mas os dedos passaram por entre aquela espuma como se fossem luz atravessando água. E ele sorriu, feliz. Afinal, sempre tinha razão. Enquanto descia os degraus ia proclamando:

— *Não lhes toquei. Não existem.*

À medida que descia, reparou que ia ficando leve, cada vez mais leve. Já perto do chão teve mesmo que se segurar com firmeza. A mais ligeira brisa fazia-o drapejar como uma bandeira. Quando os pés tocaram o solo, o rei já se tinha convertido numa nuvem. Dele ficou a escada que conduz os descrentes à altura dos céus.

16

Oitava carta do sargento

Nkokolani, 5 de junho de 1895

Excelentíssimo senhor
Conselheiro José d'Almeida

À força de aqui estar, só e abandonado, sinto que me vou convertendo num outro Sardinha: mais casado com esta gente, mais próximo destes negros que dos meus próprios compatriotas. Vossa Excelência é o meu único amigo, a única ponte que me liga a Portugal.

Esta semana senti que retomava o meu sentido de missão. Os cafres trouxeram-me um prisioneiro Vátua. E essa deferência, essa subordinação acabaram por devolver-me o deslustrado orgulho militar.

Apesar de maltratado, o soldado de Gungunhana preservava uma invejável dignidade. Pediu licença para falar e entendi, com apoio da mãe de Imani, que o seu povo mantinha para com os Chopes a mesma superioridade que nós mantemos com todos os pretos. E disse o prisioneiro que aquelas terras lhes pertenciam por direito divino e que aqueles nativos precisavam de alguém que os civilizasse. Mandei que o prisioneiro se calasse. Não o odiava pelo que dizia dos vencidos. Mas porque ele, naquela sobranceria, se tornava semelhante aos que me enviaram para África.

O ódio do militar *nguni* pelos nativos de Nkokolani confirmou-se nas notícias que me chegaram nos dias seguintes. Porque recebi consecutivas queixas dos Chopes sobre atrocidades praticadas pelas tropas de Gungunhana. E foram tantas as lamentações que, mais do que insensível, me tornei distante das vítimas e alheio à razão e à justiça. Ocorreu-me pensar que o prisioneiro Vátua tinha razão: do ponto de vista dele e dos da sua nação, eles não estão a cometer um crime. Pelo contrário, estão heroicamente a construir um império. Bem vistas as coisas, o que eles fazem não é muito diferente do que fazemos nós, com a devida distância e respeito. Também defendemos um império, autorizados por Deus e pela nossa natural superioridade. Também enfeitamos a história desse império com pomposos esplendores. Se os Vátuas ganharem esta guerra, o destino desta nação se cumprirá sem que sejamos tidos nem havidos. Ninguém terá memória de António Enes. E o valente Mouzinho de Albuquerque será um descolorido vencido. Sobreviverá o Estado de Gaza com a sua gloriosa história. Sobreviverá Gungunhana, o único grande herói. Esse negro brilhará como já brilharam um César, um

Alexandre Magno, um Napoleão, um Afonso de Albuquerque. E a estátua do rei africano figurará um dia numa praça de Chaimite. Gerações de cafres adorarão o imperador africano como eterna prova do heroísmo e do valor da sua raça.

Reconheço, Excelência, a ousadia desses pensamentos e apenas consigo os poderia partilhar. E confesso que essas ideias me perseguiram todos estes dias. E acabaram por me trazer à lembrança um episódio que acreditava ter-se desvanecido. Num dia de folga da escola, em Lisboa, um homem, em pleno Rossio, apontou para o alto e declarou com estranha familiaridade:

— *São todas iguais.*

Não entendi. O homem repetiu: *são todas iguais, em toda a parte.* Falava das estátuas. Estirava o braço na direção do monumento a D. Pedro IV. E a estranha criatura declarou então que quem ali estava representado não era o nosso rei. Era, sim, Maximiliano I, "imperador" do México. Um português anónimo tinha comprado a estátua, que estava em saldo em Paris, uma vez que o candidato a imperador havia, entretanto, sido fuzilado mesmo antes de assumir o cargo. Poupara-se nos custos, ganhara-se nos lustros. E reiterou o homem que as estátuas, tal como as narrativas imperiais, não diferiam umas das outras.

— *Este rei anda a pé. Mas se estivesse montado você confirmaria que até o cavalo é sempre o mesmo!*

No resto, estas semanas decorreram como se o tempo não passasse. Talvez lhe possa relatar ainda algo de mais pessoal, mas que me daria gosto partilhar. Há dias, o pai de Imani veio visitar-me. Por um instante receei que viesse pedir contas pelos avanços que tenho vindo a intentar sobre a sua única filha. Por isso o saudei com excessiva cordialidade, logo à entrada:

— *Bom dia, Katini Nsambe!*

— *O senhor é um soldado, não devia chamar-me pelo nome. Os soldados não querem saber o nome de ninguém.*

— *E o que vens aqui fazer?*

— *Venho oferecer-lhe uma machila. Uma que eu mesmo fabriquei.*

— *E para que quereria eu uma machila?*

— *Ora, para ser transportado pelo mato, como fazem todos os europeus.*

— *Pois eu não sou como todos os europeus. Tenho as minhas pernas, gosto de as cansar.*

— *O senhor é um homem bom. Mas cuidado, meu patrão, que, em Nkokolani, a bondade e a fraqueza falam a mesma língua.*

Revelou então que, enquanto deambulava na floresta, veio-lhe a ideia de me oferecer uma árvore. Uma árvore inteira, raiz, tronco, ramos e folhas. Nessa prenda ele me ofertaria o Céu, a Terra e o Tempo. Como o não podia fazer, e como, para além disso, eu recusara a machila, ele me iria então ofertar uma galinha.

— *Uma galinha?*

Não deu tempo a qualquer reserva da minha parte, arrastando na minha direção uma cangarra com um bem nutrido galináceo, de plumagem castanha.

— *Onde o senhor vê uma galinha, eu vejo ovos. E, no fim dos ovos, carne. Carne para uma semana de caril.*

Retirei a galinha da cangarra e ela não se espantou nem correu tontamente pelas redondezas. Antes se anichou a meus pés, dócil como um gato.

— *Vou-lhe dar um nome* — anunciei, enternecido com a mansidão do bicho.

— *Não faça isso, por favor* — suplicou assustado o pobre preto. — *Se assim fizer essa galinha nunca mais pensará que é galinha. E vai entrar nos seus sonhos e o patrão vai entrar nos sonhos dela...*

Desde aquele dia uma galinha reparte comigo a intimidade do meu lar. Contrariando os conselhos recebidos, dei-lhe o nome de *Castânia*. Durante o dia ela é deixada no quintal. Durante a noite dou-lhe guarida em casa, para não ser devorada pelas ginetas. Na penumbra do quarto, sob a intermitente luz da lamparina, *Castânia* olha para mim com gratidão e depois esconde a cabeça sob a asa. Recordo a advertência do seu antigo dono, e divirto-me a pensar que a galinha vai sonhando, em português, os meus próprios sonhos. Espero que eu, em troca, tenha os sonhos dela, certamente menos pesados.

Ontem Katini voltou a bater à minha porta. Espreitei pela janela, vi-o especado no pátio sobraçando uma enorme marimba. Não me oferecia, desta feita, o produto do seu engenho. Sabendo-me adoentado, dispunha-se a tocar para aliviar as minhas penas. A música, dizia ele, podia afastar de mim doenças e fantasmas. Deixei que se sentasse no pátio, olhos fechados e as baquetas apontadas na vertical para os céus. Foi percutindo umas notas soltas como se ganhasse coragem. Acabou por falar, num português lento e atabalhoado:

— *Vou tocar a música dos portugueses...*

— *A música dos portugueses?*

— *Uma que me ensinou o padre. Ele disse que era o Hino de Portugal.*

De imediato se pôs a trautear com mau sotaque mas notável afinação:

A verdade não se ofusca
O rei não se engana, não
Proclamemos...

Interrompi-o com delicadeza. Sorri com antecipada tristeza pela desilusão que as minhas palavras lhe causariam.

— *Esse hino* — expliquei-lhe — *não é o meu hino.*

— *Você não é português?* — perguntou ele.

Calei-me. O melhor naquela circunstância seria deixar que o pobre músico cumprisse o seu generoso intento. E o homem tocou, emocionado, uma curiosa versão do hino português. No início, estranhei. Aos poucos, confesso, até me fui comovendo. Aquela composição ganhou foros de um bálsamo. E anoiteceu em Nkokolani com um branco bebendo *nsope* e um preto entoando o Hino de Portugal.

Descubro, enfim, meu caro Conselheiro, nestes tristes sertões uma humanidade que em mim mesmo desconhecia. Esta gente, aparentemente tão distante, tem-me dado lições que não aprenderia em nenhum outro lugar. Há umas semanas, por exemplo, compareceu perante mim um indígena de Nkokolani que havia sido chamado à administração de Zavala acusado de fugir aos impostos. O administrador ordenou a um cipaio que o açoitasse. Não seria tanto a desobediência que era preciso punir. O que não tinha perdão era a empáfia de um negro que afrontava sem medo o poderio dos portugueses. Essa foi a impressão que me ficou do relato do infeliz cafre, que ele desfiou sem lamento nem queixa.

Entendi a lógica das nossas autoridades. Havia que o humilhar, fazer como se faz com os elefantes na Índia quando se os quer domesticar: partir-lhes os joelhos para que os pés deixem de sonhar. E ordenou o administrador que lhe batessem, primeiro, com um cavalo-marinho. E o preto procedeu, então, a uma gentil correção: que ali não havia cavalos, nem marinhos nem terrestres. E que aquela ressequida cauda era de um bicho que dá pelo nome de *mpfufu*. Se não tínhamos nome adequado na língua portuguesa, ele sugeria que levássemos de empréstimo aquele termo do seu idioma.

Não ocorreu ao administrador que hipopótamo era palavra de que o nosso nobre idioma já dispunha. E tomou as declarações como prova de uma acrescida insolência. Se não havia nome apropriado para o cavalo--marinho, que lhe batessem, então, com uma velha palmatória.

Devo dizer-lhe, num breve parêntesis, que, enquanto o cafre relatava o acontecido, um esgar lhe enrugava o rosto e os olhos do homem se aguaram. Doía-lhe mais agora, que lembrava o sucedido, do que no momento do castigo. Porque nesse instante em que a madeira lhe roeu a carne ele se manteve impassível. Nem um queixume, em todas as trinta palmatoadas. O carrasco não conseguiu esse troféu, e o castigado retirou-se da sala com as mãos viradas para cima como se pedisse a Deus que testemunhasse aquela insuportável dor. Despediu-se educadamente do cipaio que o tinha açoitado. Mas não se foi embora. Antes bateu à porta do gabinete do administrador e solicitou:

— *Quero lhe pedir um favor, Excelência.*

— *Um favor?*

— *Quero que seja o senhor a bater-me.*

— *Não apanhaste o suficiente?*

— *Quero que vejam que não sou qualquer um. Quero chegar à minha aldeia e dizer bem alto que, a mim, foi um branco que me bateu.*

Mais tarde, falando com o próprio administrador, ele corroborou esta história. E tornou claro que recusou fazer a vontade ao presumido cafre. *Era o que ele queria,* defendeu. *Estes pretos são como crianças e veem em nós a figura paterna a quem cabe punir e absolver.* Não tenho a certeza de que esta interpretação seja certa. A meu ver a intenção do preto era outra: provar a cobardia de quem manda castigar mas que é incapaz de executar pessoalmente o castigo.

Esses episódios, tão circunstanciais na aparência, são aqui reproduzidos para evidenciar a nossa teimosia em não entendermos como esta realidade humana é bem mais complexa do que em Lisboa se supõe. Ao integrar o pelotão de fuzilamento em Lourenço Marques não fui capaz de adivinhar a idade daqueles jovens. Poderiam ser crianças, poderiam ser adultos. Como bem diz Sanches de Miranda, estas criaturas não são legíveis. E isso faz aumentar a nossa raiva sobre eles.

E é pena que nos contentemos com tão grande desconhecimento. Porque dessa ignorância saímos a perder não apenas na habilidade de governar como na nossa capacidade de intervir militarmente. Escapa-nos o entendimento de assuntos fundamentais e damos como certo e definitivo o apoio que temos de alguns regulados. Esses apoios, porém, são precários e assentam em consensos frágeis e temporários. Ainda hoje assisti, com apoio de um tradutor, a um curioso diálogo entre dois chefes locais que se apresentaram para a solução de um milando cafreal. Reproduzo o mais fielmente possível a troca de galhardetes de que fizeram uso. Discutiam se havia traição na cedência de terras aos invasores Vátuas. E disputavam nos seguintes termos:

— *Demos-lhes as terras* — dizia um —, *mas não lhes entregámos os deuses que são os únicos donos da Terra.*

— *Palavras. Isso são apenas palavras* — retorquia o outro. — *Entregámos-lhes tudo.*

— *Quem continua a comandar as cerimónias sagradas não somos nós?*

— *Pois eu pergunto: em que língua, nessas cerimónias, falam os nossos ngangas? Falam na nossa língua? Ou não é verdade que já falamos com os nossos deuses na língua dos invasores?*

17

Um relâmpago vindo da terra

Todo general sabe que, mais do que se defender do inimigo, se tem que proteger do seu próprio exército.

Logo de madrugada fui avisada de que Katini e Musisi iriam naquele dia em audiência ao quartel. Sem esperar me fiz ao caminho. Dias atrás eu própria informara o português da intenção dos meus parentes. Ainda assim seria conveniente que, no dia da visita, eu fosse à frente. Depois da morte de Binguane, o ambiente estava tenso e era importante que o sargento Germano não tivesse dúvidas sobre a urgência do que lhe iria ser solicitado. Foi assim que cruzei as ruas ainda cobertas por uma névoa que, de início, me pareceu ser um cacimbo da aldeia mas depois confirmei tratar-se de uma espessa fumaça. Esses fumos provinham do lugar distante onde Binguane se abraçara à morte.

À entrada do quartel o meu irmão Mwanatu tinha redobrado a vigilância. Se antes exibia uma arma fingida, agora ostentava um novo adereço: as mãos cobertas de luvas brancas. *Entre rápido, mana, vivemos uma situa-ção de alerta*, sussurrou-me, adejando os dedos.

Germano estava debruçado sobre um mapa que se estendia sobre todo o tampo da mesa. Inquiriu, sem levantar a cabeça:

— *Sabes o que sucedeu?*

— *Toda a aldeia sabe.*

— *E sabes quem acabou de sair daqui? Foi o filho de Binguane, o Xiperenyane.*

— *Xiperenyane esteve aqui?*

— *Veio pedir-me que intercedesse para salvar a neta. No ataque de ontem, a menina foi raptada pelos Vátuas. E corre por aí que já foi morta, devorada pelos feiticeiros de Ngungunyane.*

O português estava perturbado, percebia-se pela rouquidão com que se expressou. Fez uma pausa e pousou em mim o azul dos olhos para me interpelar de modo quase agressivo: *Vens por causa das aulas? Pois acabaram as aulas.*

— *Acabaram?*

— *Continua a visitar-me, mas não me ensines nada. Que eu vim para este fim do mundo para esquecer que existem línguas. Esquecer que existem pessoas, esquecer que tenho um nome...*

E estendeu os braços sobre a mesa como se abraçasse o mapa. Assim derramado, repetiu: *eu quero é esquecer.* Avancei uns passos e murmurei, a medo:

— *Posso pedir uma coisa?*

— *O que queres tu?*

— *Posso tocar no seu cabelo?*

Sorriu e inclinou a cabeça. A minha mão deixou de ser minha e apoiou-se primeiro no ombro dele para depois se perder na sua espessa cabeleira. O português não deve ter percebido o meu pedido. Movia-me apenas a curiosidade de tocar aqueles cabelos tão diversos dos nossos. O que ele fez foi levantar os braços e encher a concha das mãos com os meus seios. E aconteceu o seguinte: os botões saltaram da blusa e rodaram tontos pelo soalho. Depois cada um desses pequenos botões se retorceu e se encarquilhou como se estivesse derretendo diante um invisível fogo.

E o português persistiu nos seus corporais intentos. Quis resistir, morder-lhe o braço, atacá-lo com toda a fúria. Mas deixei-me ficar, parada, na educada submissão de mulher. Naquele momento, confesso, um estranho torpor me entonteceu: pela primeira vez senti o meu coração batendo em outro corpo. Os dedos do sargento acariciaram-me os mamilos como se fossem botões feitos de carne. E demorei-me assim, adiando o propósito de me afastar.

— *O meu pai deve estar a chegar, vim aqui apenas para o prevenir da visita.*

Bruscamente o português se arrumou e se retirou em silêncio. Fiquei só, a blusa entreaberta. E contemplei o meu peito como se nunca antes o tivesse visto. Na nossa terra é o volume dos seios que faz as meninas tornarem-se mulheres. Essa dupla curva anuncia quando podemos gerar uma outra vida. Os meus seios, naquele momento, apenas sugeriam o quanto me faltava viver.

Eu tinha toda a urgência em sair daquele lugar. Todavia, ainda hesitei antes de apanhar os botões. Talvez devesse deixá-los ali, minguados e retorcidos sobre o soalho. Talvez eu estivesse a ser punida: nenhuma outra mulher antes de mim alguma vez abotoou a sua roupa em Nkokolani. E quando, já tomada pela pressa, a minha mão roçou o soalho, apercebi-me de que os botões estavam quentes como se fossem brasas. Mesmo assim guardei-os na mão esquerda, enquanto dava um jeito à roupa e aos cabelos.

E fui esperar, à entrada da casa, a vinda dos parentes. Quando chegaram, encostei-me ao umbral da porta para lhes dar passagem. O meu irmão Mwanatu barrou-lhes o caminho, cioso das suas obrigações de sentinela.

— *Deixe-se de parvoíces, Mwanatu* — disse o tio.

— *Essa espingarda está mais avariada do que a sua cabeça.*

Sacudiu os ombros o meu pai, em desaprovação. Ao passar pelo filho, ajeitou-lhe o colarinho. Era o seu modo discreto de congratular o seu porte tão europeu.

— *Como o está o nosso kabweni?* — perguntou, com indisfarçável orgulho.

— *Kabweni não, meu pai* — emendou o meu irmão.

— *Sou segundo-cabo de infantaria.*

Sorriu para mim e retornou à pose de estátua, como se contemplar o infinito fosse a sua única ocupação. A minha intenção era bem distinta: escapar dali com urgência. Contudo, o braço do meu pai contrariou os meus intentos.

— *Você entra connosco, quem mais pode nos traduzir?*

— *Não é preciso, o pai fala tão bem!*

— *Não tenho português que chegue para o que vimos aqui falar* — argumentou o meu velho.

— *Não vou falar coisa nenhuma* — contrariou o tio.

— *Eu venho só para controlar o que o seu pai vai dizer.*

O sargento foi demasiado atencioso no modo como nos recebeu. Tinha envergado a farda a mostrar que se encontrava em oficiais funções. A simpatia que exibiu, porém, destinava-se mais a mim do que aos meus parentes. Abriu uma garrafa de vinho para saudar os visitantes. Apesar da sua boa vontade, o anfitrião desconhecia as nossas maneiras: entre nós, os mortos bebem primeiro. Em nome dos falecidos, vertemos sobre o chão as primeiras gotas. Segue-se uma pausa para mostrar quanto esses falsos ausentes ainda mandam no Tempo. Depois servem-se as mulheres, não por deferência, mas por desconfiança de a bebida poder ter sido envenenada. Só então se servem os homens e os convidados. Estas são as nossas boas maneiras.

O militar foi o primeiro a beber. Fê-lo diretamente da garrafa, cabeça coberta pelo chapéu. O vinho escorreu-lhe abundante pelo queixo e pelo pescoço. Parecia querer mais banhar-se do que beber. Depois de escutar os receios do meu pai, adotou um tom formal e tratou de nos tranquilizar:

— *Já vos disse que não permitiremos que sejam incomodados. Essas garantias foram dadas por quem manda em mim, por quem manda em vocês e manda no Gungunhana. Não precisavam de virem aqui pedir...*

— *Pedir?* — indignou-se o tio, expressando-se em *txitxope*. E virando-se para mim: — *Traduza lá, minha sobrinha. Quero dizer umas coisas a esse branco.*

— *Fale, tio, mas tenha tento no tom de voz. Não vamos a casa de outros para os tratar mal.*

— *Cale-se, Imani. Binguane acabou de morrer. E morreremos todos nós se esses seus patrões não levarem isto a sério.*

— *Pronto, tio. Agora falemos com ele em português, para que não crie desconfianças sobre o que estamos a falar.*

— *Pergunte a esse seu patrão o seguinte: nós pagamos vassalagem a quem? Não é aos portugueses? Somos súbditos da Coroa. Somos portugueses, não é o que dizem? Pois, se assim é, Portugal tem obrigação de nos defender. Ou estou errado?*

Com aflição, o meu pai apressou-se a adocicar a intervenção do cunhado. E fez uso do seu atabalhoado português.

— *Não ligue, meu patrão. Este meu parente está apenas preocupado...*

— *Não precisa traduzir. Entendo perfeitamente que o seu cunhado esteja zangado. Há muito que sei o que ele pensa dos portugueses. Vamos conversar como gente..., isto é..., como gente civilizada. E tu, Imani, já conheces os cantos à casa, vai à cozinha e traz-me outra garrafa igual a esta.*

Num comedido passo de serviçal, dirigi-me à cozinha onde, sobre a mesa, se viam duas garrafas de aguardente. Debaixo delas estava um telegrama assinado pelo Comissário Régio. Estava datado de havia duas semanas e era dirigido às chefias militares de Inhambane. Não resisti a espreitar. À medida que avançava no texto, um sabor amargo ia despontando dentro de mim. Eis o que estava escrito:

"Não podemos, em nenhuma circunstância, trocar a urgência do apoio aos chopes pela necessidade de defender Lourenço Marques. Não podemos expedir nenhum reforço para Inhambane sob pena de deixarmos desguarnecidos os territórios a sul. É possível que o Gungunhana não resista à sede de vingança contra os chopes, essa gente que tanto lhe faz resistência. Mas esse é um dano que devemos ignorar. Devemos, aliás, considerar o seguinte: se os chopes forem punidos, a culpa deve ser imputada, em primeiro lugar, a eles mesmos. Os Vátuas que descem agora com as suas mangas entendem vingar-se não de nós, portugueses — que somos seus naturais inimigos —, mas desses que são pretos como eles. São esses agravos que eles se propõem agora castigar. Não seria da nossa conveniência intervir. A ordem é, pois: deixemos que aconteça o que tem que suceder."

Voltei à sala, um zumbido nos ouvidos me impedia de escutar, apenas percebendo pelos gestos que o português perguntava sobre a garrafa que me esquecera de trazer.

— *Eu li o telegrama* — declarei enquanto me dirigia para a porta.

— *Que telegrama?* — perguntou o português aturdido. Acenei a folha de papel que trazia comigo, abri a porta da rua e pedi, com firmeza, que os meus parentes se retirassem comigo. Quando olhei os degraus vi que a escadaria não tinha fim. Eu descia para as profundezas do Inferno. O português mentira. E a mágoa causada por essa mentira dizia-me do quanto eu gostava dele.

Na manhã seguinte dirigi-me descalça para o rio Inharrime. Mergulhei no leito até que a água me chegou ao peito. Não era que quisesse morrer afogada, arrastada nas fundas correntezas. A minha intenção era a oposta: queria engravidar do rio. Sucedera antes com outras mulheres esse fecundo namoro. O segredo era ficarem quietas até que a alma delas não se distinguisse das folhas, flutuando mortas, corrente abaixo.

Era isso que queria naquele momento. Porque de uma coisa eu estava certa: nenhum homem haveria de me possuir. Restava-me o rio, o meu rio de nascença. As águas já me fluíam por dentro quando encalhei na margem, paralisada como um velho e náufrago tronco. E ali me deixei até recuperar forças para o regresso a casa. Foi então que os meus pés se afundaram no matope. Em vez de contrariar essa ausência de chão, libertei-me das vestes e, toda nua, abandonei-me ao abraço viscoso da lama. Por um momento deixei-me possuir pelo prazer de sentir a pele coberta por uma outra pele. Entendi então o gosto dos animais pelo banho de lama. Era por isso que ansiava: ser um bicho, sem crença, sem esperanças.

Untada de lodo dos pés à cabeça, percorri o caminho de volta à aldeia. Perante o olhar amargo das mulheres, dirigi-me a casa do sargento. Ao ver-me, Mwanatu fugiu do posto de sentinela. O português estava sentado na varanda e reconheceu-me apenas depois de lhe ter falado:

— *Gostaria de me ver nua, Germano? Pois despeje água sobre o meu corpo. Nunca ninguém me irá despir tanto assim.*

O português, confuso, pediu que entrasse em sua casa. Fechou a porta e foi rodando pelos cantos da sala, como um caçador que temesse a presa. Saiu para reaparecer com um pano e uma tina com água.

— *Agora é a minha vez de a lavar dos maus agoiros* — declarou.

Passeou as mãos pelos meus braços, ombros e costas.

Depois deitou fora o pano e fez cair a água sobre o meu corpo. Quando me viu, despida e sem defesa, o português enlouqueceu. Às pressas foi retirando as roupas, os dedos trémulos, o queixo babado. E quando me segurou pela cintura deixei que lambesse os meus seios até sentir na minha pele o latejar do seu sangue. O homem deitou-se, depois, no soalho da casa. As mãos batendo no chão convidavam-me a que me deitasse a seu lado. Não o fiz. Antes contemplei-o de cima, num demorado olhar de rainha. Nesse adiar de sentença senti o gosto perverso que as leoas experimentam antes do derradeiro golpe. Atirei para o chão o telegrama do dia anterior, coloquei um pé sobre o seu peito, cuspi-lhe no rosto e, com a mais doce voz, insultei-o na minha língua.

— *Branco mentiroso! Irás rastejar como uma serpente.*

O português ainda se arrastava no soalho quando me viu sair, envolta num pedaço de tecido branco que retirei de uma prateleira. Mais do que o insulto, me deleitou falar-lhe em *txitxope*. Talvez nenhum negro dominasse tão bem a língua portuguesa. Mas o ódio que sentia apenas podia ser dito no meu idioma materno. Eu estava condenada: haveria de nascer e morrer na minha própria língua.

Em casa juntei os parentes para lhes revelar quanto Germano de Melo tinha sido falso nas suas promessas. *O português está a mentir?*, perguntou, incrédulo, o meu pai. *Você leu mal, minha filha. Foi engano seu.* E repetiu: *foi engano seu.* Musisi permaneceu calado, com a contida satisfação de se ter feito prova das suas antigas suspeitas.

Sem resposta, o pai abriu uma garrafa de vinho e dela

se serviu generosamente. Quando a garrafa ficou tão vazia como ele, Katini foi-se sentar em frente da sua marimba. Nessa altura, já o chão era um insuficiente assento: a bebedeira multiplicava o olhar e as teclas, esquivas, desobedeciam-lhe. Levantou o rosto como se invocasse os espíritos. Nessa posição chamou, aos berros, a mulher:

— *Venha dançar, Chikazi. Quero vê-la dançar.*

Como um fantoche, a mulher arrastou-se para o centro do terreiro e ali se deixou ficar, imóvel.

— *Vamos festejar, mulher. Não ouviu as juras dos nossos amigos portugueses? A guerra não chegará aqui nunca! Há melhor motivo para dançar?*

O pai atacou as teclas com fúria como se castigasse o instrumento que ele próprio fabricou. E a mulher permaneceu parada, olhos fixos no chão.

— *Não precisa de se mexer, se é assim que prefere. Você, minha querida Chikazi, você dança mesmo parada.*

Ocorreu-me substituir a mãe para a salvar daquela humilhação. Contudo, eu tinha outra incumbência, conferida pela raiva que me ardia no peito. Apressadamente, tomei o carreiro rumo à aldeia. Os descompassados sons da marimba continuaram a ressoar enquanto, alvoroçadamente, ia avançando pela mata. Entrei na velha igreja, onde me esperava o mano Dubula.

— *Recebi a sua mensagem* — disse ele sem me saudar.

— *O que quer?*

O chão da igreja estava coberto de penas de coruja. Descalcei-me. E senti na pedra uma suavidade de nuvem. Uma água escorria pelas paredes como essas feridas que o tempo rasga numa gruta. Ganhava coragem para lhe dizer dos meus propósitos. Finquei as unhas numa fresta húmida da pedra e falei:

— *Você sabe, Dubula: o meu corpo nunca aprendeu a ser mulher.*

— *Não sei do que está a falar, mana.*

— *Sabe. Sabe muito bem. A mãe nunca me deixou ir às cerimónias de iniciação. Venho aqui para que me ensine como uma mulher pode ser acordada por um homem.*

— *Não diga uma coisa dessas, Imani. Somos irmãos, não podemos nem sequer falar desses assuntos.*

— *Você pode, você sempre fez.*

— *Fiz o quê?*

— *Você sempre me espreitou quando me banhava no quintal.*

Dubula negou com veemência. Mentia. Mas era metade de uma mentira. Porque ele sempre tinha espreitado, mas nunca tinha sido capaz de ver. Quando o meu corpo se exibia, Dubula ficava cego. Essa temporária cegueira não decorria de um defeito de visão, mas de um excesso de desejo.

— *Hoje tomei banho no rio. Lavei-me com água e com lama.*

— *E porquê?* — estranhou Dubula.

Não respondi. O meu irmão sabia: os outros é que tomavam banho de rio. Nós não. A nossa família fazia como os europeus: no pátio juntávamos bacias e baldes. Nesse banhar eu me demorava talvez porque soubesse da furtiva presença de Dubula. O meu irmão era o motivo dessa coreografia em que me escondia e me mostrava. Uma cascata tombava sobre a pedra e o barulho da água era a pura imitação da chuva. As gotas estremeciam, iluminadas, sobre os meus seios, a água escorria-me pelas nádegas. E era como uma dança: eu me banhava apenas para ser acariciada.

— *Vai haver guerra, meu irmão. É por isso que lembrei o passado. Por ter medo do futuro.*

E contei a Dubula o que se tinha passado no quartel. Quando lhe falei do amaldiçoado telegrama, ele ergueu-se, tenso e apressado em sair daquela igreja.

— *Tenho que ir* — sussurrou. Espreitou à porta para saber se era segura a retirada. Antes que ele desaparecesse, perguntei:

— *Dubula, diga uma coisa: não há uma mulher na sua vida?*

— *Eu sou um soldado. As mulheres amolecem o coração. Veja o que está a acontecer com esse seu sargento.*

— *Não quero que me fale desse homem.*

— *Conheço-a, Imani. Todo este tempo que aqui estivemos você não falava comigo. Falava com esse seu português.*

— *Mentira, mano. Mentira!*

— *Sabe o que vai acontecer? Vai acontecer aquilo que o pai sempre sonhou: o português vai regressar à terra donde veio e vai levá-la com ele.*

— *Nunca!*

— *Se fosse a você, minha irmã, eu ia a casa dele agora. E pedia-lhe para fugir daqui. Faça isso, se é que gosta dele. Porque quando eu, junto com os Vanguni, entrarmos em Nkokolani, acabaremos de vez com esse quartel.*

— *Não se despede de mim?*

Que não o iria fazer, murmurou. Só se despede quem espera um reencontro. E ele não me queria ver nunca mais.

Regressei a casa como se estivesse arrastando os ombros pelo chão. Os nossos mais antigos dizem: aquele que caminha sozinho protege-se na própria sombra. Pois eu nem sombra tinha.

A mãe aguardava por mim no quintal. Disse-me que tinha acabado de sair dali a sua comadre, mãe de Ndzila, a minha maior amiga de infância. Fizéramos juntas a escola na Missão.

— *Ndzila está aqui?* — perguntei entusiasmada.

A resposta demorou. As palavras foram escolhidas e amaciadas para não me magoar.

— *Chegou ontem. Mas o pai dela mandou-a de volta para Chicomo. Não a quer cá.*

— *Por minha causa?*

— *Você é uma má companhia, é o que ele diz. Para esta aldeia, minha filha, você merece grandes suspeitas. O seu destino é ficar solitária, solteira e sem filhos. Agradeça isso ao seu pai.*

Era o preço por me ter entregue ao mundo dos portugueses. A hipótese de rever Ndzila tornou presente algo que fazia por ignorar. Eu não tinha, em Nkokolani, amigo ou amiga. Mais grave ainda: não tinha sequer desejo de ter amigos.

A mãe entendeu a minha tristeza e sentou-se ao meu lado. Não me tocou, não me olhou. Como se falasse sozinha foi dizendo: Eu era mulher e as mulheres de Nkokolani devem pertencer a alguém para deixarem de ser ninguém. É por isso que às moças solteiras se atribui o nome de *lamu*, palavra que significa "aquela que espera". É um modo de dizer que seremos pessoas apenas depois de sermos esposas.

— *Não perca a esperança, filha. Você ainda não deixou de ser uma* lamu.

A certeza daquela condenação era o melhor consolo que a minha mãe me podia oferecer.

18

Nona carta do sargento

Nkokolani, 9 de junho de 1895

Excelentíssimo senhor
Conselheiro José d'Almeida

Esta semana, magoada por lhe ter mentido, Imani virou-se contra mim e humilhou-me de forma requintada. Poupar-lhe-ei os detalhes da cena que ela provocou no posto militar. Valeu-me o lugar ser arredado dos olhares e da curiosidade da gentalha.

Mas há algo que devo confessar: quando Imani me maltratou, senti que estava sendo crucificado no soalho da casa. Na sua fúria entendi o quanto ela era a única razão que me prendia à vida. Agora, que perdi a possibilidade de a conquistar, o que mais me resta neste mundo?

Não sei, Senhor Conselheiro, como poderei dar continuidade à minha missão. Na verdade, já esqueci que missão era essa, se é que alguma vez ela existiu. Recordo ter lido uma carta do rei Affonso do Congo dirigida ao rei de Portugal. Cito, sem pretensão de rigor, as palavras desse monarca preto: "Na disputa com outras nações podemos prender, podemos matar. Mas nada será nunca tão eficiente como a sedução das nossas mulheres". O rei Affonso estava certo. Afinal, também eu tombei vítima dessa sedução. Sou um vencido. Fui derrotado numa batalha que nunca houve.

Não sei como passar os dias, tenho pavor das noites. Não imagina os maus sonhos que me assaltam. E há um pesadelo que é mais recorrente que as mariposas rondando as lamparinas. Nesse pesadelo vejo milhares de cafres fardados com os nossos uniformes, sentados numa grande roda. E nós, portugueses, dançamos junto a uma fogueira, envergando as peles e as tangas dos indígenas. Tudo invertido, tudo às avessas.

Montado num cavalo branco, surge o Gungunhana que passa revista às tropas. Depois, com a vaidade de um imperador, apeia-se e toma lugar num trono. Mais perto se vê que o cafre exibe um bigode curto, aparado à moda dos nossos oficiais. Ordena que paremos com as danças, que ele acha demasiado barulhentas e sensuais. E manda que nos sentemos e que abramos a boca e a deixemos aberta até que acabe de falar. Fazendo uso de um português irrepreensível, o negro declara:

— *Queriam a nossa terra? Pois é toda vossa.*

E, à força bruta, derrama areia pela nossa goela abaixo. Como cedo nos atafulhámos, o cacique reclama a presença de uma das rainhas, que se aproxima munida de um enorme dente de marfim.

— *Sonháveis com o marfim? Pois aqui o tendes.*

Usando o marfim como se fosse um pau de pilão, a rainha calca a terra acumulada na nossa boca até à mais completa asfixia. E assim morremos, sentados e de rosto virado para o Sol, um fio de areia correndo pelos queixos. É este o pesadelo que me faz acordar em sobressalto para deitar mão à primeira garrafa que encontro na cabeceira. Bebo sofregamente e, ao pousar a garrafa, leio nela o velho rótulo: "Vinho para o preto".

Perdoe-me este arrazoado de intimidades. Atribua esta ousadia ao desamparo em que me encontro, longe de tudo e de todos. De tal modo me sinto deprimido que, nos últimos dias, passei a frequentar a arruinada igreja da aldeia. Se ali houvesse um padre nunca lá poria os pés. Talvez por se encontrar tão abandonada, deixo-me ali ficar numa longa reza sem palavras. E sabe por quem faço essa espécie de oração? Pois peço a Deus por estes pobres indígenas. E suplico-Lhe para que sejam poupados das razias dos Vátuas.

Cada vez peço mais com menos fé. Certa vez, no sossego da decadente igreja, acabei por adormecer. E senti, ao despertar, que o edifício balançava com um embalo de rio. A igreja era um barco e nele viajava Maurício, um tio meu que se tinha tornado padre. Esse tio surgia-me agora com a cabeça apenas presa por uma tira de carne. E suplicava-me com a voz tão entrecortada quanto a garganta:

— *Converta-me em letras e meta-me numa carta, meu sobrinho. Mande-me, num envelope, de volta para a terra.*

Maurício abandonara a igreja, descrente do sacerdócio. Casou e fez-se pai de uma adorável criança. Não deixou, porém, de ser um homem austero e macambúzio. Disposto a pôr cobro à sua própria vida, matou primeiro a mulher e depois o filho. Com o sangue das vítimas quis pintar as paredes. Mas as paredes rejeitaram a tinta. A casa estava viva. E a casa escapou das suas fundações. O homem ficou a descoberto, tendo apenas a noite como teto. Na manhã seguinte, ao acordar, não sabia onde estava. E viu a mulher e o filho suspensos sobre ele, cada um com uma faca na mão. Não se descobriu o corpo e o sangue que houve nunca deixou mancha nem coágulo. Maurício partiu e esqueceu-se de que, um dia, tinha tido um corpo. Ele que tinha abandonado Deus não tinha rumo a dar à sua alma.

Depois dessa assombração, nunca mais visitei a igreja, receoso de que ali morasse o fantasma do tio Maurício. Mas segui o conselho do fantasmagórico parente. As infinitas cartas que escrevi (a maior parte delas sem destino nem destinatário), usei-as para arrumar e expedir as tresloucadas visões que constantemente me assaltam.

Escrevi tantas cartas que receio bem estar a cumprir um vaticínio da minha velha mãe. Dizia ela ter conhecido um homem que, desde menino, não fazia outra coisa senão escrever. A mão direita se deformou, os olhos se estreitaram. E ele não parava de escrever. Todo aquele infinito rabiscar constituía, afinal, uma única redação: era uma carta para o Messias. Nessa missiva o homem enunciava os males deste mundo. Não lhe podia escapar nenhuma das maleitas da humanidade, sob o risco de nos falhar a redenção final.

Demorou anos a escrever, não havendo um único dia em que não preenchesse folhas e folhas. O Messias morreu sem que ele tivesse terminado a longa missiva. Mesmo assim o pobre homem continuou redigindo, acreditando que o documento estaria pronto para o sucessor do Salvador do Mundo. Envelheceu rodeado de pilhas de papel que se acumulavam até ao teto. Um dia o homem não mais soube onde se localizavam a porta e as janelas. O seu mundo já só tinha dentro. Nessa altura decidiu que devia pôr fim à sua longa missiva. Assinou o nome no último parágrafo e deitou-se com essa página posta sobre o peito. E descobriu então que ele era o destinatário da infinita carta. Ele era o Messias. E estava morto.

19

Cavalos brancos,
formigas negras

Os mais perigosos inimigos não são aqueles que te odiaram desde sempre. Quem mais deves temer são os que, durante um tempo, estiveram próximos e por ti se sentiram fascinados.

Toda a manhã nuviscou. Escuras nuvens foram-se enrugando até que o céu se rasgou como um velho pano da cantina do Musaradina. A aldeia recolheu-se, temerosa. Apenas eu enfrentei a chuva. Em Nkokolani reina o terror dos relâmpagos e, nas tempestades, todos se abrigam sob o colmo das palhotas. Mantive-me, completamente só, sob o espesso teto de nuvens e, para mais me expor, subi ao topo da duna. E foi daquele cabeço que me chegou a inesperada visão cobrindo todo o horizonte: uma massa humana caminhando numa infinita vaga. Era um mar de gente, tão imenso que nem Deus imaginara ter sido tão prolífero. Marginando a coluna, desfilavam soldados carregando todo o tipo de armas.

Aquela visão era como a chuva: feita para não caber nos olhos. Num primeiro momento fiquei apavorada.

Aos poucos, porém, o pânico foi dando lugar a um estranho sentimento de resignação. E veio-me a vontade de me juntar àquela vaga de gente. E partir para longe de Nkokolani. Partir para longe de mim.

A marcha daquela turba haveria de se prolongar por longos e consecutivos dias. Espingardas e azagaias desfilaram por tempos infinitos. O chão estremecia com a passagem das carroças e a paisagem inclinava-se ao peso das filas das caravanas de bois.

Num instante toda a nossa aldeia se juntou naquele miradouro, a contemplar, em terror, aquela apocalíptica visão. A meu lado, a mãe comentou: *há mais pólvora naquele desfile do que areia no mundo inteiro.*

— *Quando voltar a chover* — acrescentou a tia Rosi —, *tombarão balas em vez de gotas.*

A grande maioria dos que marchavam eram camponeses arrastando-se penosamente, como se já estivessem mortos. Segundo as fontes de Musisi, eram Vandaus, forçados a abandonar as suas terras do Norte onde Ngungunyane mantinha a capital do seu reino.

O nosso tio proclamou, bem alto, aquilo que todos já sabíamos. Que os portugueses tinham os angolas porque eram negros arrancados à terra, sem família, sem regresso. Os Vanguni tinham agora os seus angolas que eram os Vandaus. Trouxeram-nos à força nesta viagem para o sul porque as suas tropas em Gaza não ofereciam garantias de lealdade. E essas tropas, as velhas e as novas, interrogavam-se se valia a pena sacrificar-se por um rei que os martirizava. Por isso desertavam, mortos de fome e de sede. E calou-se Musisi. Voltámos a escutar o avanço daquele comboio de gente como se escutássemos uma infinita fila de formigas.

De quando em quando, de entre a massa de civis, ponteavam grupos de militares vestidos a rigor. Esses eram os soldados do imperador. Num compasso demoníaco batiam em uníssono os pés e um fragor de vulcão brotava da terra. Receei que o avô Tsangatelo se assustasse e emergisse das entranhas da terra, atrapalhando o funesto desfile.

As angústias do meu pai eram outras. Voz embargada, suspirou:

— *Vai ser o nosso fim! Malditos Vanguni!*

O imenso desfile estava longe de ter terminado e, na aldeia, já parentes e vizinhos tinham começado a abrir covas junto das casas e dos poços de água.

Pensei, primeiro, que estavam lavrando. Mas os buracos ganharam fundura, a ponto de neles caberem casas inteiras. Os homens metiam-se dentro das covas e erguiam os braços acima das cabeças a testar a profundidade. E continuavam a cavar.

Na manhã seguinte uma delegação foi confirmar o estado das fortificações em redor da aldeia. Enquanto isto, o meu pai chamou-nos e ordenou que descêssemos todos para o fundo das covas. A mãe trouxe mantimentos, as vizinhas e tias apetrecharam as trincheiras de bilhas de água que cobriram com tampas de madeira.

Foi então que o mano Mwanatu compareceu naquele intrigante cenário. Os parentes, atónitos, comentaram a sua aparição. Fazia meses que ele não aparecia na nossa casa. Parecia mais retardado que o costume e tive medo que tombasse numa das recentes trincheiras.

— *O sargento mandou perguntar o que estão a fazer* — declarou Mwanatu.

— *Estamos a semearmo-nos* — respondi-lhe, sem paciência. E não me reconhecia a mim mesma no tom áspero que assumi: *Vá dizer isso ao seu patrão. Diga-lhe que é assim que nascem as pessoas: na estação certa, as suas sementes são lançadas ao chão. Francamente, Mwanatu: como pode ser tão estúpido?*

— *Ainda acreditei* — retorquiu ele com candura — *que cavávamos para encontrar o nosso subterrâneo avô.*

E, como ninguém lhe desse atenção, deu meia-volta e regressou ao quartel. Ao vê-lo afastar-se pensei: não nos enterram quando morremos. Fazem-no logo ao nascer.

No dia seguinte, as tropas inimigas entraram na nossa aldeia. Dizer que eram soldados Vanguni era uma mentira. A maior parte era de outras tribos, outras nações. Uns eram Vandau, outros eram Makwakwa, outros Bila, outros eram simplesmente outros. E havia até dos nossos, com os nossos nomes. Essa gente, que vinha de todos os lados, cercou a aldeia e dirigiu-se para as trincheiras onde nos escondíamos. Furiosos, insultaram-nos, como se aquele labor de formigas desvalorizasse o seu estatuto de guerreiros.

De pé sobre a berma da minha cova, um chefe *nguni* deu ordem para que saíssemos dos abrigos. Observou-me escalando a borda como se contempla um bicho emergindo da toca. Quando nos perfilámos no descampado, os invasores pegaram em paus e pás e começaram a tapar as trincheiras. Senti no peito o embate da areia. Aqueles torrões não apenas recobriam as covas, mas roubavam-me a respiração. A cada movimento da pá o meu corpo se apagava. Aos poucos eu me extinguia, soterrada.

Naquele momento confirmei o que havia muito suspeitava: não há nada neste mundo que não esteja sob a minha pele. A rocha, a árvore, tudo vive por baixo da minha epiderme. Não há fora, não há longe: tudo é carne, nervo e osso. Talvez não precisasse de engravidar. Dentro do meu corpo se abrigava o mundo inteiro.

Os soldados inimigos retiraram-se, não sem antes deitarem fogo a casas da periferia da aldeia e raptarem jovens e mulheres que vinham das machambas. Plantações foram devastadas e muita gente ficou sem nada para colher. Razão tinha o meu pai, na sua apocalíptica loucura: mais valia que tivéssemos sido nós a destruir os campos.

Como todas as outras do centro da aldeia, a nossa casa foi poupada, mas nem por isso o alvoroço era menor. É que as horas passavam sem darmos conta do meu pai. Por um momento acreditámos que tivesse sido sequestrado. Mas não, isso não aconteceu. No bosque sagrado da nossa casa ele reapareceu. Sentado sobre um pilão velho, ali estava ele, os dedos crispados em redor do cabo de um machado. A mão, assim deflagrada, parecia redescobrir, divina, a autoria do mundo. A seu lado estava um coqueiro que tinha acabado de ser derrubado. Apontou o tronco e afirmou:

— *Este é apenas o primeiro. Vou abater muitos mais.*

Eram já poucos os coqueiros da nossa plantação, mas a mãe evitou comentar aquele devaneio. O seu homem podia saber de tudo, menos viver. Sem os coqueiros seríamos devorados pela miséria. Mas a convicção de Katini era a de quem era guiado por mando dos espíritos. Houvesse, pois, o devido respeito.

E foi assim que os vizinhos passaram a colaborar no derrube dos coqueiros e no transporte da madeira. Meu velho juntava os troncos e serrava-os. A maior parte do tempo, porém, ficava pasmado na contemplação dos materiais. Assim parado, procedia tal como sempre fizera: como se, no sonhar da obra, se completasse o trabalho.

Ninguém nunca perguntou qual a serventia daquele empreendimento. Imaginámos que se preparava para construir um novo *khokholo* em redor da nossa povoação. Agora, perante a ameaça de nova agressão, essas paliçadas eram mais que justificadas.

Um certo dia, porém, notámos que, naquele carpinteirar, o meu velhote justapusera os troncos, uns no alinhamento dos outros. A seguir, já fixados topo contra topo, ergueu uma altíssima haste, tão elevada que riscava os céus. A mãe juntou coragem e interrompeu o enigmático afazer do seu homem:

— *É para que, isso aí?*

— *Isso é um mastro.*

— *Não entendi, está a fazer um barco?*

Os olhos de Chikazi brilharam. Mas o marido nada respondeu. Reagiu como se fazer barcos fosse a mais corriqueira das ocupações. A mãe, então, pediu-me:

— *Vá falar com seu pai. Com modos suaves, sem susto, sem pressa. Às vezes o seu pai tem muito medo das palavras.*

Na presença dele, porém, não tive oportunidade de falar. Porque de chofre me confrontou:

— *Sabe onde poderei encontrar o seu outro irmão?*

Encolhi os ombros. Não me agradava que o meu irmão tivesse, como os mortos, perdido o nome. Dubula era o "Outro" como, em tempos, eu tinha sido a "Viva".

O pai ordenou que nos juntássemos, nós, a "família em curso", como ele dizia. Vieram os tios Musisi e Rosi, vieram os primos e os vizinhos mais próximos, e sentámo-nos sobre os troncos dispersos no átrio, à espera que Katini falasse. Tirava partido daquela respeitosa cortesia, demorando a tomar a palavra. Apontou, enfim, o imenso mastro e proclamou:

— *Parece um barco, mas não é. O que estou a fazer é uma ilha. É uma ilha que nos irá salvar a todos.*

Nenhuma sombra, nenhuma dúvida enrugou o nosso olhar. Dávamos tempo para que os mistérios ali se desenrodilhassem por si mesmos. Uns ainda pensaram que Katini se referia às palafitas que os nossos irmãos tinham erguido em Chidenguele e onde se refugiavam sempre que eram atacados em terra. Musisi foi o único que revelou impaciência. De modo acintoso fez-me sinal para que fossem servidas as bebidas. O pai elevou o tom de voz para impor a sua autoridade:

— *Esta guerra só pode ser ganha fora da guerra.*

Nós, os Vatxopi, éramos poucos. Para ganharmos a batalha, vaticinou ele, tínhamos que nos aliar não a pessoas mas a fantasmas. São essas almas que mandam no medo. E ninguém tem mais poder que o medo. Esses fantasmas mandavam mais que os renomados comandantes militares, como esse Maguiguana, que era um machangane ao serviço do imperador. Os Vanguni, prosseguiu o pai, só são fortes em terra, onde se deixam pegadas.

— *Na água, eles ficam sem corpo.*

A mãe sorriu, pensando no mar. E balançou os ombros como se fossem ondas. Os braços dançavam e o seu corpo tornava-se água. Juntavam-se naquele balanço todas as horas em que, sentada na margem do Inharrime, esperou que o rio se convertesse em mar.

Era esse antigamente que ela agora convocava. Esse passado em que, ambos sentados na praia, o velho Tsangatelo inquiria: *o que vês tu quando olhas o mar?* E Chikazi não sabia responder. Porque não via senão gente. Cada onda trazendo pessoas, sucessivas vidas chegando à costa e desfazendo-se em espuma. Há gerações e gerações que a mais variada gente desembocava na praia. Esses mortos acariciavam-lhe os pés quando caminhava na areia molhada. Por isso a mãe sorriu ao escutar o marido falar de oceanos e ilhas.

— *Na água, ficam sem corpo* — repetiu Katini.

Um dos vizinhos, mais velho, ergueu-se e pousou a mão no ombro do nosso fabricador de ilhas. Ganhava coragem para se dirigir a todos nós. Disse, enfim, que não valia a pena alimentar ilusões. As tropas de Ngungunyane eram agora diferentes. A maior parte dos soldados era de Vandau. E esses não tinham medo do mar. Fugíssemos para o oceano, escapássemos para as lagoas: permaneceríamos tão vulneráveis como em terra. Os que foram escravizados pelos Vanguni seriam ainda mais cruéis que os seus donos. Infelizmente, disse ele, assim é a lei do mundo: quem sofreu quer fazer sofrer os outros. Iríamos padecer mais com os escravos dos Vanguni do que com os próprios Vanguni. Iríamos sofrer tanto com os negros que nos esqueceríamos do que padecêramos com os brancos. Terminou de falar e um longo silêncio se seguiu. Até que o meu velho voltou a intervir:

— *Tudo isso é conversa, meus irmãos. Os inimigos não são para matar. Se os matarmos eles crescem. Há que cansá-los, apenas. Torná-los ausentes, faz conta nunca existiram.*

Assim falou o nosso pai. E já nem ele a si mesmo se escutava. Porque apenas fazia de conta que existia.

Que mar era aquele a que a nossa mãe não regressaria nunca? Não poderei responder. Na verdade, eu tinha dificuldade em me lembrar da aldeia litoral da minha infância. Vivemos durante anos junto dos pescadores na costa a norte do estuário do Inharrime. Foi o avô Tsangatelo que decidiu pelo exílio por terras interiores. Os parentes estranharam. Junto ao mar estávamos protegidos. As tropas inimigas aproximavam-se e corríamos a buscar as nossas jangadas e partíamos sobre as ondas do Índico. Aqueles que nos atacavam tinham horror do oceano, que era, para eles, um domínio sem nome e interdito pelos deuses. O mais que faziam era escalar as dunas para, depois, se limitarem a contemplar, impotentes, as nossas coloridas barcaças. Nessa ondulação ficávamos a salvo das hostes invasoras.

Foi por acidente que o avô descobriu aquela fragilidade nos inimigos. Certa vez, escapava ele pelo areal, correndo comigo nos braços. Atrás de nós vinham os *timbissi*, o pelotão de execução do imperador de Gaza. Na sua corrida cega, o avô acabou tropeçando nas amarras de uma velha embarcação. Em desespero, fez uso do barco e remou para além da rebentação. Foi nesse momento que descobriu que o mar era uma fronteira: a bravura das *ihimpis* afundava-se na areia molhada da praia. Em posteriores casos se confirmou a suspeita: os Vanguni jamais ousavam entrar no mar. Temiam não exatamente as águas, mas os espíritos que nelas moram.

A mãe tinha, enfim, razão na sua angustiada dúvida: pode alguém afastar-se da própria salvação? Por que motivo Tsangatelo nos arrancou desse leito protegido e conduziu a família através de dunas, rios e pântanos?

Naquela tarde, a tia Rosi mandou-me chamar. Estava sentada na sua esteira habitual, peneirando arroz. Fiz-lhe notar o seu ar cansado, como se lhe pesasse a peneira. Rosi falou sem me olhar:

— *É antes de morrer que os mortos nos dão mais trabalho.*

Tinha vindo da aldeia vizinha onde a mãe agonizava, em fase terminal de doença. Fazia meses que a tia saía de manhã e regressava à tarde, o cansaço desenhando-lhe a curva das costas. Já antes tinha tratado da avó, cuja agonia se prolongou por anos consecutivos. Em cada família há alguém que recebe em silêncio a incumbência de tratar dos que se estão despedindo.

— *Não lhe trago queixas* — declarou a tia. — *Venho-lhe falar de um sonho que me afligiu a noite passada.*

Sonhara com cavalos cegos. Os animais corriam de encontro às árvores e tropeçavam em rochedos até quebrarem as pernas. E ela fixava-os nos olhos que eram de águas negras e, de repente, perdia o pé e afogava-se no desespero dos grandes animais. Tinha sido essa a sua visão. E arfava-lhe o peito quando acabou de a relatar.

A tia era uma adivinhadeira e pedia-nos a nós que decifrássemos o sentido daquela assombração.

— *Quero que descubra nos livros lá de casa o desenho de um cavalo. Se encontrar, traga-me esse desenho.*

— *Vou ver o que posso fazer.*

— *O que puder fazer, faça-o depressa. Porque tenho um mau pressentimento. É que, minha filha, vou-lhe dizer uma coisa: esses cavalos são pessoas. Os portugueses dão-lhes nomes como se faz aos filhos. Foi você que me contou, não é verdade?*

— *É verdade* — confirmei.

Os cavalos que produziam pesadelos na tia Rosi eram para mim uma auspiciosa promessa. Quem dera ocorresse um tropel de cascos nas minhas noites. E abençoei os sonhos que me faziam perder tamanho e lugar. Os sonhos eram o meu fumo, a minha bebida.

O meu pai foi quem me tirou da esteira onde dormitava. Passou a mão pela cabeça, antes de perguntar:

— *A tia esteve aqui? E falou-lhe nos pesadelos dela?*

— *Falou, sim.*

— *Esses sonhos dela deixam-me muito preocupado.*

Meditou por um instante, uma erva girando entre os dentes, os olhos postos no chão. A determinação nasceu-lhe num rompante:

— *Vá ao quartel, Imani. Vá lá ver os papéis dos brancos, procure nas cartas, veja se não falam de cavalos...*

— *A tia pediu-me quase a mesma coisa.*

— *A minha preocupação é outra. Quero saber de notícias sobre Mouzinho e a sua cavalaria. Ele já devia estar aqui, com os seus cavalos, a combater lado a lado com Xiperenyane. Alguma coisa aconteceu.*

* * *

O pai tinha razão: o relatório lá estava em casa do sargento português, no meio de tabelas de contas e despesas. Eis o que nele estava escrito:

"Quando a esquadra de cavalaria de Mouzinho de Albuquerque desembarcou em Lourenço Marques e desfilou pela Sete de Março até à Ponta Vermelha, o garbo e a altivez das nossas tropas arrancaram dos presentes uma expressão uníssona: 'que bela tropa!'. Um sopro de ânimo entusiasmou os desgastados residentes da cidade. Ao capitão Mouzinho tinham prometido que encontraria as facilidades necessárias para arrancar com os planos de ação. Mas, logo no dia seguinte, a desilusão nasceu no capitão: os cavalos que o esperavam estavam todos crus para qualquer serviço de equitação, quanto mais para serviços de guerra. Ainda ordenou que se intensificassem os treinos e se reforçasse o alimento. Mas o que sucedeu, na semana subsequente, ultrapassou as mais pessimistas expetativas. A condição dos animais estranhamente se agravou: uns despertaram adoecidos, não servindo sequer para puxar carroças; e outros converteram-se em bestas indomáveis. Mouzinho ainda teve fé que os cavalos que haveriam de chegar de Durban iriam compensar a manada de pilecas e azémolas com que se via a braços. Lutava Mouzinho contra o ceticismo dos oficiais que apregoavam que a cavalaria não podia ser usada em guerras do mato africano. A sua obstinação era provar o contrário, mas para isso precisava desesperadamente de animais em boas condições.

Quando chegaram os cavalos de Durban, porém, a desilusão não podia ser maior: a maioria deles eram sendeiros, viciosos, esparavonados e gastos a puxar carroças ao serviço dos ingleses. O vendedor de Durban assegurou com documentos de inspeção que a remessa saíra do porto em boas condições. E disso fazia prova o depoimento do militar português que acompanhou a compra. O que tinha sucedido na viagem de barco para que os cavalos assim se degradassem? Que mistérios fazem tardar os intentos patrióticos do nosso garboso capitão?"

Regressei a casa decidida a mentir. Que não havia relatório nenhum. Nenhuma carta, nenhuma referência a cavalos. A tia Rosi bem podia sonhar. Mas as razões desses pesadelos eram privadas e nada tinham a ver com o que se passava neste mundo. Não havia motivo para que se desconfiasse de encomenda de feitiços. Os meus irmãos estavam, assim, a salvo da suspeita de traficar relatórios e os passarem para mãos inimigas. Estava tudo certo, não tardaria que Mouzinho chegasse com a sua messiânica cavalaria.

No dia seguinte, foi a nossa vez de visitar a tia Rosi. A ocasião era propícia, pois Musisi tinha saído para a caça e a adivinhadeira estava à nossa inteira disposição. Mesmo sem a prova dos papéis, as desconfianças do meu pai roubaram-lhe o sono. Haveria uma causa obscura na demora dos cavalos e dos cavaleiros.

— *Hoje ele esteve todo o dia chorando* — anunciou a adivinhadeira assim que nos viu chegar.

— *O tio Musisi, a chorar?*

— *Não. Quem chorou foi o meu filho. Este que está à espera dentro de mim.*

Rosi nunca tinha sido mãe. Abortara de todas as vezes que tinha engravidado. Os filhos tinham "voltado para trás", que é como se diz dos desmanchados. A tia estava condenada a não deixar descendência. Em tempos tinha recorrido ao teste da aranha para saber de quem era a culpa da esterilidade. Deixara junto a uma teia de aranha dois pedaços de tecido, um cortado da roupa do marido, outro da mulher. O tecido que fosse escolhido pertenceria ao cônjuge infértil. O teste foi, afinal, inconclusivo. A aranha caminhou entre os dois panos sem tocar nenhum deles.

E agora ali estava ela, a esticar as costas para dar proeminência ao magro ventre.

— *É preciso dar-lhe atenção* — afirmou a minha mãe —, *todas as crianças precisam de atenção.*

E foi assim que Chikazi prosseguiu a conversa, como se houvesse uma inquestionável verdade nas palavras da cunhada. Na altura, ainda não sabia: as mulheres do mundo inteiro formam um único ventre. Todas engravidamos de todos os filhos. Dos que nascem e dos que voltam para trás.

O meu pai já devia estar habituado aos recorrentes delírios de Rosi. Nesses momentos em que a nossa parente se proclamava grávida arredondava-se-lhe o ventre. Tudo falso, tudo verdadeiro. Porque até as mãos, a boca e o nariz ganhavam a curvatura de uma boa-nova.

Desta vez, porém, Rosi estava mais convincente do que nunca, as mãos acariciando a volumosa barriga. Olhei para o meu pai procurando saber em silêncio se valia a pena mantermos a intenção da visita. A tia Rosi entendeu a nossa silenciosa hesitação e tranquilizou-nos:

— *Fiquem à vontade, esta criança não vai nascer hoje. Está assim, à espera de nascer, há uns anos. Estamos as duas à espera de um tempo sem guerra.*

A nossa mãe conduziu a cunhada para uma sombra e ambas se debruçaram sobre uma mesma peneira de arroz. Separaram juntas os grãos, os dedos tocando-se e trocando-se até que Rosi perguntou:

— *Sobrinha, será que viu por aí Mwenua? E a outra, Munyia, será que viu essa preguiçosa?*

Sacudi a cabeça em negação. Fazia de conta que tudo aquilo fazia sentido. A tia Rosi era a *nkossikazi*, literalmente a "esposa grande", a primeira das mulheres do seu lar. O tio Musisi desposara mais duas mulheres, bem mais novas. Fora ela, a primeira esposa, que escolhera as outras: Mwenua e Munyia. Toda a aldeia sabia que essas duas mulheres tinham sido violadas e mortas pelos Vanguni. Toda a aldeia menos a tia Rosi.

— *Ouviu a minha pergunta?*

Os meus olhos guardaram-se distantes, como se em volta tudo fosse escuro. Nessa penumbra desaparecera o meu pai.

— *Vou ver se encontro as outras tias* — anunciei ao sair.

Afastei-me mas não fui longe. Nas traseiras da casa encontrei o meu velho fumando. Fez-me um sinal cúmplice com as sobrancelhas:

— *Aquilo é triste. É muito triste. Vou voltar para lá, não posso deixar a sua mãe sozinha com ela.*

Apagou o cigarro na areia e esgueirou-se pelo quintal para se juntar às mulheres. Espreitei de longe. A tia tinha estendido no chão os papéis que havia recebido do meu pai. Assim que o viu assomar, Rosi perguntou-lhe:

— *Explique como é que se faz?*

— *Faz o quê?*

— *Como é que uma pessoa consegue ler? Eu queria tanto saber...*

— *Isso demora a aprender, Rosi.*

— *Eu vi como você faz. Você passa o dedo pelas linhas e vai mexendo os lábios. Já fiz o mesmo e não escuto nada. Explique-me qual é o segredo. Eu aprendo rápido.*

O pai revirou os olhos e passeou as mãos sobre as folhas que jaziam na poeira.

— *Para ler esses papéis, Rosi, você precisa ficar parada. Completamente parada, os olhos, o corpo, a alma. Fica assim um tempo, como um caçador na emboscada.*

Se permanecesse imóvel por um tempo, aconteceria o inverso daquilo que ela esperava: as letras é que começariam a olhar para ela. E iriam segredar-lhe histórias. Tudo aquilo parecem desenhos, mas dentro das letras estão vozes. Cada página é uma caixa infinita de vozes. Ao lermos não somos o olho; somos o ouvido. E foi assim que falou Katini Nsambe.

Rosi ajoelhou-se perante os papéis e permaneceu muito parada, à espera que as letras lhe falassem.

20

Décima carta do sargento

Nkokolani, 28 de junho de 1895

Excelentíssimo senhor
Conselheiro José d'Almeida

O sentimento de culpa de que padeço não tem
forma de ser descrito, Excelência. Ontem houve um
ataque a Nkokolani perpetrado pelos abomináveis
Vátuas (não sei por que teimo em chamá-los assim,
porque eles a si mesmo se designam como Vangunis).
Estes facínoras mataram, queimaram, violaram. Antes
do ataque mandei lá Mwanatu, para investigar o motivo que levava os locais a construírem aquelas enormes
trincheiras. Não eram abrigos de combate. Eram esconderijos onde esperavam tornar-se invisíveis. O estrata-
gema não resultou. Os desgraçados foram surpreendidos

e não tiveram defesa contra a cobarde violência dos soldados de Gungunhana.

Depois da invasão visitei a aldeia e os campos agrícolas mas não tive coragem senão de olhar, num breve relance, a extensão desolada dessa planície coberta por cinzas que, de quando em quando, esvoaçavam sem direção. E retornei ao quartel, não imaginando nunca como as ruínas deste posto me pudessem proteger tão intensamente. Sentei-me, com *Castânia* ao colo, e voltei a um único afazer que ainda tem sentido: escrever.

Não sei como posso sair de casa, tais são os meus remorsos. Já estou aqui há demasiado tempo, criei laços e fui-me deixando envolver por um sentimento de empatia que Ornelas descobriu na música mas que encontro nos mais simples detalhes da vida desta gente tão humilde.

Cansado de escrever, tirei o uniforme e pendurei-o num cabide e fiquei a olhar para o fardamento como se fosse eu que estivesse ali suspenso, murcho, sem luz e sem matéria. Estranho sentimento para quem nunca foi realmente um soldado. Mas o problema, permita Vossa Excelência a ousadia, o meu problema é que nunca fui uma outra coisa, fosse ela qual fosse. Eu sou a farda vazia, pendurada num cabide que apenas as sombras vestem e despem.

Confesso, Excelência, que muitas vezes me ocorreu desistir de tudo e partir pelo mato em direção a Inhambane e dali escapar para o norte, para a capital da colónia, a Ilha de Moçambique. Eu não iria apenas para uma ilha. Eu seria uma ilha. Leve-me daqui, peço-lhe.

Há muito que aqui fui perdendo a razão, mas depois do que vi ontem na massacrada Nkokolani o meu estado é de um afundamento sem retorno. Acordei de manhã e estava todo paralisado. Apenas movia as pálpebras. Pensei que iria morrer ali, sem a ajuda de ninguém. Mesmo o aparvalhado do meu ajudante, esse miúdo que me faz recados, de pouco me podia valer. Pois ele jamais entra sem licença nos meus aposentos. E eu estava impedido de o chamar. Felizmente, Imani compareceu a visitar-me. Alarmada pelo meu silêncio, foi entrando e encontrou-me naquele desgraçado torpor. Comuniquei com ela por um bater de pestanas. Por um momento, a rapariga hesitou. Parecia querer deixar-me ali, indefeso e agonizante. Mas ela fez o que fazia sempre naquelas aflições: massajou-me o peito e os braços. Aos poucos fui voltando a mim mesmo.

Lembro que ela me disse o seguinte: as pálpebras são asas que nos restaram de um tempo anterior, quando fomos aves. E as pestanas são as sobreviventes plumas. Essa é a crença da sua gente, que vive de absurdas superstições. E ela ainda reproduziu outras crendices enquanto eu regressava ao meu estado normal. Disse, por exemplo, que na língua dos zulus "voar" e "sonhar" se diz com o mesmo verbo. Espero que sim, pensei. Espero que as nossas balas capturem esses malditos Vátuas em pleno voo.

A intervenção da jovem negra ajudou mas não me curou, porque a doença de que padeço não começa no meu corpo. Começa antes de mim, começa na História da minha gente, condenada pela mesquinhez dos seus dirigentes. Lembro Tsangatelo perguntando sobre o tamanho do meu país. Mal ele sabia da nossa pequenez, que não vem da geografia, mas de um atávico estado da alma que confunde saudade com destino.

Toda esta asfixia poderia ser compensada pela infinita geografia de África. Mas esta ampla lonjura produz um efeito inverso: tudo aqui se torna mais próximo. A linha do horizonte fica ao alcance dos nossos dedos. E imagino o imenso percurso destas nossas cartas atravessando o sertão africano. Ao pensar nisso rabisco estas palavras como se fossem cavalos, como se fossem barcos vencendo a distância. Não sei se esse é o seu sentimento. E não sei por que razão lhe confidencio estas desfasadas emoções.

A semana passada saí a experimentar esse sentido de viagem. E fui para as margens do Inharrime guiado apenas por Mwanatu. Queria testemunhar o avanço das nossas tropas comandadas pelo coronel Eduardo Galhardo. Queria encontrar uma coluna militar lusitana em movimento, comprovando o inexorável avanço das nossas tropas colocadas a norte para cercar o pérfido chefe Vátua. A viagem, pensei, faria bem às minhas cismas e maleitas. Melhor teria sido não a fazer. Eu ia na esperança de receber um alento. O que vi, porém, deixou-me ainda mais desesperançado. Ninguém pode imaginar o esforço titânico que é a travessia dos rios com aquelas carroças, canhões e gente.

O coronel chamou-me à parte e disse-me: *é bom que veja o quanto isto custa e que transmita a António Enes; para que ele saiba o quanto pelejamos para progredir no terreno.* Galhardo queria um mensageiro, um aliado na sua briga com as autoridades de Lourenço Marques. E por isso continuou repetindo: *António Enes não acredita, pensa que tenho medo, que invento desculpas.* O coronel tinha razão e era infeliz nessa sua certeza.

Desci a encosta para contemplar todo o comboio de

carroças. E dei tento nos jovens soldados enterrados na lama até aos quadris e era como se estivessem sendo devorados pelo sertão africano. Foi então que fui assolado por um dos meus delirantes episódios. De repente, em vez de caixas de armas o que vi foram caixões; em vez de espingardas, vi cruzes de Cristo; em vez do coronel Galhardo, vislumbrei foi um sacerdote de batina. E, num abrir e fechar de olhos, toda aquela caravana se converteu num desfile fúnebre. Eu estava num funeral. E ali se encontrava, entre as várias urnas, o caixão de Francelino Sardinha. As minhas mãos em sangue não paravam de abrir uma cova no pedregoso chão.

Se já tinha motivos para não dormir, arranjei agora uma razão para não querer sequer adormecer: o ruído da pá rasgando o solo. A noite, dizem, é a porta do Inferno. As minhocas, que antes se agitavam no chão da cova, fervilham agora à entrada dessa porta. Esses vermes gigantescos, de cor de carne, espantam-me o sono.

No preciso momento em que redijo esta carta vou sendo atacado por uma nostalgia que me paralisa. E é deitado que lhe escrevo, e será por causa dessa posição que a minha tão louvada caligrafia se converte nestes atabalhoados gatafunhos. É este torpor, Excelência, que me tem incapacitado para uma missão que, no princípio, pensava não entender e agora suspeito que nunca chegou a existir. Eis o que fui descobrindo: as aranhas que, logo no primeiro dia, observei sobre a mesa sempre estiveram dentro de mim. E dentro de mim fabricaram uma teia que me tolda não apenas os movimentos mas toda a minha vida.

Dos rolos de sisal, dos panos velhos, das paredes da casa, de tudo isso fabriquei a minha teia. E fiquei aprisionado na esperança de que este falso quartel fosse meu, fosse português, fosse a minha casa. Não fui capaz. Uma criatura maior devorou a aranha e a teia. Essa criatura chama-se África. Nenhuma parede, nenhuma fortaleza poderia deter essa criatura. E ali estava ela entrando pelas frestas, na forma de música de marimbas e vozes e choros de crianças. Ali estava transformada em raízes que cresciam entre as rachas dos tijolos. Ali estava ela residindo nos meus sonhos, invadindo a minha vida na forma de uma mulher. Imani.

21

Um irmão feito de cinza

"Conheço o jogo dos europeus. Mandam, primeiro, os comerciantes e missionários; depois, os embaixadores; depois, os canhões. Bem podiam começar pelos canhões."

Imperador Teodoro II da Etiópia

Vieram-me chamar: um desconhecido visitante trouxe uma encomenda e pretendia entregá-la em mãos. Vinha de longe, de terras que apenas noutras línguas ganham nome. Espreitei à porta, desconfiada e dividida. A generosidade de uma família mede-se pelo modo como acolhe os hóspedes. Mas também é verdade que, na nossa terra, nenhum homem se apresenta em casa alheia para falar com uma mulher solteira. Mandam os bons preceitos que se dirija aos pais e aguarde o tempo necessário para que se possa testar as suas intenções. Todavia, nós, os Nsambe, éramos diferentes, menos presos às tradições. Por isso, acedi em abrir a porta. Um homem de idade acenou com um maço de papéis e, com voz rouca, anunciou:

— *São cartas que trago das minas.*

— *Não temos ninguém nas minas.*

— *Têm sim.*

— *Quem?*

— *Lembre-se bem.*

Os papéis vinham amarrotados e de tal modo sujos que nenhuma letra neles se podia adivinhar. Apesar disso, os dedos grosseiros do mensageiro desenrolavam as folhas com feminina delicadeza. Um tropel de dúvidas me atrapalhava: o avô estava realmente vivo? E tinha escrito aquelas cartas, ele que não sabia uma letra?

— *Tsangatelo ditou, eu escrevi* — declarou o mensageiro como se me escutasse.

Reconheci-o. Era o mesmo mineiro que, havia muitos anos, trouxera notícias do avô. Num primeiro momento, uma primeira suspeita já me tinha assaltado. Tinha agora a certeza de que aquele homem era o seu companheiro, o *tchipa* que dele cuidou nas profundezas da terra.

Se antes não decifrava a caligrafia, depois não entendi nada do que o estranho dizia. Uma espécie de fuligem saía-lhe da boca, e ficava retida no lábio inferior que descaía sob o peso da negra saliva. O emissário do avô tossia mais do que falava.

Até que o visitante se fez entender. O velho Tsangatelo pedia que transmitíssemos à minha mãe: ela nunca mais veria o mar. Nenhum de nós, os de Nkokolani, regressaria às terras do litoral. O *tchipa* reiterou com certeza de profecia:

— *Não se regressa nunca, ninguém regressa.*

Perscrutei o rosto do mensageiro e percebi que guardava segredos e talvez tivesse respostas para algumas das nossas velhas indagações.

— *Não lhe vou perguntar o seu nome. Mas gostaria que ajudasse a entender o que levou o avô a ficar longe do oceano?*

— *Tsangatelo me ensinou que não se deve dizer a alguém algo que ele não possa esquecer.*

— *Não é por mim. É por causa da minha mãe, para que não sofra mais com a ilusão do regresso.*

— *Vou contar a história* — disse o mensageiro.

Tudo começou numa manhã solarenga da estação das chuvas do ano de 1862. Até então nunca Tsangatelo havia visto um branco. O primeiro europeu surgiu-lhe montado num cavalo, que era um animal que ele desconhecia. O cavalo era branco, bem mais pálido que o montador. O cavalo e o cavaleiro compunham de tal modo uma inteira silhueta que o avô pensou que se tratava de uma única criatura. E foi com horror que se apercebeu da intenção do aparecido de se separar da sua metade inferior. O cavaleiro desmontou e Tsangatelo Nsambe escutou um rasgar de carne e um despedaçar de ossos. Fechou os olhos para se salvar da visão do sangue espichando como de um pescoço de galinha. A pergunta feita em português trouxe-o de volta à realidade:

— *És tu, o tal Tsangatelo? És o pombeiro desta região?*

O avô não falava uma palavra de português. Adivinhou mais do que discerniu a pergunta do estrangeiro. Acenou que sim, para responder à primeira questão. Mas nem ele nem ninguém da aldeia poderia entender a palavra "pombeiro". O termo era trazido de Angola para designar os comerciantes que organizavam expedições pelas terras do interior africano.

— *Sou Tsangatelo Nsambe, filho de Zulumeri, que é filho de Masakula, que é filho de Mindwane, que é filho...*

O português ergueu o braço a embargar a enunciação

infinita. Na verdade, quase não houve interrupção: à medida que avançava na lista dos antepassados, o avô ia falando cada vez mais baixo. Não queria tornar-se demasiadamente notado, que é um perigo fatal num meio tão pequeno e tão pobre. Esse cuidado foi em vão. Porque, em poucos segundos, um mar de gente juntou--se em redor do aparecido. Com receio de ser engolido pela multidão, o estrangeiro voltou a empoleirar-se na sela. Queria ser visto num plano elevado, como se olham os deuses: em contraluz, em recorte do céu. Do topo do seu cavalo, o português condescendeu um olhar altivo à sua volta como se pensasse: tanta gente e nenhuma pessoa!

Junto do cavaleiro alinharam-se mais dois portugueses, igualmente a cavalo. Os animais eram bem diversos, de distintos tamanhos e cores. Mas os brancos eram iguais: rosto encoberto pelos chapéus de abas largas, bigodes longos e revirados e os olhos inquietos e esquivos. Um deles, o mais baixo, disse algo numa espécie de língua mestiça que, com esforço e criatividade, Tsangatelo Nsambe traduziu do seguinte modo:

— *Precisamos dos teus serviços.*

O avô era dono de caravanas de carregadores. Era ele que organizava operações de carga a longa distância. Naquele tempo não havia estradas. Os únicos caminhos eram feitos pelos pés dos viajantes. Os carregadores eram a estrada, os caminhos de ferro, eram o mar e os rios. Sobre as suas costas, durante séculos, se transportaram misérias e fortunas, glórias e traições.

Tsangatelo não seria propriamente amado pelo modo como tratava os seus carregadores. Inúmeras vezes mandara decapitar os que, cansados e doentes, eram tidos como indolentes. Ele mesmo contava o caso de uma mulher que, amarrada por cordas a outras mulheres, teimava em carregar nos braços o filho que, havia dias, morrera de fome. Teve que a mandar abater. Não havia maldade, defendia Tsangatelo. Era uma má influência junto dos outros. Esta gente é matreira, dizia. A vida ensinou-os a mentir, a simular lutos e doenças.

Seria natural, pois, que odiassem Tsangatelo Nsambe por todos esses anos de maus-tratos. Mas o ódio maior provinha do facto de ele se notabilizar, mais rico e mais senhor que todos os outros da aldeia. Num lugar pobre é crime deixar de ser pobre. Na nossa aldeia, a riqueza nunca nasce limpa.

Um sentimento dúbio percorreu Tsangatelo quando se sentou com o português que falava a língua mestiça. Era um encontro preliminar, um "abre-boca" como nós chamamos. Os estrangeiros apenas queriam anunciar a sua chegada e marcar um encontro restrito para o dia seguinte.

Nessa noite, o avô teve um adormecer custoso. Ele estava avisado: em outros lugares, o negócio da carga e dos carregadores já tinha sido usurpado por comerciantes brancos e mestiços. Por isso levantou-se cedo e preparou-se para impressionar a delegação portuguesa. Não queria que o tomassem por um desvalorizado campónio. Pediu ao irmão mais velho que lhe emprestasse roupas europeias. O irmão apenas tinha um casaco e uns óculos graduados que encontrara à entrada da aldeia. Casaco sobre uma pele de vaca que fazia de saiote, óculos na ponta do nariz: assim se apresentou Tsangatelo, confiante e vaidoso. E que não sobrasse dúvida: não havia em toda a região serviços melhores que os que ele prestava.

— *E ainda mais: só pago aos carregadores que chegam ao fim do percurso.*

Mas não pagava em dinheiro. Pagava em escravos que capturava no caminho. Assim é a vida, filosofava: os que hoje são propriedade de alguém, amanhã serão donos de outros. Todos neste mundo somos descendentes de escravos ou de donos de escravos.

O português retirou do coldre uma enorme pistola e um brilho metálico fez cegar Tsangatelo. Baixou o rosto e fez de conta que sacudia os pés gretados. Balançando a arma como se fosse um leque de abano, o europeu disse:

— *O carregamento que lhe encomendamos é muito sensível.*

— *Tenho carregado muito marfim para portugueses e ingleses. Caravanas minhas vão até Inhambane e, mais longe, até Lourenço Marques.*

— *Desta vez é diferente. Não lhe vou esconder: são armas.*

O avô repuxou as mangas do casaco, que já lhe tinham subido até aos cotovelos, fez subir os óculos na cana do nariz e sacudiu a capulana para limpar uma imaginária poeira. Depois fitou pela primeira vez o europeu, olhos nos olhos:

— *Os patrões são de fora. A única lonjura que conhecem é a do mar. Em terra, a lonjura pode ter uma enorme vantagem.*

— *E qual seria essa vantagem?*

— *Essa lonjura parece oferecer mil modos de escapar. Mas ela é a maior prisão. Nenhum carregador se atreve a fugir.*

— *Bom, vamos ao que interessa: transporta ou não essas armas?*

— *Essas armas viajam de onde para onde?*

— *Alguém as traz de Lourenço Marques até ao rio Limpopo. Dali em diante será você que as vai transportar até Chicomo.*

No regresso a casa um estranho sentimento assaltou o avô: as armas, pensou ele, não se deslocam. Elas sempre estiveram onde hoje estão. Nascem e renascem como as ervas daninhas, sem razão nem intenção.

Tsangatelo regressou pela orla da praia: caíra o escuro e os caminhos do mato estavam cheios de perigo. A esposa esperava-o no pátio e escutou em silêncio as novidades do encontro com os portugueses.

— *Armas?* — estranhou a mulher.

Permaneceu calada por um tempo. Contemplava o mar, que é um modo de não olhar para coisa nenhuma. Depois ergueu-se, as mãos postas sobre os rins como se contrariasse o corpo. Com a serenidade das grandes certezas declarou:

— *Aprenda uma coisa, marido: arma não pode ser negócio. Se você aceitar essa encomenda, eu saio desta casa, fujo desta aldeia. E nunca mais ninguém me vê.*

— *Mas essas armas, mulher, são para expulsar os nossos inimigos.*

— *Quando os inimigos saírem daqui, essas espingardas não vão ficar a dormir. E seremos massacrados pelas mesmas armas que agora trazemos ao colo.*

— *Não sei por que a informei. Eu tenho os meus negócios, são coisas de homem.*

As objeções da esposa incomodaram o avô e perturbaram-lhe a noite. Na manhã seguinte, mal dormido e pior desperto, Tsangatelo viu um dos seus carregadores parado à porta de casa. A seus pés estava um fardo de marfim e peles de animais. O homem fez uma vénia e aproveitou a inclinação para passar as mãos pelos fundos do fardo. Quando ergueu a carga sucedeu o que Tsangatelo nunca soube descrever: junto com o fardo veio todo o chão em redor. Como se fosse uma toalha, a terra envolvente se elevou e uma nuvem de poeira pairou suspensa. Em redor do carregador surgiu um abismo sem fundo. Sem aparente dificuldade, o homem ergueu a inteira paisagem acima da sua própria altura. Em seguida, depositou o mundo sobre a cabeça. Imóvel, nessa súbita ilha sobre a qual os seus pés assentavam, o escravo sentenciou:

— *Agora ninguém mais pode caminhar! As caravanas morreram, para sempre morreram.*

O dono dos carregadores, o poderoso Tsangatelo, estremeceu dos pés à cabeça: estava sendo alvo de um mau-olhado. Algures numa anónima panela se cozinhava o seu funesto destino.

Nesse mesmo dia, o avô Tsangatelo decidiu sair da aldeia da praia. Eis a razão, escondida durante anos, por que nos tínhamos afastado do lugar onde fôramos felizes.

O mensageiro de Tsangatelo afastou-se, nem pegada dele ficou na areia varrida em redor da casa. Eu deveria ir ter com a minha mãe para lhe transmitir aquelas novas trazidas do fundo da terra. Mas não o fiz. Deixei-me ficar em casa o dia inteiro respeitando os demorados tempos com que se arrastam as mensagens na nossa terra. Falaria com a mãe na manhã seguinte.

Mas não o fiz. Porque nos chegou, logo de madrugada, a notícia de que uma criatura assombrada tinha invadido a aldeia, cruzando as ruas em alvoroçada correria. Esse duende — esse *txigono,* como nós dizemos — assaltava as casas e invadia os currais, deixando um rasto de enorme alarido.

Num instante chegou a nossa vez de experimentar a veracidade dos rumores: uma monstruosa figura invadiu-nos o quintal depois de ter pulado a vedação, espalhando o terror entre as mulheres e as crianças.

Num primeiro relance aparentava ser a mais grotesca e aterradora besta. Depois foi-se percebendo nele uma certa familiaridade. Os monstros são tanto mais assustadores quanto mais sugerem uma figura humana. Era o caso daquela aparição. Na cabeça do *txigono* balançavam três penas de avestruz. Uma espécie de barrete feito de peles, apertado atrás por uma fita, fazia com que a cabeça parecesse bem mais volumosa. À volta do pescoço trazia uma tira negra de pele de vaca que nós chamamos de *tinkosho.* Pernas, barrigas e braços estavam ornamentados com correias de pele de vaca. À volta da cintura tinha amarrada uma pele do gato selvagem. No início urrava com voz mais de bicho que de gente. Aos poucos percebemos que berrava em *xizulu,* a língua dos ocupantes. E o temor cresceu com aquela constatação.

Já refeitos da surpresa, alguns homens ganharam coragem e saltaram-lhe em cima, dominando-o à força. Já o maltratavam quando o meu pai interferiu:

— *Vamos ver quem é o desgraçado!*

Retiraram-lhe à força os adereços com que se mascarava. Não sei se, para mim, constituiu surpresa: quem se ocultava por detrás daquela máscara não era senão o meu irmão Dubula. Ajudei-o a erguer-se do chão, enquanto o meu pai tratava de mandar embora os enfurecidos vizinhos. Quando, por fim, ficámos por nossa conta, Katini enfrentou longamente o filho e perguntou:

— *Porquê?*

Dubula não respondeu, ocupado em recuperar os adornos que se haviam espalhado pelo chão.

— *Por que se vestiu assim?* — voltou a inquirir o meu pai.

— *Não me vesti de guerreiro. Eu sou um guerreiro* nguni.

— *Enlouqueceu?*

— *Nunca estive mais lúcido.*

O nosso pai rodopiou, mãos sobre a cabeça: que diria Germano de Melo quando se apercebesse de que, dentro da nossa família, alguém tinha proporcionado aquela triste exibição?

A mãe ajoelhou-se perante o filho e pousou-lhe a mão sobre a cabeça para, com doçura, suplicar:

— *Vá-se embora antes que chegue o seu tio. O meu irmão, ao vê-lo assim mascarado, vai trespassá-lo com uma lança.*

— *Vim aqui exatamente para que o tio me visse.*

— *Quer desafiá-lo?*

— *Ao contrário, faço isto por respeito para com ele.*

— *Não entendo, filho.*

— *O tio Musisi é o único homem nesta família. Sinto orgulho em tê-lo como inimigo. Espero ter um dia que o confrontar, numa luta corpo contra corpo.*

Um irmão somos nós mesmos, mas por metade. Dubula era mais do que metade de mim. Ele era eu, num outro corpo. Apesar de ser o meu irmão preferido e o filho predileto da nossa mãe, a vida afastara-o de nós e da nossa casa. O mano velho pertencia à pequena minoria que olhava com simpatia a presença *nguni*. Para ele, o inimigo maior, esse que devia convocar todas as raivas, as presentes e as futuras, era a dominação portuguesa.

Antes das invasões não sabíamos ainda o tamanho da devoção de Dubula pelos Vanguni. Víamo-lo, ao fim da tarde, escalar a mais alta encosta. Era uma duna despida de vegetação, branca de ferir a vista. Sobre ela, no topo da crista virada a sul, ele se sentava vigilante. A aldeia acreditava que estivesse acautelando a chegada dos Vanguni. Mas não era o receio que o movia. Era o desejo de que eles chegassem.

Ao fim da tarde eu subia a ladeira para o sacudir e reclamar o seu regresso a casa.

— *Isto não pode continuar, Dubula. Queremos que volte e venha pedir perdão ao nosso pai.*

Nunca respondeu. Estava à espera dos bárbaros como se estivesse à espera de si mesmo. Ele queria ser invadido. Queria ser conquistado, ocupado da cabeça aos pés, a ponto de se esquecer de quem era antes da invasão.

— *Mais vale Ngungunyane do que um qualquer português.*

E explicava: o monarca *nguni* era um imperador já sem império; os brancos eram um império sem imperador. Um imperador termina quando morre; um império faz morada na nossa cabeça e permanece vivo mesmo depois de desaparecer. Era do inferno e não do demónio que nos deveríamos defender.

Vezes sem conta pedíamos a Dubula contenção na declarada simpatia pelo ocupante. O cunhado Musisi não aceitaria esses delírios. Em desespero de causa, o meu velho insistia, perguntando:

— *E se, no final desta guerra entre invasores, ganharem os Vanguni? Que diferença faz para nós?*

— *Se ganharem os Vanguni, eu sempre poderei ser alguém. Que pessoas seremos se ganharem os portugueses?*

Nós que víssemos, disse ele, o exemplo de Maguiguane, o chefe militar de Ngungunyane. Ele não era um *nguni*, mas tinha sido aceite e promovido. E prosseguiu, em desafio: no exército lusitano, havia um único chefe preto? Morreram milhares de negros lutando do lado dos portugueses. Alguma vez se viu uma homenagem, uma recompensa aos africanos que tombaram? Só o nosso irmão Mwanatu, que nascera tonto, é que ainda acreditava ter ganho o respeito dos brancos. Tudo isto falou, empolgado, o mano Dubula.

Quando um pai e um filho discutem o verdadeiro motivo da disputa, é sempre um outro, uma querela mais antiga que as palavras. Eu já conhecia o desfecho dos argumentos, de um e de outro lado. E era o meu pai quem sempre fechava a querela:

— *Para mim não interessa a cor da cobra. O veneno que nos mata é sempre o mesmo.*

Na véspera da batalha decisiva — e que iria ter lugar na planície de Madzimuyni —, o guerreiro Xiperenyane visitou a nossa aldeia. O seu porte em todos inspirou confiança. O comandante chope se beneficiava do apoio dos portugueses. Parecia, todavia, dispensar padrinhos.

Filho do rei Binguane e herdeiro da coroa, ele era o primeiro a acreditar nos seus poderes.

Todas as aldeias em redor já tinham entregue os seus homens para engrossar o exército de Xiperanyane, que iria enfrentar os Vanguni. Todas as famílias, exceto a minha, se ocupavam com os preparativos para o grande embate.

Na noite anterior meu pai convidou o cunhado Musisi para fumarem *mbangue* juntos. "Fumar juntos" era o nome que se dava a qualquer etiqueta que selasse o fim de um desacordo. Mas o pai não fumou. Apenas Musisi aspirou e reteve no peito o entorpecente fumo. O meu velho limitou-se a, de quando em quando, limpar o chifre que servia de cachimbo. Sempre que se inclinava queixava-se com um esgar no rosto:

— *O chão está cada vez mais em baixo.*

Deixaram arredondar o tempo antes de anunciarem a verdadeira matéria daquele encontro. Meu pai foi quem retirou o véu:

— *Hoje vou desenterrar a minha azagaia.*

Encheu a mão de areia e soprou firme sobre o punho fechado. Mostrava que proferia um juramento.

— *Não entendo* — comentou Musisi. — *Vai desenterrar o quê?*

— *Amanhã vou consigo para o campo de batalha.*

— *Você bebeu antes de fumar?*

— *Estou decidido: amanhã vou combater os abutres.*

Uma gargalhada foi a resposta de Musisi. O convite para a cerimónia do fumo tinha o propósito da concórdia. Mas não podia ter gerado maior desavença. Ao retirar-se, o tio teve o cuidado de não olhar para trás. Defendia-se de mau agoiro.

O desprezo de Musisi apenas reforçou a decisão do

meu velho. Ao fim da tarde apresentou-se, solene e armado, perante a esposa. *Eu estava enganado, acabaram as minhas ilusões*, declarou. E acrescentou, sisudo:

— *Amanhã, serei soldado, irei com o seu irmão.*

Chikazi entornou o arroz que peneirava. O anúncio do marido fez com que a sua alma se espalhasse, grão entre os grãos de arroz. E mais ainda ela se apoquentou quando o marido arrastou uma esteira para fora do pátio. Ia passar a noite ao relento, prova de quanto era fiel à decisão de guerrear. Em véspera de batalha, os guerreiros dormem longe das suas amadas.

Nessa noite concentraram-se na praça homens e jovens. Musisi subiu a um velho cepo e dirigiu-se à multidão:

— *Que pensam, meus irmãos? Esperamos pelos portugueses?*

Um vibrante "*não*" ecoou em toda a aldeia. E, de novo, o tio fez vibrar o ajuntamento:

— *Esperamos pelos que prometem e nunca cumprem?*

Falava dos portugueses, mas referia-se a meu pai, Katini Nsambe, que não se via em lado nenhum. As tropas lusitanas tinham recebido ordens para não intervir. Entorpecido no seu leito, o meu pai obedecia a ordens do álcool que tão generosamente consumira.

O *nyanga* tomou o lugar do tio no improvisado palanque para dali espalhar a sua poderosa palavra. Numa alocução mais cantada do que falada, assegurou que aqueles homens podiam seguir tranquilos porque, com os remédios que lhes havia administrado, se encontravam imunes às armas inimigas.

E a turba afastou-se numa desordenada marcha, numa algazarra de cânticos e urros. Vendo aquela gente espalhando-se pela estrada, pensei como éramos parecidos com os nossos próprios inimigos.

Quando os nossos homens voltaram, ficou patente que não eram soldados. Eram camponeses e pescadores, sem nenhuma preparação bélica. No fundo eram tão militares quanto o mano Mwanatu era sentinela. Fossem quem fossem, a verdade é que, naquele destroçado desfile, traziam com eles o luto e a vergonha da derrota. Passaram pela praça, cabeças vergadas, as lanças riscando o chão. O meu pai estava a meu lado assistindo à desconsolada visão. Nunca antes lhe notara os olhos tão vazios, tão desprovidos de luz. Katini inventava que via, fingia que chorava.

Os vencidos extinguiram-se na sombra das suas casas. Voltaram todos, menos Dubula.

Passaram dois dias sem novidades do meu irmão mais velho. Sabia-se que tinha partido para a batalha de Madzimuyni e que se juntara aos regimentos dos agressores. E mais nada se sabia. Nos dias seguintes não se falou dessa ausência, mas uma nuvem escura pairou sobre a nossa casa.

No terceiro dia Chikazi decidiu visitar o irmão. Acompanhei-a sem que me pedisse. No quintal de Musisi não chegou a sentar-se. As mãos aflitas cruzavam-se e descruzavam-se sobre o peito e depois foram arremetidas para a frente como se a mãe as lançasse com as acusatórias palavras:

— *Dubula não voltou até hoje. Você, Musisi, matou o meu filho.*

— *Quem lhe disse?*

— *Disse-me um sonho. Somos irmãos, somos visitados pelos mesmos antepassados.*

— *Não vi Dubula, não o vi nem antes nem depois da batalha.*

— *Não o viu porque, na guerra, o meu filho se tornou outro. Você matou-o, Musisi. Pois escute bem o que lhe digo: você nunca mais terá noite que seja sua.*

Nessa mesma manhã dirigi-me sozinha para a amaldiçoada várzea de Madzimuyni, já renomeada como "a planície dos mortos". Ia procurar o meu irmão na vaga esperança de que estivesse vivo. Quando me afastava da aldeia, alguns camponeses me abordaram, surpresos:

— *Onde vais? Esse caminho é interdito.*

E, quando anunciei o meu destino, um arrepio lhes percorreu o olhar. E suplicaram que não fosse. Perante a minha insistência sacudiram a cabeça e apressadamente se distanciaram, como se faz dos loucos ou dos leprosos. Antes de me esgueirar por indistintos atalhos dei por mim gritando:

— *Estão com medo de mim? Pois devem ter medo. Porque saio daqui mulher e volto fantasma.*

Fui descendo, sem pressa, pela encosta que conduzia à planície. Enquanto caminhava fui pensando: o meu irmão juntara-se à batalha na certeza de que conhecia o seu inimigo. Comigo era o inverso: eu não sabia a quem odiar. Não tinha por quem morrer. O que quer dizer que não sabia a quem amar. E invejei o modo como ele, perdido o sentido de viver, encontrara uma razão para morrer.

Unia-nos, a mim e a Dubula, o medo que os outros nutriam por nós. Dele se receava a desobediência total. A mim receavam-me os homens e as mulheres. Temiam-me os homens por ser mulher. Temiam-me as mulheres casadas porque era bela e jovem: eu podia ser quem elas já foram. As mulheres solteiras invejavam a minha pertença ao mundo dos brancos: eu era quem elas nunca poderiam ser.

Absorta nesses pensamentos não dei conta de que tinha chegado ao lugar da tragédia. Descalcei-me antes de pisar o recinto da batalha. Tirei os chinelos como se entrasse em casa desconhecida. Atravessei o campo por entre cadáveres, gemidos e estertores. Havia tantos mortos que, por momentos, deixei de ver. Fiquei cega, imóvel e sem gesto. No meio de tantos corpos só o meu corpo era existente. Quando recuperei a visão, constatei que os meus pés estavam vermelhos. Foi então que percebi que a terra toda sangrava, como se um subterrâneo ventre se tivesse rasgado.

A crueldade de uma guerra não se mede pelo número de campas nos cemitérios. Mede-se pelos corpos que ficam sem sepultura. Era assim que pensava enquanto escolhia onde pisar, entre gente despedaçada, chacais e aves de rapina.

A maior ferida da guerra é não deixarmos nunca de buscar os corpos de quem amamos. Quem diria que eu seria uma dessas mulheres condenadas a caminhar a vida inteira entre cinzas e ruínas?

Enquanto evoluía pelo descampado, fui chamando pelo nome do meu irmão, na vã esperança de que acudisse ao meu chamamento.

— *Dubula!*

Os cadáveres pareciam ter sido semeados por um deus embriagado: erraticamente desbaratados, mas aqui e acolá subitamente amontoados. Alguém os teria transportado? Ou eles, num derradeiro sentimento gregário, se haviam arrastado para um mesmo lugar, com medo de que a morte os surpreendesse em indefesa solidão?

E, de novo, o meu clamor se espalhou sobre a desolada paisagem:

— *Dubula, meu irmão!*

De súbito, escutei alguém respondendo. À minha frente contorcia-se, gemente, um guerreiro que envergava ainda as roupagens militares. Tombado de costas, a cabeça oculta pela máscara de guerra, parecia terrivelmente ferido. E repetia, com ensombrada voz:

— *Mana? Estou aqui, mana. Ajude-me!*

Num primeiro momento quase lhe estranhei a voz. Estava tão maltratado que até a voz se tinha desfigurado. Sob as plumas que lhe cobriam o rosto, emergiu o seu suspiro: *estou aqui, mana!* As lágrimas toldavam-me a visão. Escapou-me a mais absurda pergunta:

— *Dubula, você está vivo?*

Não tive outra resposta que não fosse o meu próprio pranto. Estava ali quem eu buscava. Talvez fosse demasiado tarde para o salvar. Mas, ao menos, Dubula regressaria a casa na companhia de quem o amava. E pensei na felicidade da minha mãe ao ver-nos chegar cambaleantes, um no outro amparados como se fôssemos uma única sombra.

— *Vamos, meu irmão. Eu ajudo-o.*

Evitei enfrentar o seu rosto. No olhar dos moribundos vemos a nossa própria morte. Quando toquei nas suas mãos, uma repentina dúvida me assaltou. Aquelas não eram as mãos do meu irmão. Aquele jovem era um outro, um desconhecido que, na agonia final, me tomava por sua parente. Levantei-me. Dei uma volta em redor do corpo, pronta para sair dali. Foi então que o moribundo sussurrou:

— *Eu sabia que você viria. Foi por isso que esperei...*

Com esforço, ajudei-o a erguer-se. Ofereci-lhe apoio para marcharmos juntos e, de braço dado, como fazem os noivos, encaminhámo-nos para a aldeia.

— *Venha, mano. Vamos para casa.*

O soldado deu uns passos e logo tombou sobre mim. Uma golfada de sangue inundou-me o corpo e os seus braços perderam toda a convicção. Ainda assim, reergui aquele desfalecido peso e fui-me arrastando a custo, até que o jovem voltou a desabar, sem defesa, sobre o último chão. De joelhos, ajeitei-lhe a roupa como sempre fiz a meu irmão quando ele, embriagado, adormecia à entrada de casa.

Foi então que um ruído me alertou. Alguém se aproximava. No início não era mais que um vulto. Trazia uma capa negra que lhe conferia a aparência de uma ave de rapina. Mais perto constatei que se tratava de um desses infelizes que se sustenta roubando despojos de guerra. Saltitava entre os cadáveres, com o ridículo pular dos abutres. Às costas trazia um saco cheio de roupas e armas. Quase sem voz, implorei:

— *Ajude-me, por favor!*

Enfrentou-me como se eu não fosse mais que um despojo de guerra pronto a engordar a obesa sacola. Recuei receosa. E o homem indagou:

— *Você é de onde? Nunca a vi.*

— *Sou daqui.*

— *Também anda nas colheitas? Fazia muito que não via uma tão boa, valham-nos os deuses.*

No meu silêncio o homem percebeu a pior das reprovações. No braço que ergueu, confirmava a negra asa de uma ave de rapina.

— *Só roubo os mortos para os poupar de serem roubados pela própria família. Não tarda estarão aí, esses chacais... E tu que fazes aqui?*

— *Procuro alguém. Um irmão.*

— *Não me refiro a este cemitério. Pergunto por que estás em Nkokolani.*

O homem cheirava a bicho e quando se aproximou senti o hálito de hiena. Debruçou-se sobre o corpo que jazia nos meus braços e cuspiu antes de falar:

— *Nesse homem já não há nenhuma pessoa.*

E já se ia embora quando se arrependeu e, arrastando ruidosamente a sacola, girou à minha volta até me interpelar:

— *Como te chamas?*

— *Eu? Eu não tenho nome* — respondi.

Foi como se o tivesse golpeado. Deixou tombar o saco e o seu conteúdo rolou pelo chão. Avançou para mim, com o braço hasteado:

— *Nunca mais digas isso. Queres saber como se mata*

alguém de verdade? Não é preciso que lhe cortes o pescoço ou lhe espetes uma faca no coração. Basta que lhe roubes o nome. É isso que mata os vivos e os mortos. Por isso, minha filha, nunca mais digas que não tens nome.

Acocorou-se para reintroduzir os objetos furtados na sacola. E foi discursando num tom próximo, quase como se de uma confissão familiar se tratasse. E disse que me podia ensinar as habilidades do seu ofício, que era uma arte que não sofreria nunca de escassez de oferta. E que já tinha roubado nos cemitérios dos brancos, em Inhambane e Lourenço Marques. E observara que os europeus escrevem numa pedra o nome dos que foram enterrados. É o modo de eles ressuscitarem, disse.

— *Esse que procuras não era um chefe militar?*

— *Não, era um soldado como qualquer outro.*

— *Ainda bem para ele. Sabes o que faz Ngungunyane com os corpos dos inimigos mais poderosos? Tira-lhes o coração e as vértebras para depois os reduzir a pó e os dar a comer aos seus soldados. É assim que eles comem a nossa força.*

E logo se afastou, cantarolando e arrastando a sacola empoeirada. A voz doce contrastava com a tenebrosa figura. Deixei que o vulto se extinguisse para me desenvencilhar da minha própria roupa e com ela cobrir o inanimado corpo daquele que, por um instante, foi meu irmão. Deixei-o ali, tombado de bruços, sem campa nem lápide, mas coberto conforme os respeitos do Criador.

Entrei na aldeia completamente nua e pareceu-me que tinha errado no destino. Nkokolani estava deserta. Mais do que deserta, dava a ideia de que nunca ali tinha vivido alguém. Gritei, chorei, derramei-me.

As mulheres, aos poucos, acorreram. *Por que gritas, minha filha?*, perguntavam. Não sabia responder. A maior parte das vezes gritamos para deixarmos de nos escutar a nós mesmos. *Por que choras assim?*, voltaram a perguntar. E uma vez mais ficaram sem resposta. Não tem palavra quem regressa dos mortos.

— *Vamos levar-te a tua casa.*

Eis o que faz a guerra: a gente nunca mais regressa a casa. Essa casa — que outrora foi nossa —, essa casa morre, nunca ninguém nela nasceu. E não há leito, não há ventre, não há sequer ruína a dar chão às nossas memórias.

No dia seguinte, decidi visitar o curandeiro que abençoara as tropas e lhes prometera blindar os corpos contra as balas. A sua casa ficava na curva do rio, onde ninguém mais ousava morar.

O *nyanga* estava sentado junto de uma fogueira ainda acesa. Fora ali que cozinhara os remédios que dera a beber ao meu irmão. Enchi uma mão de cinzas ainda ardentes com a intenção de as lançar contra o rosto do feiticeiro. A minha vontade era queimar-lhe os olhos, para que ficasse cego para sempre. Mas fiquei sem gesto, as achas de fogo queimando-me as mãos.

— *A culpa não foi minha!* — defendeu-se o homem.

— *O seu irmão já saiu daqui sem corpo* — disse o homem.

Talvez fosse verdade. Talvez Dubula fosse um anjo e uma bala lhe tivesse rasgado as asas. É assim que tombam as criaturas celestiais. Sublinhando o que dizia, o curandeiro, com os pés descalços, fez subir uma nuvem de cinzas. Depois forçou-me a entreabrir os dedos para me libertar dos tições.

— *Não sente a queimadura?* — perguntou.

Retirei-me sem me despedir e deambulei pelas margens do Inharrime. A um certo ponto derramei-me nas águas lentas e deixei-me levar de bruços como uma folha morta. A chuva lava os mortos. O rio lava os vivos.

Nessa altura, flutuando na vagarosa corrente, entendi que não bastava sair de Nkokolani. Eu queria emigrar da própria Vida. A avó Layeluane morrera no fogo dos céus. O avô Tsangatelo extinguira-se nas profundezas da Terra. Eu ia dissolver-me no abraço da água.

— *Dubula!* — chamei.

Um vulto negro surgiu na margem e acenou com vagares. O gesto e a roupa eram os do homem que, ainda havia pouco, abutreava no campo de batalha. Mas não era ele. Era o cego da aldeia que se aproximava, farejando o caminho como um cão. Pediu que lhe falasse sem parar para que soubesse onde me encontrar. Disse-lhe quem era. E ele arremessou os braços num abraço vazio:

— *Venha para terra, Imani. O rio é um lugar de nascer.*

Quando sentiu o meu corpo, puxou-me os braços como se me estivesse salvando. *Como sabia que eu estava aqui?*, perguntei. E ele respondeu que a minha tristeza era muito ruidosa e que eu caminhava como Tsangatelo nas minas: raspando os dedos na terra para encontrar uma saída.

— *A sua saída é este rio, minha filha. Não existe outra estrada. E leve o seu pai consigo. Porque o velho Katini é tão cego como eu.*

Num mundo de tiros e mortes, o meu pai só escutava música. Eu que o levasse dali, pediu o cego.

22

Décima primeira carta do sargento

Nkokolani, 10 de julho de 1895

Excelentíssimo senhor
Conselheiro José d'Almeida

Imani compareceu esta manhã, em fúria, no posto.
Não foi preciso que falasse. Percebi que a devia seguir.
Acompanhei-a por longos atalhos e assim, de soslaio,
observei como, enfurecida, era ainda mais bela.

— *Posso saber para onde me levas?*

Não respondeu. Fomo-nos adentrando no sertão,
numa passada célere e determinada. Até que senti um
cheiro a carne putrefacta e aos meus olhos se abriu a
mais lúgubre das visões: uma imensa planície pejada de
cadáveres. Quis recuar, mas Imani pegou-me na mão e

afagou-me o braço numa espécie de carícia. A sua voz escondia um tom cáustico:

— *Veja, sargento Germano. Olhe este extenso cemitério e diga-me onde poderei encontrar, entre tantos mortos, o meu irmão Dubula...*

E foi dizendo, sempre em voz contida, que a minha mentira não era menor que a do feiticeiro que garantira imunidade contra as armas inimigas. Onde estavam, perguntou, as forças lusitanas que eu prometera?

— *Lembra-se da sua promessa de nos ajudar? E como é que nos vai ajudar agora, senhor sargento?*

Violentamente, soltei-me do seu braço e corri de volta a casa. Percorri espinhosos atalhos, sem cuidar de outro rumo que não fosse o de me afastar daquele cheiro nauseabundo.

Por certo desmaiei. Do que a seguir tenho consciência é de despertar no quintal de minha casa. A um palmo do meu rosto, a galinha *Castânia* fixava em mim o seu olhar míope e vazio. E escutei, longe, os acordes de uma timbila. E depois chegou-me o distante canto de uma mulher. E falei para *Castânia*: do outro lado do mar há uma mulher que canta. Como se chama? Não tem nome. Eu trato-a por "mãe". Canta em surdina a minha mãe, para que o meu pai não a ouça. Essas antigas canções são agora minhas e vou-as entoando para quem? Para si, minha querida galinha.

Enquanto vou delirando, *Castânia* adormece instantaneamente. Não há ninguém mais na casa, mas eu comporto-me como se receasse despertar alguém. Continuo prisioneiro desse homem, que, na minha infância, vigiou a noite.

Por fim, já mais lúcido, arrasto-me para dentro de

casa, aqueço uma réstia de chá e ponho-me a ver a correspondência que havia deixado em suspenso quando Imani me veio buscar. Passo em revista as suas mais recentes queixas, meu caro Conselheiro. Avalio por mim o quanto lhe deve magoar a insensata desconfiança dos nossos comuns superiores. O nosso Comissário Régio só pode estar a receber informação falseada a seu respeito.

As acusações lançadas contra Vossa Excelência são não apenas infundadas, mas de uma enorme injustiça. Pretender que, em escassos dias, se concluam as negociações com o Gungunhana é realmente desconhecer a noção de Tempo que comanda a vida dos indígenas. Eu vejo por mim que devia estar ganhando confiança com o chefe local. Mas com todo este tempo ainda não vislumbrei se esse interlocutor seria o pai ou o tio de Imani. Os dois brigam pelo comando do povoado. Deveria escolher o tio que, não nos sendo simpático, é mais próximo da corte do Binguane. Estou, porém, enredado nos favores que me vem fazendo Katini, o pai de Imani.

De qualquer modo, é impossível entender a ordem que recebeu de se retirar imediatamente de Manjancaze e aguardar por novas instruções em Chicomo! E o que fará Vossa Excelência em Chicomo, para além de uma absurda espera? Meu caro Conselheiro: o que estão a fazer consigo é o mesmo que comigo fizeram: deram-lhe ordem de prisão. O resultado dessa arbitrariedade será catastrófico para a nossa presença no sul de Moçambique.

Começo a concordar com Vossa Excelência quando diz que o tratamento que lhe reservam se deve ao facto de viver com uma mulher negra. O que lhe vale, Vossa Excelência me perdoe a sinceridade, é ter a fama e o proveito. A mim não me cabe nem uma coisa nem outra. Venha para Nkokolani, meu caro Conselheiro. Há aqui espaço de sobra para o abrigar a si e à sua negra esposa.

Não leve a sério, meu caro Conselheiro, a ousadia deste convite. Agora que revejo o que aqui escrevi, noto como foi mudando o tom da minha correspondência. Estas cartas são, passe o termo, a varanda em que as mulheres da nossa terra escapam da solidão. Sento-me nessa varanda como se contemplasse uma qualquer rua de Lisboa. Não poderia ser, infelizmente, uma rua da minha aldeia. Porque me faltou, nessa aldeia, um irmão. Faltou-me infância.

Estranhará, Excelência, esta minha verborreia. Talvez eu seja um poeta, bem mais do que um soldado. Na verdade, o que de mais precioso trouxe comigo foram dois livros de poesia que releio vezes sem fim. Um de Antero de Quental. Outro de Guerra Junqueiro. Este poeta apenas poderia estar a falar deste posto militar, quando no livro *Finis Patriae* escreve:

Eram de rocha viva as ameias crestadas
Para gigantes e condores!
Hoje das pedras mutiladas
Fazem cascalho nas estradas
Os britadores.

E com tal alma revejo estes versos que, numa tarde solarenga, fui assaltado por um estranho arrebatamento. Eu tinha bebido e, entontecido, deitei-me de costas, a luz do Sol batendo-me diretamente no rosto. E senti que, por baixo de mim, uma rocha se movera. Sentei-me, assustado. E vi que me encontrava numa clareira coberta de pedras de considerável tamanho. Em pleno delírio, percebi que um desses pedregulhos falava.

— *Não se assuste, nós somos pedras* — disse a rocha.

— *Não é verdade* — contrariou um outro rochedo.

— *Nós somos pessoas. Fingimos ser pedras para que não nos levem nos barcos como escravos.*

— *E quem vos leva?*

— *Todos. Levam-nos os pretos, levam-nos os brancos.*

Surgiu nesse arrebatamento a figura de Mouzinho de Albuquerque. Ele era um militar experiente, sabia distinguir as falsas das autênticas pedras. Desfilando a cavalo, o guerreiro fez raspar nas rochas a lâmina da sua espada e assim acendeu incêndios que devoraram os caminhos. Depois, o cavalo e o cavaleiro fizeram meia--volta e atravessaram incólumes aquele mar de chamas. Com olhar de águia, Mouzinho avaliou a autenticidade das rochas. Sobre as pedras vivas o cavaleiro desfechou vigorosos golpes. E voaram pedaços de carne em todas as direções, o sangue e o fogo misturando-se num único lençol vermelho.

Imagine o disparate de tudo isto. Por isso digo: basta de versos mal redigidos e de sonhos mal vividos. Basta de mim. Na sua última carta, pede-me Vossa Excelência que descreva o meu quotidiano, saturado que está de lidar com os áridos assuntos da política. Receio, caro Conselheiro, que continuemos na mesma estéril monotonia. Pois o meu dia a dia é, digamos, um dia sem dia. Todavia não me queixo. Antes faz-me bem ter uma rotina. Convém-me não esquecer que sou um prisionei-ro. E como todo o prisioneiro eu devo inventar rotinas para vencer a monotonia do tempo.

De madrugada Mwanatu traz-me água e os baldes

para as abluções matinais. Imani virá mais tarde, com a comida que a mãe me preparou. Ela ri-se quando recebo a panela: *"Você já é marido da minha mãe, não sei como o meu pai aceita"*. Faz-me bem ver o sorriso dela, sempre esperado, mas sempre imprevisto. A moça já não insiste com as aulas. De outras funções agora se ocupa: arruma, limpa, lava a roupa. Não devia, no entanto, ter permitido que me arrumasse o quarto. É arriscado, a rapariga sabe ler, pode-me ir aos papéis. Mas o mal, se é que existe, já está feito. E não há dia em que Imani não me peça emprestados papéis, um tinteiro e uma pena para escrever. Sentada na cozinha, rabisca não sei que manuscritos. Confesso-lhe que aquele é o único momento em que não me dá prazer a sua presença. Acabei oferecendo-lhe uma pena, um tinteiro e uma resma de folhas com a condição de que fosse escrever longe, onde eu não a visse. Não sei por que razão me causa impressão ver um preto escrever. Apraz-me que falem a nossa língua com propriedade e sem sotaque. Contudo, sinto como uma invasão o domínio que eles possam ter da escrita.

E é esta, Excelência, a minha rotina em Nkokolani. Como pode ver, é algo que se descreve em meia dúzia de linhas. E ainda bem porque se faz tarde, lá fora escutam-se as hienas e os chacais. É noite, estou rodeado de insetos rodopiando em redor da lamparina, e com o bico da pena vou recolhendo besouros tombados no tinteiro. Estão vivos, deixo-os caminhar sobre o papel. Atrás deles, fica um rasto de tinta como se tivessem grafado uma cifrada mensagem.

Há algo do meu quotidiano de que ainda não lhe falei, meu caro Conselheiro. Trata-se da rotina que religiosamente mais celebro. Amanhã, antes de o mandar entregar a correspondência, pedirei a Mwanatu que ocupe a poltrona e me escute. Pela milésima vez falar--lhe-ei do julgamento dos revoltosos do 31 de Janeiro. É isso que faço todos os dias. O retardado Mwanatu é o destinatário perfeito para um narrador obsessivo: percebe o que se diz mas é incapaz de entender o que se quer dizer. O rapaz é uma pedra com ouvidos. Por horas que me demore não demonstra nem tédio nem cansaço.

O que a Mwanatu relatei vezes sem conta, terei que o contar agora a si. Quero que saiba o que se passou naquele julgamento que não me condenou apenas a mim mas ao país inteiro. O senhor, caro Conselheiro, também foi condenado nesse Conselho de Guerra. Pois sucedeu o seguinte: no paquete *Moçambique* aguardámos dias seguidos, em camarotes coletivos. Ali se juntavam civis e militares, sargentos e capitães, jornalistas e políticos.

De cada vez que, conduzidos por guardas, passávamos pelo convés, assistíamos ao triste espetáculo dos parentes e amigos lamentando-se no cais. Choravam e gritavam pelos maridos, pelos filhos, pelos irmãos. E havia mulheres que, em desespero, se arremessavam contra as amarras do navio. De todas as vezes espreitei a ver se alguma delas seria, por ventura, a minha querida mãe. Nunca a vi. Estaria, por certo, na nossa longínqua aldeia, alheia à minha vulnerável condição.

Os meus companheiros foram sendo convocados, um por um, ao compartimento onde funcionava o Conselho de Guerra. Ali eram sumariamente julgados. Quando chegou a minha vez, deflagrou uma terrível tempestade e ondas gigantes causaram um tal balanço que nos arrastávamos continuamente de parede a parede. Amparado com o braço esquerdo a uma escotilha, o secretário do Conselho de Guerra procedeu à leitura da sentença, pálido como um fantasma. A habitual sobranceria dos grandes juízes estava ali invertida. Bamboleando-se como se estivessem embriagados, os sentenciadores tinham a fragilidade dos sentenciados.

Vezes seguidas, as náuseas obrigaram o secretário a interromper a solene leitura. Aos engulhos, chegou à frase final: *"... e, por todas estas razões, o réu Germano de Melo é condenado... é condenado a ..."*. Não foi capaz de terminar, sacudido por incontroláveis vómitos. Os restantes magistrados saíram apressadamente para o convés, todos agarrados uns nos outros para não serem arrastados pelas vagas.

Dias depois, já a tempestade amainada, mandaram que nos juntássemos para escutar as sentenças ainda por divulgar. O mesmo secretário do Conselho de Guerra foi anunciando os nomes dos implicados e, à medida que os ia lendo, erguia-se um réu que era encaminhado para abandonar o navio. Entendemos, então, que a lista dizia respeito aos que deviam ser libertados. Para cada nome que se anunciava, levantavam-se vários soldados que, enquanto saíam às pressas, se libertavam dos bivaques e dos casacos que os identificassem como militares. Ainda a lista ia a meio e já a sala estava praticamente vazia. Desconcertado, olhei para um jornalista que, a meu lado, a tudo isto assistia placidamente. *E você*, perguntou-me ele, *está tão ansioso por ser condenado?* Respondi que tinha crença no discurso do nosso advogado de defesa. Durante a sessão de abertura tinha anotado passagens das suas empolgantes palavras. Desdobrei um papel e li um excerto da defesa para que o meu companheiro arribasse: *"E que vos direi do aplauso do povo a estes que agora se apresentam como criminosos? Não o sabeis, por ventura? Não chegaram aos vossos ouvidos, senhores juízes, os ecos desse entusiasmo? Não é certo que as ruas e as janelas se encheram de gente, aplaudindo o desfilar dos militares revoltosos? Não é certo que a praça de D. Pedro se abria como uma manhã de jubileu, onde reinava a maior alegria no rosto de todos?".*

Interrompi a leitura para encarar o rosto trocista do jornalista. E ele inquiriu: *já acabou?* E respondi que não, que me faltava ler o final daquele empolgante discurso. Apeteceu-me levantar do banco para dar o devido brilho às palavras do advogado: *"Por tão acumuladas razões vós haveis de ser clementíssimos para tantos infelizes. E que razão há para o não serdes? Vós julgais, mas a História vos julgará...".*

O jornalista olhou-me intensamente. O ar jocoso tinha dado lugar a um tom paternal quando falou: *"Sabes o que me consola? É que seremos mais felizes nós, os vencidos do 31 de Janeiro, do que os juízes do Conselho de Guerra".*

E sucedeu então que o paquete *Moçambique* começou inesperadamente a navegar. Acreditámos, no início, ser uma ilusão. Ou que fosse uma simples manobra de ajustamento do navio em face das fortes vagas. Mas depois notámos, perplexos, que a embarcação deixava Leixões e passava por Matosinhos. E o *Moçambique* foi avançando, por entre o mar revolto, até chegar às águas protegidas do estuário do Tejo. E foi por ali que o barco lançou âncora. Nessas águas tranquilas reganhei uma espécie de harmonia suspensa, uma mistura de tensão e bonança que precede o anúncio de um infortúnio. Pois foi naquele momento que recebi a sentença do degredo para África.

23

Um morcego sem asas

Eis como enterramos os nosso defuntos: vamos-
-lhes ao celeiro e recolhemos os grãos com que lhes
enchemos as mãos frias. Depois, dizemos-lhes:
retirem-se com as vossas sementes!

De madrugada, um grupo de mulheres invadiu a casa do português, interrompendo-lhe o sono. O alvoroço era tal que o sargento demorou a entender o que tanto gritavam. Finalmente, conseguiu perceber aquela que mais esbracejava:

— *Acabámos de ver a Virgem.*

— *A virgem? Que virgem?*

— *Não sabemos, afinal quantas há?*

Aos tropeções, Germano foi vestindo a roupa e, depois, saltitou pelo pátio enquanto tentava acertar os sapatos nos pés. O grupo tomou a direção da nossa casa. Fazia escuro e o português guiava-se pelos vultos que seguiam à frente. A mulher que encabeçava o ajuntamento, num português mesclado de *txitxope*, anunciou enquanto apontava para o chão:

— *Está a ver, senhor? Aqui estão as pegadas.*

— *São dela?*

— *Não. Estas são pegadas do anjo.*

— *Que anjo?*

— *Do anjo que vinha com ela.*

O sargento parou para retirar areia do sapato. Apeteceu-lhe desistir daquele disparate e regressar a casa, mas receou ser mal interpretado. O Sol ainda não despontara e fazia um calor abrasador.

— *É longe daqui?*

— *Estamos a chegar, falta pouco.*

É o que dizem sempre, pensou o sargento: que se está perto. Por que razão esta gente não sabe medir as distâncias? E voltou a questionar a aparição. Àquela hora, tão penumbrosa, não se teriam equivocado? Ao que uma das mulheres retorquiu:

— *Quando lá chegarmos o senhor vai ver: é uma Virgem igual à que estava na igreja.*

— *Com certeza é a irmã gémea dela* — disse outra.

— *E esta também tem as mãos coladas* — acrescentou uma terceira.

— *As mãos coladas?* — inquiriu, surpreso, o sargento.

— *O padre sempre lhe chamava Virgem da Mão Colada, por causa das mãos estarem sempre juntas.*

Ao português não lhe apeteceu corrigir. Já era difícil entender a algaraviada do mulherio. A mais velha das camponesas traduzia, à vez, as atravessadas falas das suas companheiras. Ao sargento fazia-lhe falta que alguém lhe traduzisse os seus próprios pensamentos. E deu consigo a imaginar-se, com ternura de amante, a desgrudar as mãos da Virgem Imaculada. E sentiu que essas mãos, agora livres e gratas, lhe acariciavam o corpo.

Maldito calor que nos faz pecar, pensou enquanto limpava o suor do rosto.

Foi quando escutou um disparo vindo do quartel. A seguir, um outro tiro. E mais um outro. As mulheres viram o português correr, esbaforido, de regresso ao seu lugar.

Depois de o meu irmão Dubula morrer, as aves deixaram de atravessar os céus da nossa aldeia. As poucas que o faziam tombavam desamparadas, como pedaços rasgados de nuvens. À medida que caíam, as penas soltavam-se e o vento as fazia rodopiar, cada pluma com seu alucinado voo. Essas aparições rareavam cada vez mais. Em pouco tempo os habitantes de Nkokolani se desabituariam de olhar para as alturas.

Naquela madrugada, durante o serviço de sentinela, Mwanatu não parou a olhar o céu. Foi quando escutou vozes femininas nas traseiras do quartel. E viu o sargento sair numa procissão de mulheres pelo escuro. Ainda pensou perseguir o alvoroçado bando. Não podia, porém, abandonar os deveres de sentinela. Nesse momento passou, voando sobre o telhado, um enorme peixe. O bicho pousou no tronco da mangueira, mas, como lhe era difícil sustentar-se no poleiro, reganhou os céus movendo as barbatanas como se estivesse ainda nadando. Mwanatu ergueu a arma e disparou. Uma, duas, três vezes. O peixe tropeçou no ar e parecia desabar quando, aos puxões, retomou altura, a mostrar que andava em estreia de asas.

O sentinela saiu esbaforido para a rua para anunciar o que acabara de presenciar. Juntaram-se camponeses que o escutaram entre o fascínio e a descrença. Desencontradas opiniões surgiram: que os deuses, confusos, trocavam a água pelo céu, afirmavam uns; que se tratava do castigo final, defendiam outros; e ainda, proclamavam os mais otimistas, que a desgraça, assim anunciada, tombaria não sobre a nossa gente mas sobre os Vanguni. Se o céu tinha virado mar, então os invasores, que são um povo avesso às águas, estariam condenados a morrer. E nas flutuantes águas se afundariam, amaldiçoados, os inimigos da nossa nação.

Nesse instante surgiu, ofegante, o sargento Germano. Alarmado pelos disparos, não tinha alma para lidar com a notícia do peixe voador. O português benzeu-se, sacudiu a cabeça e olhou os céus a suplicar socorro.

— *Nesta tua terra, meu caro Mwanatu, Jesus estaria desempregado: aqui não há quem não faça milagres.*

O meu irmão foi saindo de cabeça erguida, dedo em riste para sublinhar a sentença:

— *Há anjos que andam por aí. Já lhes dei uns tantos tiros.*

O que nos enlouquecia era o cheiro. Esse odor fétido proveniente dos campos de Madzimuyni anunciava que os abutres e as hienas ainda não tinham tornado os corpos em simples ossadas. Não eram os cadáveres, mas a própria terra que apodrecia.

Esse cheiro agarrava-se às paredes da nossa casa, colava-se às vestes que a mãe envergava desde que soube da morte do filho. E mesmo quando o meu pai entrou aos berros a mãe permaneceu parada e ausente. Katini tinha o rosto coberto de sangue. Como os demais homens, ele exibia, com enorme bulício, a sua pequena ferida: *vou ficar cego!* Ajudei-o a sentar-se e ele, olhar fixo na mãe, esperou dela uma atenção.

— *Quem o arranhou desse jeito, marido?* — perguntou ela, finalmente. — *Que mulher tem unhas tão afiadas?*

— *Foi uma árvore! Foi uma árvore que me esgatanhou* — declarou enquanto lhe lavávamos o rosto.

Na busca de materiais para as suas marimbas, o nosso velho pai encostava o ouvido aos troncos. Avaliava se a árvore estava grávida. E assim procedera naquele dia, ao escolher madeira para a sua derradeira marimba. Havia, porém, alguém envenenando-lhe os gostos e os gestos.

— *O raio da árvore tinha garras, eu vi-lhe as garras a puxar-me para os infernos.*

Falava alto para impressionar a esposa. Não conseguiu. O céu era extenso e o olhar de Chikazi alisava esses infinitos. O meu velho fechou as pálpebras para que a água lhe escorresse pelo rosto. E de olhos fechados escutou a esposa:

— *A galinha branca: por que é que a matou?*

— *Porque tinha fome.*

— *Estava guardada para as cerimónias.*

— *Mas que cerimónias? Ninguém morreu.*

— *Morreu, sim. O seu filho, o seu primeiro filho morreu. Não minta para si mesmo, Katini Nsambe.*

E prosseguiu de uma assentada: *O outro rapaz emigrou da própria cabeça. E esta sua filha já nos deixou. Estamos sós, meu velho.*

— *Imani, você vai-nos abandonar?* — perguntou-me a mãe.

E, sem esperar pela resposta, prosseguiu: que eu já estava ausente, inventando visitas de mensageiros como se o avô ainda estivesse vivo. E inventava tudo isso porque estava com medo. Estava sozinha, sem amigos, sem pretendentes. Foi o que disse a mãe. E que a culpa era do meu pai.

— *Está a acusar-me de ser mau pai? Por querer que a minha filha saia desta miséria, por querer que vá para um lugar melhor?*

— *Ela está a fugir dela própria.*

E Chikazi ergueu-se, as mãos nas costas, com a mesma postura das mulheres grávidas. Depois de uma longa pausa, acrescentou:

— *A galinha branca era para o nosso filho. E esse morreu.*

— *Vimos-lhe o corpo?* — perguntou meu pai. — *Responda-me, Chikazi, não me vire as costas: alguém lhe viu o corpo?*

Inundou-me uma vontade de lhes dizer que Dubula tinha expirado no meu colo. Permaneci calada. Esse que definhara nos meus braços estava ainda a caminho de se tornar no meu irmão.

Uma semana decorrera desde o falecimento de Dubula e nenhuma ave regressara aos nossos céus. Na madrugada de domingo, a mãe amanheceu pendurada na grande árvore do *tsontso*. Parecia um fruto seco, um morcego escuro e murcho. Fomos chamar o nosso pai, que, cauteloso, se aproximou arrastando os pés. Sob a larga copa, ele se sentou a contemplar o corpo como se esperasse que dele brotassem folhas.

— *Não está morta. A vossa mãe apenas arvoreou.*

De quando em quando a brisa fazia mover o cadáver.

Parecia uma dança, dessas com que tantas vezes nos brindava. Ao anoitecer perguntei:

— *Vamos deixá-la ali? Os bichos vão comê-la.*

Estava escuro, não dei pela chegada do sargento, que proclamou horrorizado: *tirem dali aquele corpo! Imediatamente!*

Mwanatu, como sempre, correu a obedecer. O meu velho, porém, ergueu o braço e sentenciou:

— *Ninguém faz coisa nenhuma. Aquilo não é um corpo. Aquela é Chikazi, a minha mulher.*

O sargento Germano cirandou, desamparado, em redor da árvore. Repetidamente fez tenção de me abordar, em desajeitado consolo. Numa das ocasiões chegou a sugerir que orássemos juntos. Mas logo retificou: *rezar não, porque ninguém reza por quem se suicida.* E acrescentou, já com inteira decisão:

— *Por amor de Deus, Imani, peça a seu pai que a levem para a igreja.*

— *Levá-la para a igreja?* — ripostou o meu velho. — *Mas ela já está numa igreja. A nossa igreja é essa árvore.*

Vinda do meu pai, a observação era estranha. O português enfrentou-o, incrédulo. Não era Katini um cafre convertido? Germano sacudiu a cabeça para afastar a insolúvel dúvida. Que garantia se podia ter da fidelidade de um negro se mesmo aquele chefe de família saltitava de crença em crença com aquela facilidade? O sargento benzeu-se de forma contida e retirou-se, murmurando entredentes:

— *Não sentem o peso da culpa nem sabem o que é a vergonha: como podemos esperar que sejam bons cristãos?*

E ali ficou o corpo até ao dia seguinte, suspenso como um morcego no escuro. Aproximei-me, manhã cedo, com receio de ver atacada pelo tempo quem me parecia imortal. Mas não havia sinais de degradação, nem cheiros, nem moscas, nem corvos. E no céu límpido não pairavam abutres. Sentei-me junto do pai, que permanecera ali sentado a noite inteira. E mantinha-se de olhos postos na falecida esposa. Num certo momento, disse:

— *É tão bonita!*

Ele tinha razão. Mesmo assim, mirrada, a mãe mantinha uma graciosidade de criatura viva. Talvez porque o corpo estivesse encharcado da chuva que tombara de madrugada. Pelos pés pingavam gotas que sustentavam um pequeno e triste charco. *Está certo, assim,* disse o meu pai, acenando lentamente com a cabeça. *Os mortos devem ser lavados pela chuva.*

— *Quer que suba à árvore, pai?* — perguntei depois de um longo silêncio.

— *Deixemo-la onde ela escolheu ficar.*

Aos poucos a mesma corda que estrangulava a nossa mãe começou a sufocar-me a mim. Ao meio-dia, quando a falecida perdeu a sombra, os vizinhos começaram a dispersar, atónitos e pesarosos. E eu também fiz questão de me afastar. O meu pai contrariou-me os intentos, segurando-me por um braço.

— *Você fica, minha filha!*

Então, com inesperada agilidade, meu pai subiu à árvore munido de um facão. De um golpe cortou a corda. Pensei que a queda do corpo produzisse um baque seco, como fazem as árvores desabando. Mas não. Não houve ruído, o que tombou era uma nuvem decepada, sem fragor nem substância.

O meu irmão tonto, Mwanatu, ainda correu a tentar amparar o cadáver. Quase sucumbiu com o peso que lhe tombou em cima e, por um momento, esparramados ele e a mãe, receámos estar perante um duplo óbito.

Mwanatu atendeu desde o início às exéquias da nossa mãe e comportou-se como se estivesse à vontade nos rituais da aldeia e nas cerimónias cristãs. Parecia outro, mais lúcido, quando se ofereceu para ajudar o pai, que transportava o corpo como se as costas fossem a terra onde ele a iria enterrar. Carregou-a assim mais tempo do que seria necessário porque estava, sem que ninguém tivesse falado no assunto, decidido que seria sepultada sob a árvore onde se enforcara.

O pai deu umas tantas voltas em redor da cova e, depois, tombou desamparado sobre os próprios joelhos. Todos nós acudimos e ajudámos a que a falecida se conformasse naquele buraco. E encerrámos a sepultura como antes lhe havíamos cerrado as pálpebras. E, então, me perguntei por que razão fechamos os olhos dos mortos. Temos medo que nos contemplem. Por que ocultamos os corpos frios no fundo da terra? Porque receamos reconhecer o quanto já estamos mortos.

Quando se nivelou a terra, o sargento espetou uma cruz de ferro sobre a sepultura e, de olhos cerrados, convidou-nos a que rezássemos. Apenas Mwanatu correspondeu ao apelo. O tio Musisi avançou sobre os presentes e arrancou do chão o crucifixo e, falando em *txitxope*, desatou a invocar em alta voz os nossos antepassados. O sargento olhou-nos como se pedisse socorro, mas Musisi ignorou a silenciosa súplica e, servindo-se de mim como tradutora, perguntou ao militar:

— *Eu pergunto, senhor sargento, sendo esse seu Deus o Pai de todos nós e criador de todos os idiomas, será que Ele só entende português? E você, sobrinha, não se limite a traduzir. Diga-lhe como fazemos nós, os pretos. Ou já se esqueceu da sua raça, Imani Nsambe?*

A minha raça?, perguntei-me, em silêncio. Naquele momento entendi que a minha tristeza era grande, mas que eu já era órfã antes. Esse desamparo não era apenas meu, mas de todos os meus irmãos negros. Essa orfandade não precisa que haja morte. Começa antes mesmo de nascermos.

Debrucei-me sobre a areia onde havia tombado o crucifixo e voltei a colocá-lo sobre a sepultura da nossa mãe. E lembrei as suas palavras, nesse seu jeito tão doce de falar: não são os mortos que pesam. São os que não param nunca de morrer.

24

Décima segunda carta do sargento

Nkokolani, 29 de julho de 1895

Excelentíssimo senhor
Conselheiro José d'Almeida

Não sabendo como a consolar, disse a Imani que a sua mãe um dia iria voltar. *Ela não tem que voltar*, respondeu a moça prontamente. *Ela nunca saiu daqui.* E levou-me para junto de uma termiteira, nas traseiras da sua casa. Apontou para o morro e disse: *aqui enterrámos estrelas a vida inteira. Este é o meu consolo.*
Depois disse-me coisas que, podendo ser blasfémias, são as mais belas heresias que alguma vez escutei. Disse-me que os mortos não andam pela Terra; são eles que fazem a Terra andar. Com uma corda feita de areia e vento, os defuntos amarram o Sol para que não se perca

no firmamento. E disse ainda que os mortos abrem caminho às aves e às chuvas. E que tombam em cada gota de cacimbo para adubar o chão e dar de beber aos besouros.

A moça disse tudo isso sem pausa para respirar. *Onde aprendeste tudo isso?*, perguntei, a medo. *Não tive que aprender*, respondeu. *Sou feita de tudo isso. O que me tiveram que ensinar foram as histórias dos brancos.*

— *Mas tu não és católica?*

— *Sou. Mas tenho muitos outros deuses.*

Não me chocou aquela revelação. Talvez porque, como todo o bom republicano, sou manifestamente anticlerical. A raiva contra os padres foi a única coisa boa que herdei do meu pai. Já a minha mãe deixou-me um legado bem diverso: ela vivia para o momento da missa, o único em que lhe era permitido sair de casa. Quase não a reconhecia no modo como marchava em direção à igreja: passos regrados, rosto velado, cabelos encobertos com um negro xaile. Interdita em casa de ser mãe, interdita na rua de ser mulher.

Voltei das cerimónias do enterro de Chikazi com uma pergunta sem resposta: apresentam-se condolências a quem não acredita na morte? Para aquela enlutada família africana o que havia era um morto sem morte. De que luto padeciam, então? Essas dúvidas, longe de me angustiarem, fizeram com que o retorno ao quartel fosse de um sossego que havia muito não sentia.

Não foi sem surpresa que deparei com Mariano Fragata, que me aguardava na sala, abanando-se com um envelope que me estendeu assim que me viu:

— *Acabei de chegar, trouxe isto para si* — disse ele com um enigmático trejeito.

Não chegou a levantar-se do bolorento sofá quando me preveniu:

— *Prepare-se, meu caro Germano. Não vai gostar do que aí está.*

— *Que encomenda é esta?*

— *São as suas cartas, as que enviou durante estes meses. Estão todas aí.*

Sacudi a cabeça: as minhas cartas? Era José d'Almeida que as remetia de volta? E por que razão as reenviava agora?

O que Fragata a seguir me revelou foi a derradeira punhalada no meu já magoado peito: nenhuma das minhas cartas tinha alguma vez chegado às mãos do Conselheiro José d'Almeida. Quem as leu e quem respondeu foi sempre o tenente Ayres de Ornelas.

— *Não entendo absolutamente nada, meu caro Fragata. Tudo aquilo que escrevi...*

A perplexidade deu lugar à suspeita. O que movera o tenente a desviar as minhas missivas e, mais grave, fazer-se passar por um outro? De que segredos se apropriara Ornelas? E que uso dera às confidências feitas a alguém que eu tomava por meu próprio pai? Nenhuma daquelas perguntas encontrava resposta à altura. Não me restou senão um simples suspiro:

— *Estou perdido! Isto vai ser o meu fim...*

— *Pode não ser o que você pensa* — declarou Fragata, deitando água na fervura.

— *Como não é o que eu penso? Não se esqueça, Fragata, que estou em África com pena suspensa. Agora, reveladas que foram as minhas confidências, acabarão por me fuzilar. Terei o destino do Sardinha...*

E lembrei ao adjunto do Conselheiro quanto me

expusera naquela longa troca de cartas. Quantas vezes maldisse o governo monárquico, quantas vezes esconjurei os meus superiores hierárquicos? Por que carga de água não me limitei aos rotineiros relatórios que eram esperados de um anónimo sargento?

— *Não dramatize, Germano. Não é caso para tanto.*

— *Infelizmente só posso temer o pior. Veja isto...*

Mostrei a Fragata um insólito documento que, por engano, me viera parar às mãos. Era uma nota de inquérito sobre o extravio de telegramas que o Comissário Régio dirigira às chefias militares de Inhambane. O próprio Ayres de Ornelas admitiu ter sido ele o responsável por esse extravio. E li em voz alta a carta de admissão de culpa, escrita pelo punho de Ornelas:

— "... *peço perdão a Deus se me tornei causa, involuntária, de algum transtorno aos projetos de Vossa Excelência, o Comissário Régio. E peço a Vossa Excelência que me releve a minha falta...*"

Fragata interrompeu a leitura para me tranquilizar. Ornelas poderia ser arrogante e ambicioso, poderia ter a mania da perseguição. Mas não era uma pessoa maldosa, capaz de me prejudicar. E havia ainda algo que eu desconhecia. Ornelas era quem recebia e dava resposta a toda a correspondência dirigida ao Conselheiro José d'Almeida. E procedia desse modo com a anuência do próprio José d'Almeida, a quem depois resumia as novidades dos diversos telegramas e missivas.

Aceitei o conforto sem convicção. Abri o envelope e fui relendo as cartas que desde havia meses vinha rabiscando. Enquanto isso, Fragata adormeceu, extenuado. Cedi-lhe o meu leito porque sabia que, nessa noite, não me chegaria o sono. Acho que nunca mais me chegará o sono.

25

Terras, guerras, enterros e desterros

O soldado ganha a farda; o homem perde a alma.

Depois da morte da nossa mãe, Mwanatu voltou a instalar-se em nossa casa. O pai recebeu-o como se ele nunca tivesse saído. Sem palavra e sem nenhuma atenção. Aquele que regressava era um estranho, um mero visitante a quem se empresta uma esteira. Mwanatu aparentava estar menos lerdo, mas ainda a contas consigo mesmo. Sentado na sombra do quintal, reganhava raízes. Contemplávamo-lo a medo. Porque o seu braço ganhara a forma da espingarda que, durante meses, ele havia empunhado dia e noite.

Naquela manhã, porém, Mwanatu Nsambe tomou uma decisão. Muniu-se de uma pá e encaminhou-se para o cemitério da aldeia. Quem chegasse de longe não chamaria de cemitério ao matagal que margina o rio, a norte da povoação. Mas era ali, nesse bosque sagrado, que os falecidos da mais antiga família de Nkokolani

— os chamados "donos da terra" — eram postos a repousar. Os brancos dizem "enterrar". Nós dizemos "semear os mortos". Somos eternos filhos do chão, concedemos aos falecidos o que a terra entrega às sementes: um sono para renascer.

Para além da pá que carregava sobre o ombro, Mwanatu transportava no braço esquerdo, com solenidade de parada militar, a sua espingarda, uma *Martini-Henry*. No caso, o meu irmão não poderia fazer uso do verbo "semear". Porque ele ia, de facto, enterrar a arma que o acompanhara durante imaginárias batalhas contra os invasores *ngunis*. Sepultava, assim, uma porção de si mesmo. A outra parte já havia muito estava soterrada nos confins da razão.

Naquela excursão ao cemitério, Mwanatu cumpria um mando. Desde o seu regresso a casa um sonho o assaltava todas as noites. Nesse sonho sucedia o seguinte: do topo da árvore onde se enforcara, a nossa mãe ordenava que se desfizesse da espingarda. E que nunca mais se fizesse passar por um cipaio dos portugueses.

— *Desfaça-se dessa arma, meu filho! Leve esse canhangulo e enterre-o junto ao rio.*

— *Canhangulo? Respeito, mãe, isto é uma* Martini-Henry — e soletrava a palavra como se lhe desenhasse as sílabas.

O nome, assim pronunciado, surgia-lhe com o brilho de uma medalha. Desconhecia a nossa mãe os cuidados que ele dedicava a essa outra criatura: o pano especial para a higiene exterior, o óleo para untar as intimidades, a cobertura de feltro para lhe envolver o cano. Todas essas deferências revelavam que ali estava bem mais que uma simples arma.

— *Não estou a pedir,* sentenciava a mãe. — *Nem sou eu sozinha que lhe estou a falar. Há aqui muitas vozes e todas lhe dizem o mesmo: desfaça-se dessa espingarda.*

A ordem era clara e não era um capricho pessoal. Ao enterrar a carabina, Mwanatu estaria sepultando a própria guerra.

No caminho para o cemitério o meu irmão avaliou o quanto, afinal, pesava a espingarda. Nas andanças de imaginário soldado nunca chegara a tomar-lhe o peso. Pelo contrário, sempre lhe pareceu que a arma fazia parte de si, que era uma extensão do seu próprio corpo.

— *É uma arma congénita* — argumentou perante a mãe.

Ela que entendesse. Ele tinha muitas pessoas bringando dentro dele: um cabo e um *kabweni*, um negro e um branco, um cristão e um pagão. Como tornar-se uma só criatura? Como voltar a ser apenas o seu filho?

Ao descer o vale do Inharrime, o passo do meu irmão era vago e titubeante, revelador de todas essas inquietações. Bruscamente, porém, mudou de direção e encaminhou-se para o quartel. Ia falar com o sargento Germano antes de executar a sua promessa. Apesar de ter abandonado o serviço de sentinela, não perdera a disciplina de soldado. E precisava de uma bênção para tamanha desobediência.

No início o português ainda fingiu alheamento, mas, após um instante, ergueu na voz toda a sua estranheza:

— *Vais o quê? Enterrar a arma?*

— *É isso que pretendo, meu sargento.*

— *E que queres que eu faça? Que vá contigo e que aben- çoe o enterro?*

Mwanatu não tinha tamanha ousadia. Apenas pretendia a bênção para o seu tresloucado ato. Porque ele, o valente soldado Mwanatu, cristão e devidamente batizado, estava tão indefeso como confuso. Sempre lhe fizera espécie, por exemplo, que uma espingarda tivesse nome de pessoa. *Martini-Henry?* Com os devidos respeitos, e sem ofensa a Deus, nunca um negro daria nome de gente a uma arma.

— *Desculpe, meu sargento. Eu vim apenas pedir um conselho.*

— *Queres um conselho? Pois diz-me uma coisa: essa arma não foste tu que a compraste, pois não? Lembras-te de quem ta deu?*

— *Foi o senhor que ma deu. A arma e a farda.*

— *Já te esqueceste de que essa arma te foi dada para matares os inimigos de Deus e de Portugal?*

— *Acho que não.*

— *Achas? Pois eu, se fosse a ti, devolvia essa carabina. Aliás, devias ter feito isso assim que deixaste de ser sentinela. E vais devolver a arma e a farda, essa farda que ainda tens no corpo. Armas, munições e tu próprio pertencem à Coroa portuguesa.*

— *Se não enterrar a arma, o que vou dizer à minha mãe quando ela me visitar nos sonhos?*

— *Diz-lhe qualquer coisa. Mente, diz que enterraste o raio da espingarda. Ela nunca irá confirmar a tua versão.*

— *Não fale assim da minha mãe! Não fale...*

Mwanatu retirou-se, torcendo as mãos como se fossem panos. E o português pela primeira vez teve medo do retardado sentinela. Passou-lhe pela cabeça que

Mwanatu tinha sofrido de uma grave regressão: voltara a ser preto. E, como preto que voltara a ser, não merecia confiança. O sargento agravou ainda mais a sua desconfiança: e se a arma do moço fosse capaz de matar? Seria preferível, pois, que dela se desfizesse. E autorizou o enterro da *Martini-Henry*, com fingido remorso. E antes que Mwanatu desaparecesse ainda gritou:

— *E a tua irmã? Nunca mais por cá apareceu...*

— *Imani anda triste. É só isso...*

— *Diz-lhe que desembrulhei uns panos novos, se ela os quiser que passe por aqui. E tu também, Mwanatu, aparece que sinto a tua falta.*

O jovem acenou uma vaga despedida. E ainda esboçou um triste sorriso: que saudade podia o português sentir se todos aqueles meses nunca lhe dirigira palavra? Sempre que um visitante branco o saudava, querendo saber da sua saúde, o sargento atalhava:

— *Nunca perguntem a um cafre como está porque, no minuto seguinte, ele está a pedir alguma coisa.*

Por força dessas lembranças, o cipaio sentiu ganas de dar um pontapé à galinha de estimação do sargento. Não agrediu o bicho mas cuspiu-lhe. O cuspo ficou suspenso na crista, mas o olhar da galinha permaneceu indiferente e vazio. Era assim que Mwanatu queria ser: sem dentro nem fora, sem remorso nem cansaço.

O que mais o agoniava não eram as lembranças, mas o conselho do português. Mentir à falecida? O sargento seria um homem poderoso. Desconhecia, porém, que ali reinavam outros deuses, tão antigos como a terra. E retomou o caminho para o cemitério.

Era meio-dia, a hora imóvel em que as sombras são devoradas pelo chão. No bosque sagrado o meu irmão foi pisando as sombras, com cautelas de leopardo, até escolher uma grande árvore, assente em raízes que emergiam da terra imitando escuros cotovelos. Era ali que iria abrir a sepultura. Ajoelhou-se e balbuciou uma monocórdica lengalenga. Rezava? Não. O que ele fazia era nomear os que tombaram durante a guerra.

A voz soltava-se num murmúrio ténue, mas cada um dos nomes era pronunciado com o mesmo cuidado com que se vestem os velhos e as crianças. A certo ponto embaraçou-se num silêncio espesso, para depois se queixar:

— *Já não me lembro de mais ninguém. Maldita guerra...*

Essa é a crueldade dos que morreram nos combates: nunca mais acabam de tombar, garras cravadas no tempo, como os morcegos mortos. Mesmo assim, Mwanatu encheu o peito e encerrou a prédica:

— *Estou aqui e chamo por vocês, guerreiros da nação Chope!*

Acariciou a arma antes de iniciar a escavação. *Nação Chope?*, perguntou em voz alta. E estranhou as suas próprias palavras.

Com vigor Mwanatu adentrou a pá na areia quente. Foi então que escutou um som metálico, de ferro embatendo contra ferro. Voltou a afundar a pá com a raiva de quem está matando uma serpente. E de novo chisparam faíscas como se o chão relampejasse. Um sombrio pressentimento fez o cipaio olhar os céus em busca de socorro. O sol inteiro entrou-lhe nas pupilas e a inundação de luz fê-lo cegar. Era essa a intenção: os mortos que se ausentassem por um momento. E os deuses, vivos e falecidos, que se esquecessem dele.

Quando voltou a abrir os olhos, Mwanatu viu uma azagaia. Era essa a razão dos ruídos e das chispas. Revolveu a areia em redor do achado para constatar que, do fundo da cova, emergiam lanças, arcos e flechas. A quantidade de armas superava qualquer possibilidade de enumeração. Os despojos de todas as guerras despontavam sob os seus pés.

O cipaio não cumpriu o seu intento: apressado, com passo tonto, regressou a casa. Arrastava a espingarda como se fosse uma enxada inválida. Interrogava-se sobre a estranha coincidência: ao enterrar a arma, desenterrara um velho arsenal.

Depois de deixar as botas à porta, Mwanatu apressou-se a esconder a *Martini-Henry* por detrás do armário. Em seguida, procurou o nosso pai para confessar a ocorrência. Ou melhor, a inocorrência.

Encontrou o progenitor ocupado a varrer o pátio das traseiras. Varrer, defendia ele, era como pescar: uma atividade sem nenhum fazer. Após a morte da mãe, o pai desistiu de si mesmo. *Quanto menos estiver vivo, menos me querem matar.* Era o que ele dizia. Se não fosse eu, a sua única filha, já ele se havia desfeito dos bens, da casa, da existência. Demoraria, certamente, mais tempo a desfazer-se do alambique e das marimbas.

Varrer era agora a sua única ocupação. E não deu pausa à vassoura enquanto Mwanatu lhe contava o que sucedera na mata. À vista dos vizinhos não podia mostrar-

-se perturbado. A um certo momento apoiou-se na vassoura, puxou o chapéu sobre a testa e sussurrou:

— *Há assuntos que não se falam na rua pública. Vamos para dentro.*

Num recanto do quarto Katini afundou-se na cadeira, vencido pela apreensão. Descobriu a cabeça, colocou o chapéu sobre os joelhos e, depois de uma longa pausa, abriu a sua alma:

— *Isso que você encontrou no bosque é algo que não se explica nem se entende...*

— *Não me assuste, pai. O que se passou?*

— *O que se passou é o que ainda se vai passar.*

Foi enrolando lentamente um cigarro, como se buscasse alento. *Ninguém gosta de folha, nem de fumo*, sempre nos dizia. O prazer do fumador é ser fumado pelo tempo. Tossiu durante um tempo e depois, ainda sufocado, balbuciou:

— *Quero dizer uma coisa: sou eu o pai desse buraco.*

— *Desculpe, meu pai?!*

— *Você cavou onde antes eu já tinha cavado. Esse lugar foi onde escondi a minha azagaia.*

— *O pai também enterrou a sua arma?*

— *Uma arma não se enterra. Esconde-se, à espera da próxima guerra. Agora vamos lá, vamos ver essa cova.*

Apoiado na vassoura como se fosse uma bengala, bateu o portão e meteu-se pela estrada. Seguiram pelo atalho, Mwanatu em grave silêncio, o pai arrastando as botas. Era uma generosidade chamar de botas àquelas duas solas amarradas sobre o peito dos pés.

Até que se detiveram junto à árvore onde antes Mwanatu estivera escavando. As raízes pareciam estar agora mais expostas, abraçando o chão como se reivindicassem a sua exclusiva propriedade.

Debruçado sobre a cova, o nosso pai recolheu a azagaia e estalou a língua para traduzir a sua apreensão.

— *É o mesmo buraco. E esta é a minha azagaia, veja esta marca.*

— *E como vieram aqui parar as outras armas?*

— *Não vieram.*

— *Como não vieram?*

— *Nasceram aqui. Estão vivas.*

E pediu ao filho que o ajudasse a recolher todo aquele material para, depois, o agrupar por diferentes categorias. Empilharam as azagaias de um lado, as lanças de outro e os escudos num terceiro monte. O velho Katini percorreu demoradamente cada um dos montes como se fosse um general passando em revista o seu arsenal. No final disse:

— *Vamos deixar isto assim, as armas longe da cova. E vamos sair daqui o mais depressa possível. E não olhe para trás enquanto nos formos afastando.*

Quando se juntou a mim no pátio onde preparava o fogo, Mwanatu tinha o semblante carregado dos condenados. Contou-me o que se tinha passado no frustrado enterro da espingarda.

— *O sargento perguntou por mim?*

— *Diz que está com saudades suas. Terei que dizer qualquer coisa quando lhe for devolver a farda. A arma não devolvo, mas esta farda, sim. Se vierem os do Ngungunyane não quero que me confundam.*

Eu que lhe dissesse, insistiu, que recado queria transmitir ao português. Permaneci calada um tempo, para depois me erguer com tal ímpeto que assustei o pobre Mwanatu:

— *Dispa-se, mano. Estou a mandar, sou mais velha. Tira essa maldita farda.*

— *Agora?*

— *Agora mesmo.*

Calças, camisa e casaco tombaram como um suspiro no soalho. Recolhi as peças do uniforme e lancei-as na fogueira. Em escassos segundos as roupas foram consumidas pelas chamas, ante o olhar apavorado de Mwanatu. E antes que se lamentasse declarei em fúria:

— *Foram homens fardados que violaram as mulheres desta aldeia.*

Era isso que os homens faziam, obedientes aos mandos da guerra. Criavam um mundo sem mães, sem irmãs, sem filhas. Era desse mundo, desprovido de mulheres, que a guerra precisava para viver.

Envergonhado, o meu irmão retirou-se quando sentiu que o nosso pai entrava em casa. Ocupado em desamarrar as velhas solas, Katini resmungou como se falasse para o chão:

— *Imagino que já tenha preparado a comida.*

Passou-me pela cabeça o peso de uma vida inteira: mais do que amor, os homens de Nkokolani pedem às mulheres que sejam pontuais a servirem-lhes a refeição. O meu pai era nisso igual a todos os homens de Nkokolani. Existia para ser servido. Repetia-se comigo esse antigo dever de mulher.

Sentaram-se pai e filho à mesa, no quintal, por baixo da velha mangueira. Fiz o que sempre fazia enquanto a mãe estava viva: trouxe a jarra de água e uma toalha, os homens lavaram as mãos. Servi o jantar em silêncio, como se escutássemos a ausência da nossa mãe. Katini estava perturbado, abasteceu-se generosamente de *nsope*. A voz estava empastada quando declarou:

— *Há pouco mandou o seu irmão tirar a roupa? Pois agora mando eu: levante-se, minha filha. Levante-se e desamarre a capulana.*

Mwanatu ainda ousou um gesto de indignação, mas o pai reiterou o mando. Demorei a obedecer. O pai estava bebido, incapaz de juntar as palavras às ideias.

— *Você, minha filha, anda muito esperta, a sonhar muito longe daqui. Diga-me uma coisa, Imani: esse branco olha para si? Alguma vez já lhe tocou?*

— *Pai, por favor...*

— *Caluda. Não mandei que tirasse a roupa?* — relembrou.

Desatei o pano que trazia preso à cintura e, completamente despida, deixei-me ficar imóvel, os braços perfilados em pose de soldado. O cabelo em desalinho, as pernas esguias e apartadas, o corpo mais leve que a luz da fogueira que crepitava a meu lado.

— *Está magra, parece uma bala* — comentou o pai.

Katini Nsambe surpreendia-se de me ver assim, tão mulher, tão cheia desse silêncio grave das esposas que, quando se calam, emudecem o mundo em volta. Olhou para as sombras que dançavam no chão e mandou que me voltasse a vestir. E depois afirmou:

— *Balas são coisas vivas. É por isso que matam, é porque estão vivas. E você, minha filha, você parece uma coisa morta.*

E concluiu: *nenhum branco a vai querer assim, tão sem polpa, tão sem corpo.* Agora que a mãe já não estava connosco não voltasse eu a dizer que era escanzelada de nascença.

— *Se é magra vai deixar de ser. Até porque você tem as tatuagens bem marcadas na cintura, nas coxas. Já viu, Mwanatu?*

— *Eu não posso olhar, pai.*

— *Mas você já olhou bem o seu corpo* — atalhou Katini Nsambe. — *E sabe que nenhum homem resiste a essas tatuagens. Esse português sabe, assim, que você não vai escorregar quando ele...*

— *Os portugueses têm outros costumes...*

— *Chega, Imani. Agora venha aqui, venha beber que é para esquecer quem você é: uma pobre preta, com cheiro da terra... Amanhã regressa a casa desse português e ponha a cabeça desse estrangeiro a andar às voltas como as labaredas dessa fogueira.*

Enquanto ele enchia o meu copo fui pensando: sim, sou uma bala tatuada. Vou disparar-me de encontro ao coração desse homem. E vou-me embora para sempre desta maldita aldeia.

O dia tinha nascido cinzento e a tia Rosi — que, depois da morte da nossa mãe, dava apoio em nossa casa — agasalhou-se antes de sair para a lavoura. Em Nkokolani basta que o amanhecer seja acinzentado para nos prepararmos para o rigor do inverno. Pode fazer o maior calor, mas, em dia nublado, todos fazemos uso de roupa quente. Entre os de Nkokolani o céu manda mais que a temperatura. As cores mandam tanto que nem nome temos para lhes dar.

E foi de agasalho que, nessa manhã cinzenta, a tia

Rosi se fez à machamba. Carregava com ela todas as tristezas do mundo. Chegada à plantação, afastou as pernas e dobrou-se lentamente, como um astro que se extingue. A enxada subiu e desceu nas suas mãos como se a lâmina vibrasse sobre o pescoço de um condenado. E esse condenado era ela mesma, incapaz de dar a volta ao seu destino.

Aos poucos a mulher foi sendo atacada por um irreprimível pranto, mas não parou de sachar, o corpo executando uma telúrica dança. Não tardou a escutar um som metálico como se a enxada tivesse raspado numa pedra ou num osso. Penteou a areia com os dedos e viu que ali estava enterrada uma pistola. Correu a chamar pelas vizinhas. As mulheres pensaram que seria melhor não tocar na arma e que apenas lhes restava corrigir o solo revolteado. Fingiriam nada ter visto, nada ter sucedido. Contudo, quando esgravataram a areia para encobrir o achado, ficaram a descoberto centenas de balas, todas iguais, como se fossem girinos nascidos num charco da chuva. Apressadas, recolheram as enxadas. E desandaram.

Assim que chegou a casa, a tia comunicou-nos o incidente. Os dois homens permaneceram calados. Aquele era um silêncio carregado de presságios. Até que o tio Musisi falou:

— *Amanhã vais sachar mais longe. Mas não vás sozinha. Leva as outras contigo.*

Em nossa casa, Mwanatu acordou estremunhado a meio da noite. Uma vez mais, a mãe o viera visitar.

Lembrava-o da demora em cumprir a sua ordem. Não era apenas a sua arma que ele devia sepultar.

— *Todas as armas?* — perguntou o filho.

— *Todas. As dos portugueses também.*

— *As dos portugueses não podemos, mãe.*

— *Você não entende uma coisa, meu filho. Não é a guerra que pede armas. É o contrário, as armas é que fazem nascer a guerra.*

No dia seguinte, ainda madrugada, a tia irrompeu em alvoroço pela casa. E sacudiu o marido no leito:

— *A guerra, marido...*

— *O que foi? Estamos a ser atacados?*

Ela confirmou, acenando com a cabeça. O tio Musisi ergueu-se precipitadamente e, todo nu, atravessou o quarto para retirar um canhangulo de uma sacola de pele. Aos berros, chamou por Mwanatu. Num ápice o sobrinho compareceu, olhos arrelampados, espingarda em punho.

— *O que se passa?* — inquiriu. — *É Ngungunyane que nos ataca?*

— *Não sei, não ouvi tiros* — declarou o tio. — *De onde nos atacam?*

Imóvel, a tia Rosi continha-se como se sentisse uma invisível presença dentro de casa. Até que, discretamente, apontou para o chão.

— *Não entendo* — disse o tio. — *Há alguém por baixo da casa?*

Acenou que sim. *Estão por todo o lado*, acrescentou. Um subtil balancear da mão voltou a culpar o pavimento.

— *Mas quem?*

— *Elas.*

Algo rangeu no esqueleto da casa. Então tentei aguar aquela tensão e sugeri, convicta:

— *É Tsangatelo. O avô vem-nos buscar.*

— *Cale-se, Imani. Volto a perguntar, mulher: há alguém por baixo do chão?*

— *São elas, as armas.*

Em sussurro, Rosi relatou então o que acabara de suceder: uma vez mais saíra para abrir uma nova machamba, desta feita mais longe, perto da margem do rio. Não tardou, porém, que se repetisse o infausto achado: nesse novo terreno, entre os calhaus rolados, ela vislumbrou uma caveira de cavalo. E, mais além, uma sela e um par de estribos. Jazia a seus pés um desses corcéis que a galope atravessara os seus sonhos. Quem sabe seria a montada do próprio Mouzinho de Albuquerque?

Em redor da caveira, espalhavam-se infinitas cápsulas de balas e jurava tia Rosi que essas cápsulas, agora providas de patas, se moviam como insetos vorazes, devorando tudo à sua passagem. Esse subterrâneo exército escavava túneis que se estendiam pelo mundo inteiro e, mesmo ao longe, enquanto fugia, escutava o ruído das suas garras esgravatando. As mulheres em debandada gritavam que era urgente escapar daquele lugar.

— *Estamos perdidos* — concluiu ela, mantendo uma pose contida e digna. — *Vamos morrer de fome, não temos mais onde cultivar.*

Era isso que sucedera em Nkokolani: a guerra fizera da Terra um cemitério. Um cemitério onde nenhum morto agora cabia.

26

Décima terceira carta do sargento

Nkokolani, 11 de agosto de 1895

Excelentíssimo senhor
Conselheiro José d'Almeida

Nunca imaginei como me poderia fazer falta quem quase não teve presença. Um rapaz idiota, calado e distante abriu com a sua partida um rombo na minha alma. Desde que Mwanatu regressou a casa dos pais, a solidão e o desespero — que já eram enormes — tornaram-se sem remédio. Sempre pensei que Deus seria a eterna companhia de um cristão, onde quer que ele estivesse. Das duas, uma: ou não sou bom crente ou Nkokolani está para além da atenção divina.

Não sei se sinto mais falta de Mwanatu como pessoa, se como portador da correspondência. É a ausência de correio que, na verdade, me causa maior privação. Nestes dias, assalta-me o delírio de ver o soalho da casa coberto de papéis. Ao abrir a janela uma brisa faz rodopiar páginas que escapam pelos ares e esvoaçam na distância. Espreito os campos e estão, todos eles, atapetados de folhas de papel. São milhares de cartas num lençol contínuo, cartas a perder de vista. E, no meio desses campos, jaz um jovem morto que tem tatuadas no braço as seguintes palavras: "amor de mãe". Mais perto se vê que todo o seu corpo foi tatuado. Em minúsculas letras ele gravara um livro inteiro. O morto ressuscita e permanece sentado e desperto. O que ele faz é transcrever os escritos da pele para o papel. Mas logo se apercebe de que uma vida não lhe basta para transferir as letras que são mais do que os poros da sua pele.

Enlouqueci? Será esse certamente o seu juízo. E será o meu também. Por motivo dessa insanidade me regozijei quando, há dias, recebi a visita do meu antigo sentinela. Voltara ao seu posto de trabalho? Engano meu. O rapaz não vinha para ficar. Apenas buscava conselho para uma disparatada missão. Queria enterrar a arma que lhe havia sido atribuída. Aproveitei para saber novas da sua irmã, a bela Imani. Respondeu-me que nada sabia. Mentia. É óbvio que a rapariga não me quer ver. E respeito esse seu desejo. Como respeitei as tontas intenções do seu irmão Mwanatu, fazendo de conta que o escutava e fingindo dar-lhe conselhos.

Todavia, sucedeu esta semana que cruzei com Imani quando comprava peixe na aldeia. Não olhou para mim. Essa atitude não diferia da que sempre tivera. Olhos baixos, é assim que uma mulher fala com um homem.

Não olhou, mas falou. E não podia ser mais estranha a sua pergunta:

— *Acha que sou uma bala?*

Voltou a repetir a disparatada indagação, perante a minha incapacidade de entender. Convidei-a a visitarmos juntos a campa da sua mãe. Em silêncio acedeu. Nas traseiras da sua casa nos sentámos os dois em silêncio.

— *Passeavam por aqui elefantes* — disse ela apontando o arvoredo. — *Agora já não resta nenhum. Vocês mataram-nos todos.*

— *Nós?*

— *Quem mata é quem dispara ou quem manda matar? E pergunto-lhe: todo esse marfim tornou-vos mais ricos?*

— *Não a mim, Imani. Não a mim.*

E prosseguiu a moça: *Será assim quando tiverem esventrado a Terra para lhe roubarem os minerais. Ordenarão aos negros que se empilhem uns nos outros até que cheguem à Lua. E mineiros chopes começarão o garimpo da prata lunar.*

Havia nas palavras da moça um indisfarçável ressentimento. Eu tinha mentido, é verdade. Mas havia outras razões, bem mais antigas.

— *É por eu ser branco? É por isso que se afasta de mim?*

— *A vida é como uma maré.*

Não tenho preparação, confesso, para entender as metafóricas alusões que povoam as falas destes negros. Imani tem uma alma quase branca, mas ainda me surpreende com essa linguagem.

— *Eu agora* — disse como um sinal de paz — *entendo melhor esse sentimento amargo dos pretos contra os da minha raça.*

E partilhei então uma lembrança que trazia de Lisboa.

Aconteceu na única vez em que assisti, levado pelo meu pai, a uma tourada. A um certo momento, como o touro se encontrasse cansado e bonacheirão, lançaram para a arena uma meia dúzia de pretos, enfeitados com penas e montados nuns ridículos cavalos feitos de papelão. Esse enfeite roubava-lhes mobilidade, mas reforçava o tom de caricatura que empolgava a multidão. O touro arremeteu contra os pobres-diabos, e todos eles foram terrivelmente maltratados, para gáudio do público que, até então, reclamava contra a pobreza do espetáculo.

Levantei os olhos para Imani para avaliar o efeito daquele episódio. O seu rosto mantinha-se imperturbável.

— *Não era racismo. Ou talvez fosse. A verdade é que também atiravam galegos para dentro de arenas.*

— *Os galegos são negros?*

— *Não. São como nós.*

— *Nós quem, sargento Germano?*

Não sei se sorri nem sei se era essa a minha intenção. Sei que a moça se ergueu e me convidou a ficar a seu lado, em silêncio, ao lado da campa da sua mãe.

— *A sua mãe está viva, sargento?*

Respondi-lhe que não sabia. Imani olhou-me demoradamente nos olhos e sacudiu a cabeça. E disse então que aquela era a resposta mais triste que jamais escutara.

E guardo para o final desta missiva aquilo que mais me alvoroçou nestes últimos dias. Pois a minha casa chegou um desconhecido carteiro, um mulato delgado e de olhos azuis e rasgados como um peixe. Vinha de Inhambane e, para além da correspondência de rotina, trazia, imagine, uma carta da minha mãe. Quando me estendeu o envelope, fiquei imóvel e aturdido:

— *Uma carta da minha mãe?*

E o moço quase teve que me abrir os dedos para que recebesse o sobrescrito. E desculpou-se: os papéis tinham apanhado água na travessia do rio. Corri para o resguardo do meu quarto para ler a carta com vagar e deleite. A humidade tinha esborratado a caligrafia. Mas os meus olhos, aguados de emoção, venceram a aparente ilegibilidade. As linhas eram poucas e a mensagem vaga: exprimiam a gratidão de uma mãe por quanto o seu filho a brindava com permanentes mensagens de saudade. Abandonei a leitura com uma absoluta certeza: aquela carta não me era dirigida.

E saí à procura do mensageiro. Eu tinha oferecido as dependências do Mwanatu para que este novo estafeta pudesse descansar. Interrompi-lhe o descanso para lhe entregar de volta aquela equivocada missiva.

— *Esta carta não é para mim!*

O moço entreabriu os olhos e voltou a enroscar-se na esteira. Só então dei conta de que nunca antes tinha visitado aquele minúsculo cubículo. E senti uma espécie de remorso. Não o havia feito, desculpei-me, pelo pudor de invadir a privacidade de um outro. Mas eu, no meu íntimo, sabia que havia uma outra razão.

Regressei ao meu quarto com pressa em lhe escrever. Sentei-me e comecei, como sempre faço, preenchendo no topo da folha o nome do remetente. O seu nome, meu caro José d'Almeida. E foi aqui que parei. E pensei nos repetidos equívocos desta nossa correspondência.

Não entendi, por exemplo, a razão por que me endereçou a mim cópias das cartas que o tenente Ayres de Ornelas havia remetido para a sua querida mãe. Pensei até, devo confessar, que Vossa Excelência saíra dos limites do pudor e da consideração devida ao que é do foro alheio. Mas agora entendo e agradeço a sua refinada sensibilidade. Vossa Excelência adivinhou a mais antiga das minhas inquietações, a mais oculta das minhas carências. E agora que parei, de pena suspensa, na caligrafia do seu nome, no topo da página, chego à seguinte conclusão: não posso prosseguir com o fingimento. Porque agora sei que não é Vossa Excelência, o Conselheiro Almeida, que me lê e me responde. Deveria rasurar o nome do destinatário desta missiva para, em seu lugar, inscrever o nome de Ayres de Ornelas. Porque é consigo, caro tenente Ornelas, que falo e que, afinal, sempre falei.

Não me sinto magoado por este equívoco. Pelo contrário. Solicito-lhe mesmo, caro tenente, que transmita ao Conselheiro Almeida os meus sinceros agradecimentos. Diga-lhe o quanto estou feliz pelo logro. Como estou grato por ele ter sido sempre Ayres de Ornelas. E a si, meu caro tenente, lhe digo: obrigado por se ter feito passar por um outro. Mais do que tudo, lhe agradeço a amabilidade de me ter enviado cartas destinadas à sua querida mãe. Não pode imaginar o quanto essas missivas me fizeram bem, na lonjura deste sertão. Imani tinha razão quando me fez notar que não havia tristeza maior do que alguém desconhecer se a sua própria mãe ainda fazia parte deste mundo. As suas cartas deram-me a ilusão de falar com a minha mãe como se ela aplacasse as dores deste meu infernal degredo.

Estou agora certo de que apenas sobrevivi neste sertão africano graças à santa mulher que me deu à luz. E tudo quanto fiz que me possa orgulhar se deve à sua inspiração. Foi por ela que me juntei à revolta republicana do 31 de Janeiro. Como se, ao querer matar o rei, eu me vingasse do meu distante e severo progenitor.

Na praça da Batalha foi na minha mãe que pensei quando as balas voaram como súbitos e ínfimos pássaros de ferro. Por estranha e triste ironia, os disparos contra nós dirigidos vinham da escadaria de uma igreja de Santo Ildefonso, onde a Guarda Municipal estava posicionada. Ainda que fosse distinta, essa igreja pareceu-me igual àquela onde a minha mãe desaparecia para ressurgir com a leveza de um anjo.

Ao meu lado tombou, nos degraus da escadaria, o meu colega de camarata. Com ele derruiu a bandeira verde e rubra que trazia nos braços. Debrucei-me sobre o infeliz para lhe prestar socorro. Nem no corpo exposto nem no uniforme se via uma gota de sangue. Parecia ter apenas tropeçado, balbuciando algo de impercetível sem nunca fechar a boca, até que o olhar se lhe parou, preso por um laço escuro. Não era apenas um companheiro de caserna que morria. Era eu que ali me extinguia. Nesse momento as lágrimas que chorei apenas valiam porque me traziam de volta ao meu quarto de infância.

E toda essa longa viagem que me fez afastar da minha casa foi, afinal, um lento e impercetível regresso. No dia em que fui deixado à porta da Escola do Exército demorei a entrar no edifício. Sabia que, se o fizesse, uma parte de mim morreria para sempre. Fiquei à entrada, espreitando a rua a ver se a minha mãe ainda voltava atrás, movida por um sentimento de remorso. Mas ela não voltou.

Anos depois, ao sair algemado do julgamento dos amotinados, ainda acreditei que, no cais onde aguardavam os familiares dos réus, seria recebido por um aconchego materno. Mas a minha mãe não figurava entre os presentes.

Não sei, a esta distância, se ela estará ainda viva. Dentro de mim ainda escuto o doce e rouco canto com que me embalava. E escuto-a na harmonia das marimbas, no silêncio espraiado da savana. Talvez sempre tenha sido apenas isso a minha mãe: uma suave voz, um ténue fio de seda suspendendo todo o peso do universo. Era isso que deveria ter respondido a Imani quando me perguntou se tinha notícias da minha casa, em Portugal.

Foi preciso viver entre gente negra e estranha para me entender a mim mesmo. Foi preciso estiolar num lugar escuro e distante para entender o quanto ainda pertenço à pequena aldeia em que nasci.

Talvez Imani tenha razão sobre as aranhas e as suas teias curarem o mundo e repararem os rasgões da nossa alma. Talvez eu, durante este tempo de exílio, tenha aprendido um estranho gosto de inventar doenças. Do que padeço, no entanto, não é assunto médico. Na verdade, Excelência, não adoeci em África, como todos os demais. Eu adoeci de Portugal. A minha doença não é senão o declínio e a podridão da minha terra. Eça de Queiroz escreveu: "Portugal acabou". Ao escrever estas palavras diz ele que lhe vieram as lágrimas aos olhos. É essa a minha e a sua doença: a nossa pátria sem futuro, vazada pela ganância de um punhado, dobrada sob os caprichos da Inglaterra.

Este quartel decrépito não está errado. Nem eu nele estou errado. Como bem lembrava o meu avô: veste-se a farda, despe-se alma. Se eu morrer agora, não terá Vossa Excelência a inconveniência de à pátria me fazer retornar: a alma nua não tem peso. Não carecerei de viagem. Porque lembrança alguma de mim haverá.

Minha mãe dizia que havia anjos. E eu, que era criança e tinha toda a ingenuidade do mundo, não acreditava nessas celestiais criaturas. Havia nelas algo tão triste que me impedia de acreditar. Demorei todo este tempo a entender essa tristeza. Não é que não possa haver anjos. Talvez não haja suficiente céu para albergar um único anjo.

27

O voo das mãos

O que dói na morte é a falsidade. A morte apenas existe por uma brevíssima troca de ausências. Em outro ser, o morto irá renascer. A nossa dor é a de não sabermos ser imortais.

— *Talvez eu* — disse Germano — *tenha perdido mais a minha mãe do que tu perdeste a tua.*

Atencioso, o sargento me abraçou. Tinha acabado de chegar a nossa casa. Pretendia renovar as suas condolências, naquele dia em que relembrávamos a nossa mãe. Estava sozinha no quintal quando se apresentou, pesaroso.

— *Não sei se o quero ver.*

Foi como se não me escutasse, as mãos paradas sobre as minhas espáduas. Por um segundo duvidei: seriam mãos, tão sem peso, seriam asas de anjo? O certo era o seguinte: o português abraçou-me demoradamente. Nunca antes me estreitaram com aquela convicção. Deixei-me ficar nesse abraço, mais quieta que uma pedra. Num só instante todos os meus quinze anos se anichavam nos braços daquele homem. Estranhei a imobilidade do sargento, como se ele tivesse subitamente deixado de existir. Aos poucos, porém, as suas mãos foram despertando e começaram a descer, mapeando-me as costas, navegando pelas minhas coxas. Eu estava tão distante que não reagi. Quando quis reclamar, não encontrei a minha própria voz. Com um empurrão afastei vigorosamente o estrangeiro. Naquele instante, eu era uma bala, uma bala capaz de atravessar as asas daquele anjo. Olhos postos no chão, retirou-se, tão frágil que quase o chamei de volta.

Nessa noite deitei-me cedo, à espera de um sonho manso como uma carícia. Mas não foi essa visita que me coube. No sonho havia, sim, uma fogueira imensa que incendiava a noite. A mãe dançava descalça sobre as chamas, enquanto o pai tocava uma marimba. Sempre que percutia uma tecla, um morcego soltava-se da marimba e rodopiava sobre a nossa cabeça. A certa altura a mãe tomou nas mãos um carvão incandescente e levou-o à boca para, depois, o engolir inteiro. E assim, rubra a língua e abrasados os lábios, ela gritou para o marido:

— *Não me dói o fogo. O meu corpo desconhece a dor. E fique a saber: nunca senti nada quando você me bateu.*

Katini continuava tocando, como se não a escutasse. E ela rodopiava em redor do fogo e da marimba. O rosto erguido, a voz altiva, proclamou:

— *Agora é que eu danço, marido. Danço agora e não quando você me manda.*

Depois cansou-se e, entre suores e tremores, anichou-se ao meu lado. Limpei-lhe o suor, dei-lhe água a beber. E contei-lhe que, todas as madrugadas, o pai deixava um pouco de tabaco e de farinha junto da árvore onde ela se pendurara. E ali ficava horas, de olhos postos em nada.

— *Eu sei, filha. Nunca o seu pai me fez tanta companhia.*

E confessei os meus desencontros interiores. Falei-lhe do sargento português que, a um tempo, me causava asco e fascínio. Como podia querer um homem que tanto nos traíra?

— *Quer um homem que não minta nem traia? Vai morrer solteira, minha filha.*

Manhã cedo atirei para o chão as roupas que trajava e, sobre o corpo transpirado, amarrei uma simples capulana. Com passo célere, dirigi-me ao quartel. Encontrei o português afagando, sem camisa, a sua velha galinha. Surpreso e envergonhado, Germano acorreu a casa para se compor. Interpus-me no carreiro e o militar colidiu de frente comigo. Então, voluptuosa, sussurrei:

— *Abrace-me, sargento. Abrace-me muito.*

O homem ficou mudo e quedo. Depois de um momento procurou com aflição se havia testemunha nas redondezas.

— *Por favor, minha filha...*

Em silêncio segurei-lhe na mão e conduzi-o para dentro de casa. Os seus passos eram os de um cego e, talvez por isso, não tenha reparado que eu tinha deixado tombar a capulana. Quando se apercebeu da minha nudez, todo ele estremeceu descontroladamente.

— *Sargento Germano, eu quero ser mulher* — disse encostando os lábios ao seu rosto transpirado.

Esperava uma carícia. Mas o militar estava paralisado, olhando em desespero para todos os lados.

— *Eu sou uma marimba* — murmurei no seu ouvido.
— *Os homens que me tocarem vão escutar música que nunca ninguém escutou.*

— *Não posso, Imani. Não estou sozinho.*

Uma sombra serpenteou no chão. No início, não era mais que um rumor de saia ondeando. Depois, da penumbra foi surgindo uma mulher branca, com os cabelos claros soltos sobre os ombros. Como se fosse um empurrão, aquela visão me provocou uma tontura. Então, dei conta: nunca antes tinha visto uma mulher de outra raça. Os brancos que conhecera eram todos homens. Acanhada, voltei a enrolar a capulana. Os meus passos rumo à saída foram travados pela visitante. Era alta e pálida como a figura de gesso da Virgem Maria que decorava a antiga igreja da praia. O vestido roçando o chão tornava-a ainda mais alta.

— *Quem é esta?* — dirigiu-se ela ao português.

— *Esta? Ora, esta aqui é uma… uma rapariga que faz uns recados.*

— *Vejo bem que tipo de recados…*

— *Não me faça rir, Bianca.*

A intrusa rodou à minha volta, inspecionando o meu corpo como apenas um homem poderia fazer.

— *Não penses que vais embora assim, sem mais nem menos* — dirigiu-se-me num tom severo. — *Senta-te aqui, que eu venho já!*

Desapareceu no corredor, deixando um rasto de perfume doce. Ombros encolhidos, o português segredou: era uma amiga italiana que chegava de Lourenço Marques. Chamava-se Bianca Vanzini Marini. Conheciam-na como a "branca das mãos de ouro".

— *Trate-a por Dona Bianca,* avisou-me.

A visitante regressou trazendo um punhal meio embrulhado num pano. Estremeci, aterrada. Por razões de ciúmes eu iria ali acabar os meus dias.

— *Não me faça mal* — implorei de modo quase inaudível.

Puxando de um banco, a italiana sentou-se por trás da minha cadeira. Desembrulhou o punhal e ordenou-me que endireitasse a cabeça enquanto fincava os dedos no meu pescoço. Comecei a chorar, vazada da alma. Aqueles instantes foram uma eternidade. Depois, lentamente, a intrusa começou a alisar-me os cabelos. E, de súbito, um pente metálico emergiu dos panos. Sorri, aliviada: o que imaginava ser um mortífero punhal era, afinal, um inofensivo objeto. A mulher branca murmurou com estranho sotaque:

— *Vamos dar um jeito a esses lindos cabelos.*

Nunca antes me tinham elogiado os cabelos. Pelo contrário, o meu pai achava que eu devia usar um lenço para ocultar esse pecado que era a minha cacheada cabeleira. Enquanto me penteava, a estrangeira disse:

— *A tua mãe dependurou-se numa árvore. Eu vim a África para morrer.*

Ergueu-se para melhor trabalhar. Os dedos tricotavam no emaranhado de cabelos crespos. O meu pescoço, ainda descrente, permaneceu tenso enquanto ela ia falando.

— *Vou-te contar a minha história. É por isso que te estou a pentear. Aprendi com as mulheres pretas que não há melhor maneira de se fazer conversa.*

A italiana não deixava de estar certa. Os homens observam as mulheres fazendo tranças e pensam que elas estão apenas cuidando da beleza. Mas elas estão a adocicar o tempo.

A primeira vez que veio para Moçambique, Dona Bianca engravidou e o marido fugiu, dizem que para as bandas da África do Sul. Ela regressou a Itália para ter a criança. Todavia, o filho morreu logo a seguir ao parto. Só havia um modo de enfrentar aquela perda: o suicídio.

— *Não tive coragem para terminar com tudo. Faltou-me a grandeza da tua mãe.*

Lembrou-se então de que havia um lugar no mundo onde se morre fácil e rapidamente: Lourenço Marques. Aquele seria um bom sítio para se morrer. O desfecho aconteceria sem drama, sem decisão: o calor, a pestilência, as febres, as ruas sujas e lamacentas, tudo isso lhe traria um desfecho sem autoria.

Tenho esperança de o encontrar nesta viagem. Para lhe restituir a vida que ele me deu a mim.

Em Lourenço Marques, Bianca fez de tudo um pouco: foi chapeleira, costureira, comerciante de álcool. E, quando não havia mais que vender, a si mesma se vendeu. Foi no jogo da sorte, porém, que ganhou fortuna. Acumulou dinheiro que bastasse para deixar de trabalhar e partiu naquela jornada para Inhambane, onde iria visitar os Fornasini, italianos como ela.

Quando Bianca terminou o seu relato, um longo suspiro de alívio me percorreu. A italiana não era a esposa de Germano, estava ali como simples visitante. E afundei-me no torpor que as suas pálidas mãos me haviam provocado.

Longe do quartel, a desordem convertera-se em generalizado caos. As emergentes armas criaram o sentimento de que Nkokolani estava a ser cercada a partir das entranhas da terra. E falava-se em maldições, vinganças e feitiçarias. O medo é o general mais poderoso. Do ventre desse caudilho assomavam agora os soldados, ciosos por escutar uma voz de comando.

Naquela tarde, enquanto Dona Bianca me penteava, juntaram-se na praça os habitantes da aldeia. Pedia-se um *chidilo*, um grande sacrifício de sangue, uma celebração dirigida a todos os entes passados. E acertaram nos homens que iriam, em excursão, visitar os territórios mais altos, no topo das dunas, junto ao mar. Essas terras ficavam para além das primeiras fortificações para proteção do povoado. Junto a esses *khokolos* matariam o cabrito e falariam com os espíritos dos "donos da terra".

— *Por aqueles lados não haverá esconderijo de armas* — assegurou a tia Rosi. — *Lá ninguém pode abrir cova, pois é ali que estão enterrados os primeiros donos da nossa terra.*

Musisi caminhava ao lado de sua esposa e ambos encabeçavam a enorme e assustada multidão. Armado da velha *Martini-Henry* que escapou ao enterro, o cipaio Mwanatu marchava num dos flancos. E confirmou que todos, sem exceção, se faziam acompanhar de armas: catanas, facas, azagaias, arcos e flechas, pistolas, canhangulos. Mwanatu, alarmado, inquiriu:

— *Por que estamos todos armados? Parece que vamos para uma guerra...*

Ninguém respondeu. E o cipaio foi-se deixando para trás como que duvidando do sentido daquela manifestação. E foi então que reparou que, na cauda do desfile, caminhava o nosso pai. Mwanatu nunca imaginaria que Katini Nsambe se juntasse àquela ruidosa turba. Saudou o progenitor, com um gesto contido.

Quando tencionava acelerar o passo para se afastar

daquela intrigante visão, viu o tio Musisi aproximar-se e escutou a sua afogueada inquietação:

— *Você recebeu ordens para enterrar todas as armas?*

Sem nunca parar de caminhar, Mwanatu acenou afirmativamente. *Foi a falecida que mandou*, disse.

— *Pois teremos que eliminar também as armas dos portugueses* — comentou o tio.

Em formação militar, a caravana dos aldeões atravessou o rio e embrenhou-se nas matas da outra margem. As nuvens, nesse dia, estavam tão baixas que os guerreiros tiveram que se baixar para não perderem o corpo.

Mais adiante, os homens detiveram-se à entrada de um pequeno bosque. Antes de abrirem a cova, amarraram um pano branco no tronco de uma mafurreira e derramaram umas gotas de aguardente sobre a areia branca. Dessa maneira, os defuntos sabiam que estavam a ser lembrados.

E logo se ergueram num único ímpeto para, ao compasso de uma toada viril, se empenharem em rasgar o chão. Das vísceras da terra, de repente, surgiu a espantosa visão: um enorme depósito de armas rebrilhou ao sol e fez recuar, aterrados, os homens, que atiraram para longe pás e picaretas. De braços abertos, a tia Rosi invocou apressadamente os antepassados e pediu-lhes imunidade contra vinganças e feitiços.

Vencido o primeiro receio, os homens espreitaram a cova. Ali se acumulava material bélico de uma variedade jamais vista: canhões, metralhadoras, todo o tipo de fuzis e munições, a maior parte delas ainda dentro de caixotes apodrecidos.

O tio Musisi subiu a um morro de muchém e olhou, sobranceiro, a multidão. A voz rouca pairou sobre o silêncio:

— *É triste o que se passa connosco, meus irmãos. Estamos com medo dos estranhos que chegam de longe para nos dominar? Pois tenhamos mais medo de nós próprios, que estamos perdendo a nossa própria alma.*

Foi então que o meu pai se destacou do aglomerado de gente e enfrentou Musisi.

— *Meu cunhado, as pessoas querem paz.*

— *Querem paz? Pois deixai estes esconderijos em paz. Se a terra está pejada de armas, melhor ainda. As espingardas dão mais sustento que as enxadas.*

— *Voltemos para Nkokolani, meus irmãos...*

— *Nkokolani já não nos pertence.*

— *Meu irmão...*

— *Nunca mais me chame de irmão, você é irmão dos brancos.*

O meu pai baixou o rosto, mas não se retirou. Ele tinha algo mais para dizer. E proclamou em voz alta:

— *Eu tenho a explicação para tudo o que está a acontecer.*

A explicação era simples: a Terra é um ventre. O que nela se aconchega é para ser gerado e multiplicado. E, quando no chão se depositaram armas, a Terra pensou que se tratava de sementes e fez com que esses materiais germinassem e proliferassem como se fossem plantas. Foi assim que falou Katini Nsambe, empoleirado em desequilíbrio sobre um decepado tronco.

— *A Terra está confusa, meus irmãos* — acrescentou.

— *Eu andei por dentro dela e sei do que estou a falar. A falecida disse que devíamos desenterrar todas as armas? Pois é isso que devemos fazer.*

Sem esperar pela reação dos que o escutavam, o pai desceu do improvisado palanque para se dissolver na multidão. O tio saboreou a retirada do seu adversário e deixou crescer um silêncio. Só depois voltou a falar, para mostrar que lhe pertenciam as últimas palavras:

— *Escutem as minhas ordens: ninguém abra mais nenhum buraco. E ninguém retire nenhuma arma das covas que andaram por aí a abrir à toa.*

Que ele, Musisi, era o único em quem os falecidos confiavam. Os defuntos queixavam-se-lhe de quanto se sentiam esquecidos e desamparados. E pediam encarecidamente para não serem desarmados.

— *Temos que os deixar ficar com as armas* — prosseguiu Musisi. — *É isso que eles nos pedem: que essas covas sejam fechadas com tudo o que tinham lá dentro. Ouviram?*

Os presentes olhavam para o chão com um recolhimento respeitoso. O meu irmão Mwanatu, sem ninguém dar por isso, foi contornando a multidão para se colocar junto ao morro de muchém. Então todos perceberam que o sobrinho era agora o guarda-costas de Musisi.

— *Quando vier a próxima guerra, os mortos serão o meu único exército. Querem que seja assim, vocês?*

E todos, em uníssono, responderam que não. Empolgado, o tio ergueu o braço como se fosse uma bandeira e proclamou: *Então, meus irmãos, vamos ao quartel do português e retiremos de lá todas as armas. Essas armas devem passar para as nossas mãos. Se eles não nos defendem, teremos que o fazer nós mesmos.*

Ao regressarem à aldeia os camponeses foram retidos pelas mulheres que se aglomeravam na praça. Uma vozearia de protestos percorria aquela outra multidão. Uma mulher, a mais gorda, foi a primeira a reclamar:

— *Já não resta terra onde possamos semear. Vamos sair daqui senão morremos.*

— *As armas plantadas são tantas que a chuva e o rio estão cheios de ferrugem* — acrescentou outra.

— *E ainda pior* — vociferou uma terceira —, *agora já nem podemos morrer. Onde é que nos iriam enterrar?*

E a mensagem divina era, segundo elas, bem clara: não lhes restava senão emigrar. Há lugares em que as pessoas tiveram que deixar a terra. Em Nkokolani foi a terra que deixou os homens.

O tio Musisi, que tudo aquilo escutara em silêncio, foi empurrando as mulheres à sua frente enquanto incentivava os companheiros de marcha: *Somos mulheres, nós? Deixamo-nos parar por esta choradeira, esta conversa de amolecer as pedras? Marchemos, meus irmãos, marchemos sobre esse quartel e vamos resgatar, finalmente, as armas que nos pertencem.*

O sargento Germano de Melo olhou para a praça para confirmar o terror maior de qualquer europeu: ver nascer do chão, como formigas escuras, milhares de negros armados avançando com a fúria de uma súbita tempestade. E era o que surgia perante os seus olhos azuis, repentinamente verdes de medo. As hostes ainda vinham longe, mas ele apressou-se a construir as suas defesas. Correu para o obsoleto paiol para de lá retirar a única arma que ainda funcionava: uma metralhadora e umas tantas fitas de balas. Barricou as portas com pesadas caixas de balas e fez o mesmo com as janelas.

Depois voltou a correr para casa. Estranhou ver a porta aberta e assustou-se ao deparar com Imani e a italiana na sala, espreitando para o exterior pelas portadas de madeira.

— *Já viram o que aí vem? Estou desgraçado.*

— *Eu vinha para o avisar* — expliquei-me.

— *Pois chegaste tarde, agora só Deus me pode defender. Esperem-me aqui, não se mexam. Vou lá dentro buscar a Bíblia...*

Correu tresloucadamente para o quarto quase pisando a galinha, e ainda escutei o surdo ruído do seu corpo desabando no chão. Acudi. O sargento tinha tropeçado numa cabra que vagueava dentro de casa. De gatas, o português encostou o nariz ao focinho do bicho. Foi então que percebeu que, da boca do caprino, emergia uma pasta esbranquiçada. À força, Germano abriu as maxilas do ruminante para depois exibir, na concha das mãos, os restos amassados de um livro.

— *É a Bíblia* — lamentou ele. — *A puta da cabra comeu a Bíblia.*

Tinha sido mastigada. Mais do que mastigada, tinha sido ruminada. A palavra divina, essa que ele com tanta urgência procurava, fora triturada por uma cabra. Procurei pelo chão o que poderia restar da Sagrada Escritura, enquanto Germano de Melo se apressava a espreitar pela janela. Recuperei umas tantas páginas e apresentei-as perante o olhar alucinado do sargento.

— *Ainda sobrou isto* — anunciei, a medo.

Folhas encharcadas tombaram no soalho. O militar ainda lhes tocou com a ponta dos dedos. Mas logo se ergueu e aos pontapés expulsou a cabra para o exterior. Ali mesmo, à porta de casa, desfechou um tiro que lhe desfez a cabeça. Um chifre foi projetado com violência para dentro da sala e rodopiou pelo chão como se estivesse vivo.

O sargento ocupou-se então de instalar junto à janela a metralhadora que havia retirado do paiol. *Afastai-vos, ide as duas para o quarto*, ordenou com irreconhecível voz. Não obedeci. Notei como, com a arma já carregada, o português apontava para a turba que se aproximava ruidosamente. E vi que, à frente da multidão, figurava o meu irmão Mwanatu. Gritei:

— *Sargento Germano! Não faça isso!*

Não respondeu. Virou o cano da arma para mim e o seu olhar dizia da sua intenção. Ele dispararia sobre mim caso eu o distraísse dos seus obcecados propósitos. Da parede, retirei a *Martini-Henry* que sempre ali estivera pendurada. Quando voltei a chamar pelo seu nome, o sargento já tinha desferido o primeiro tiro. Olhou-me, primeiro, de soslaio. Depois, a sua incredulidade não teve limites. Apenas teve tempo de colocar as mãos à frente do rosto e, quando o disparo soou, o meu corpo foi projetado para trás e fiquei surda com o estrondo.

28

Última carta do sargento

Inharrime, 26 de agosto de 1895

Excelentíssimo senhor
Tenente Ayres de Ornelas

Vai estranhar, Excelência, esta caligrafia. Mas é o seu humilde escravo, o sargento Germano de Melo, que escreve, ou melhor, que manda escrever. A letra é de Imani e, se outras cartas ainda houver, será ela que as redigirá obedecendo ao ditado da minha voz. A razão é simples: o pavor que tantas vezes me assaltou converteu--se agora em realidade. Estou sem mãos, voaram ambas como asas de anjo, rasgadas por uma bala desfechada à queima-roupa. Quem contra mim disparou foi a mulher que me ocupa o coração, aquela que, vezes sem conta, me devolveu as mãos que, em delírio, acreditava faltarem-

-me. Se me safar deste gravíssimo ferimento farei concorrência ao Silva Maneta, o desertor que acabou convertido em herói. Talvez me perdoem as penas e eu possa cavalgar garboso pelas ruas de Lourenço Marques. Talvez me ergam uma estátua no Terreiro do Paço. Essa, sim, diferente de todas as outras que exibem o corpo inteiro, sem qualquer amputação.

Quando ocorreu o fatídico disparo perdi os sentidos. E quando dei por mim estava sendo transportado a braços para uma espaçosa canoa. Katini, o pai de Imani, e Mwanatu, o seu fiel irmão, afastavam a embarcação para longe de Nkokolani. Remavam contra o tempo, remavam contra a corrente. Sentadas atrás na canoa, Bianca e Imani ocupavam-se dos cuidados de enfermagem.

Dirigíamo-nos para a casa do único médico da região, um suíço chamado Liengme. O médico mantinha um hospital de campanha na nascente do Inharrime e, apesar de ser adversário de Portugal, era a derradeira esperança de me salvar. Derramado no chão da canoa, surgiam sobre mim figuras recortadas no intenso luar enquanto escutava as vozes, esbatidas primeiro, mais nítidas depois. De quando em quando um vulto se debruçava sobre mim: era Bianca que me mudava as improvisadas ligaduras e me limpava as feridas que não ousava olhar. O rio parecia um espelho de prata e, àquela hora, já os hipopótamos haviam saído da água para pastar nas margens.

De repente, surgiu no horizonte um clarão vermelho: uma enorme fogueira se acendia, algures no ventre da noite.

— *Já nos viram* — afirmou Katini.

Aquele fogo seria o sinal que uma povoação transmitia às outras dando notícia da chegada de brancos.

— *E esses brancos somos nós?* — perguntei.

— *Somos. Acreditam que esta é uma embarcação militar e que transportamos armas...*

Viu-se depois que não era uma fogueira de aviso. Porque aconteceu a seguir que, do coração rubro da fogueira, deflagrou uma enorme explosão. As labaredas levantaram-se tão alto que iluminaram toda a pradaria. A canoa parou na margem, oculta por um espesso arvoredo. Foi quando, inesperadamente, Bianca saltou para a orla e desatou a correr pelo iluminado ermo, atraída como uma mariposa por aquelas caprichosas luzes. Sentei-me no barco para melhor enxergar aquela espantosa visão e para testemunhar a loucura da italiana entregando-se ao terrífico incêndio. Gritámos para que não se afastasse, suplicámos que regressasse. Mas ela prosseguiu, enlouquecida, naquela alucinada correria. Aos berros, Katini deu ordem para que a filha a fosse buscar.

Hesitante de início, Imani acabou correndo na peugada da desvairada italiana. Até que, de repente, deflagrou um fragor de trovoada e um remoinho de poeira e fumo nos envolveu. E foi então que, como uma assombração vinda das entranhas da noite, surgiram os cavalos. Avançavam a galope, tresloucados e desencontrados, as crinas acesas pelas fagulhas, os olhos encandeados pelo brilho do incêndio. Passaram por nós como se fossem aladas criaturas do apocalipse. E desapareceram. Ainda escutámos, durante um tempo, o ruído dos cascos afundando-se na escuridão.

Depois começámos a ouvir vozes humanas. Alguém gritava em português. Até que, do escuro, emergiu a figura de um militar que, alheio à nossa presença, se ocupou a perscrutar a escuridão que engolira os assustados cavalos. De rosto iluminado, Dona Bianca contemplou fixamente o desconhecido para, inesperadamente, à sua frente se ajoelhar, mãos juntas como se estivesse perante uma entidade divina:

— *Capitão Mouzinho! Não posso acreditar!*

— *E vós quem sois?*

— *Sou Bianca, sou aquela que nasceu para o encontrar.*

— *Isto aqui não é lugar para uma mulher. Como é que a senhora veio aqui parar?* — perguntou o capitão.

Escutávamos à distância aquele assombroso diálogo e até hoje mantenho sobre ele uma grande incredulidade. A verdade é que Mouzinho, ou quem quer que fosse o meu compatriota, pousou por um instante os olhos sobre Imani procurando, quem sabe, uma explicação para a aparição daquela mulher branca. O rosto do capitão era uma máscara: a apreensão não fazia mover um músculo. Parecia sereno, mas, segundo contou Imani, o seu olhar era o dos bichos perante o fogo. E logo deixou de dar atenção àquelas duas mulheres para transmitir ordens aos soldados que agora o rodeavam:

— *Cuidado que aqui em volta se podem esconder inimigos. Este fogo pode ser um ardil, uma emboscada dos malditos Vátuas.*

A intensa luz vermelha acentuou a palidez dos militares brancos enquanto buscavam na escuridão a confirmação dos seus profundos medos. Depois partiram apressadamente. Juntos com o seu comandante, afundaram-se todos no breu da noite.

Pela mão de Imani, a amiga Bianca regressou ao barco como se estivesse em estado catártico. A jovem preta escutara um dos soldados explicar o que se passara: um incêndio destruíra o acampamento dos portugueses, fazendo explodir as munições e afugentando a cavalaria. Esse gravíssimo fogo, disse Imani, não era nada comparado com o medo que fulgurava nos olhos dos soldados. Este era um medo de séculos. E confirmava em cada vulto antiquíssimos monstros. O fogo já se estava apagando. Mas os monstros ainda devoravam a alma dos jovens militares.

Bianca estava muda, petrificada. Obedeceu às nossas ordens para que se ocultasse, como todos nós, no bojo da canoa. E lá seguimos, remando em silêncio, para que não fôssemos alvo dos atemorizados soldados. Apavorados como estavam, teriam varado de balas a nossa pobre embarcação.

Voltei a deitar-me no fundo frio da canoa, tremendo de dores e de comoção. Eu tinha-me visto a mim mesmo no olhar esgazeado dos cavalos. Em mim galopava um rio e, aos poucos, fui-me afundando nesse turvo fundo onde todo o chão é água.

29

A estrada de água

Na proa da canoa o meu pai e o meu irmão remavam vigorosamente, revezando-se para vencer a corrente. Na barriga do barquito seguia, estirado, o sargento. O que lhe restava dos braços estava envolto em panos ensopados de sangue. O sumiço das mãos — que antes era uma alucinação — tornara-se agora realidade. O sargento nunca mais pousará o olhar nos seus próprios dedos.

O sangue foi-se amontoando num charco e cada pingo tombava por cima da minha culpa. Sobre mim, que tantas vezes lhe havia devolvido o corpo inteiro, recaía o pecado de lhe ter feito esvoaçar as mãos.

Connosco seguia a italiana Bianca. De quando em vez, a mulher soltava os panos do queixoso sargento e mergulhava-os nas águas do rio. Uma mancha avermelhava as águas do Inharrime.

— *Sabes a história deste rio?* — perguntou-me a europeia.

E sem esperar que eu respondesse foi dizendo que Vasco da Gama já lhe havia dado um nome, o de Rio do Cobre. E já lhe haviam confidenciado que, na margem sul, o rei de Gaza tinha enterrado uma fortuna em libras de ouro. *Pois nem cobre nem ouro: a única coisa que por aqui há são ervas e pedras.* Assim falou Bianca para, a seguir, se indagar:

— *Por que razão teimamos em dar nome às coisas que não têm dono? E diga-me, minha querida: por que raio se lembraram de me chamar de "mulher das mãos de ouro"?*

Fui deixando de a escutar. E deixei-me soçobrar perante o sentimento que me rouba a respiração desde que, há horas atrás, disparei sobre o sargento Germano. Sei que o fiz para salvar o meu irmão. Mas essa razão não é suficiente para enfrentar o sofrimento que vejo estampado no seu rosto. Desde que entrei na canoa não parei de o contemplar como se esse meu olhar o aliviasse, partilhadas em duas almas as suas dolorosas penas.

Os braços do sargento foram ficando cada vez mais arroxeados. Era uma coloração estranha, pontuada com a pólvora que o abrasou. Já o seu rosto ganhara um tom azulado. Parecia não haver fronteira entre o azul dos olhos, o azul da pele e o azul do rio. O homem ia gemendo de boca aberta. Disse a italiana que ele chamava pelo meu nome. Fiz por o ignorar. Tive medo que me estivesse pedindo para confirmar a existência das mãos, agora que definitivamente as perdera. A certo ponto, porém, tive que me debruçar sobre o seu rosto agonizante. Pareceu-me escutar que me queria ditar uma carta, uma urgente carta para o "Excelentíssimo Senhor".

A viagem foi interrompida por um estranhíssimo episódio. Na margem esquerda do rio um gigantesco incêndio espalhou luz e fogo suficientes para que a noite se tornasse dia. A italiana saiu do barco e desatou a correr desvairada. Quando a fui buscar deparámos com soldados portugueses que perseguiam cavalos que haviam fugido em debandada.

Quando voltámos à canoa, a italiana estava muito perturbada e repetia sem parar: "*eu vi-o, eu vi-o!*". O meu pai mandou-a calar porque receava que os militares, alarmados que estavam, nos tomassem por um alvo inimigo.

E remámos silenciosamente até amanhecer. Aqueles estranhos eventos tinham-me distraído. Assim que o Sol despontou, voltei a ser atacada pela culpa e, sem dar conta, espessas lágrimas me escorreram pelo rosto.

— *Não chores, Imani* — pediu-me Bianca.

— *Deixe-a chorar, minha senhora* — atalhou o meu pai. — *Essas lágrimas não são dela.*

E Bianca sorriu, condescendente. Tinha voltado a si, como se não guardasse memória da ocorrência da noite anterior. Estava, sim, mais acabrunhada e os seus gestos mais secos e contidos. Desde que voltara à canoa e se recompusera dos seus delírios, a italiana fazia justiça à alcunha com que douraram as suas mãos: desempenhava com rigor o papel de enfermeira. E assumia uma distância fria, dizendo-lhe em jeito de consolo:

— *Há uns dois ou três dedos que ainda se salvam.*

— *Que se lixem os dedos* — resmungou Germano. — *Eu morri, minha cara amiga. Eu já morri.*

— *Ora, Germano, você ainda me vai enterrar a mim.*

— *Gosto do teu sotaque, Bianca, continua a falar, não pares de me falar.*

Os erros de pronúncia da italiana faziam a língua portuguesa ser mais doce. Abria as vogais das palavras, arredondava as arestas das consoantes. Certamente ela reprovaria nos exames do padre Rudolfo. Estava ali patente essa dualidade de critérios. Os brancos podem falar de variados modos: diz-se que têm sotaques. Só a nós, negros, não é permitido outro sotaque. Não basta falarmos a língua dos outros. Temos que, nesse outro idioma, deixar de sermos nós.

Há muitas coisas que Bianca desconhece. Ela não entende o meu pai quando ele diz que as minhas lágrimas não me pertencem. Essas lágrimas pertencem a um rio interior que transborda pelos nossos olhos. Nós sabemos, em Nkokolani, aquilo que não se pode explicar numa outra língua. Sabemos, por exemplo, como as minhas pequenas irmãs foram levadas pela enchente. A mãe chorou, todas as noites chorou. Nenhuma lágrima as trouxe de volta. Cansada de chorar, a nossa mãe viajou para a nascente de todos os rios. Essa fonte não é um lugar a que se dê um nome. É o primeiro ventre onde se enroscam os que chegam e os que partem. Tudo isso a italiana desconhece.

Quando viaja num rio, Dona Bianca vê o Tempo. No desfile da corrente, ela contempla aquilo que nunca regressa. Para nós, contudo, o tempo é uma gota de água: nasce nas nuvens, entra nos rios e nos mares e volta a tombar na próxima chuva. A foz do rio é a nascente do mar.

A italiana falou dos nomes que o rio tinha. Quando ela os enunciou, senti-me incomodada. Porque falava como se as águas do Inharrime lhe pertencessem. A verdade é que Bianca está longe de saber como nasceram aqueles rios. Ocupada em lhes dar nomes, escapou-lhe a sua história. Não sabe a italiana que no princípio de tudo, quando a terra não tinha ainda donos, os rios e as nuvens corriam por debaixo do chão. Chegou o demónio e espetou o dedo na areia. A sua unha comprida esgravatou nas profundezas. Procurava pedras que brilhassem à luz do Sol. As nossas mães pediram aos deuses que protegessem as estrelas que haviam escondido debaixo da areia. Pediram que o diabo abdicasse de arrancar os brilhantes minerais e que desistisse de os entregar à ganância dos que queriam enriquecer. Mas o diabo não desistiu. Porque ele tinha, entre os poderosos, quem rezasse por ele. E quebraram--se-lhe as unhas e sangraram os seus dedos magros e longos. Pela primeira vez no ventre da Terra se coagulou o contaminado sangue do demónio. As riquezas do subsolo estavam amaldiçoadas. As nuvens e os rios abandonaram o ventre do planeta para escaparem dessa maldição. E tornaram-se as veias e os cabelos da Terra.

Esta é a história dos rios. Poderão roubar a sua água até secarem. Mas não roubarão a sua história. Agora entendo: aprendi a escrever para melhor relatar o que vivi. E nesse relato vou contando a história dos que não têm escrita. Faço como o meu pai: na poeira e na cinza escrevo os nomes dos que morreram. Para que voltem a nascer das pegadas que deixamos.

É estranho como as despedidas reduzem o tamanho do Tempo. Os meus quinze anos passam por mim no fulgor de um instante. A minha mãe tem agora um corpo de criança. E vai minguando até ser do tamanho de um fruto. E ela diz-me: antes mesmo de nasceres, antes de veres a luz, já tu tinhas visto rios e mares. E algo em mim se rasga como se soubesse que nunca mais voltaria a Nkokolani.

1ª EDIÇÃO [2015] 8 reimpressões

ESTA OBRA FOI COMPOSTA PELA SPRESS EM CASLON PRO
E IMPRESSA EM OFSETE PELA LIS GRÁFICA SOBRE PAPEL PÓLEN SOFT
DA SUZANO S.A. PARA A EDITORA SCHWARCZ EM MAIO DE 2021

A marca FSC® é a garantia de que a madeira utilizada na fabricação do papel deste livro provém de florestas que foram gerenciadas de maneira ambientalmente correta, socialmente justa e economicamente viável, além de outras fontes de origem controlada.